조선의 마지막 황녀

덕혜옹주

일러두기_이 글은 소설입니다. 내용 중 당시 시대상과 제도, 덕혜옹주의 삶에 대한 묘사는 여러 기록을 바탕으로 했습니다. 다만 일부 등장인물의 성격과 행동, 몇몇 장면은 소설적 개연성을 위해 재구성된 허구임을 알려드립니다. 특히 덕혜옹주의 탈출 장면에 대한 묘사는 모두 소설적 허구입니다. 옹주의 환국은 그 당시 신문기자였던 김을한의 노력으로 이루어진 일임을 밝힙니다.

또한 '대한제국'은 1897년 10월 12일부터 1910년 8월 29일까지 사용된 조선의 국호입니다. 고종황제는 자주성과 독립성을 한층 강하게 표방하기 위해 '대한제국'이라는 국호를 사용했고, 스스로 황제로 즉위했습니다. 하여 본문 안에서는 '조선과 대한제국, 황녀와 옹주' 이 네 가지 단어를 각각의 분위기에 맞게 혼용해서 사용했음을 알려드립니다.

조선의 마지막 황녀

덕혜옹주

권비영 장편소설

다산
책방

차례

말하라, 이 여자는 누구인가

아주 오랜 시간이 흐른 뒤에야

에필로그_ 모두의 기억에서 사라졌다 해도
            나는 조선의 마지막 황녀였다.

두 여인

오후 늦게부터 비가 쏟아지기 시작했다. 기다리던 비였다. 창밖의 사물을 알아볼 수 없을 만큼 사납게 퍼붓는 빗줄기를 바라보며 여인은 가슴을 쓸어내렸다. 어둠이 짙어지자 하늘은 더욱 세차게 비를 퍼부었다. 비어 있는 병실에 몸을 숨기고 있던 여인은 빗줄기로 흐려진 창밖을 내다보다가 소리 없이 몸을 일으켰다. 사위가 쥐죽은 듯 고요했다. 복도 중앙 간호사실. 흐린 불빛 아래 간호사가 엎드려 졸고 있다. 여인은 그림자처럼 조용하게 옆 병실로 숨어들었다.

그녀가 침대에 걸터앉은 채 우두커니 밖을 내다보고 있었다.

"시간이 다 되었어요."

여인이 조그맣게 속삭였다. 한쪽에 치워두었던 휠체어를 밀고 와 천천히 그녀를 앉혔다. 그녀가 몸을 버둥거렸다.

"가만히 계세요."

휠체어를 미는 여인의 손길이 몹시 조심스러웠다. 당번 간호사는 정신을 잃은 듯 자고 있다. 수면제를 탄 음료수를 먹였으니 아마 두어 시간은 지나야 깨어날 것이다. 흐릿한 불빛이 고인 복도를 빠져나가면서 여인은 휠체어 잡은 손에 잔뜩 힘을 주었다. 휠체어가 흔들리지 않도록 애쓰며 걸음을 옮기는 사이 여인의 얼굴이 딱딱하게 굳었다. 누가 본다면 그동안 애써 온 일이 허사가 될지도 모른다. 여인은 두려웠다. 주위를 두리번거리며 병원을 빠져나와서야 숨을 몰아쉬었다.

빗소리가 우산을 찢을 듯이 요란했다. 자정이 가까운 시각이었다. 서둘러 길을 건너야 한다. 여인은 휠체어 위로 우산을 받치며 걸음을 옮겼다. 그러나 사나운 빗줄기 앞에서는 우산도 무용지물이었다. 여인은 파출소가 저만치 보이는 곳에서 우산을 내던지며 속삭였다.

"다 왔습니다. 이제는 되었습니다. 저에게 업히십시오."

공손하게 등을 내밀자 그녀가 망설임 없이 달라붙었다. 여인은 후들거리는 다리에 힘을 주고 일어섰다. 빗물이 흘러내려 눈조차 제대로 뜨기 힘들었다. 가까스로 주위를 살폈다. 파출소 앞에서 취객 두 명이 실랑이를 하고 있었다. 그러나 파출소 문은 굳게 닫혀 있었다. 다행스런 일이었다.

여인은 길을 건넌 후에야 그녀를 내려놓았다. 둘 다 환자복을 입은 데다 키와 덩치가 비슷해 얼핏 보면 쌍둥이 같았다.

어둠 속에서 불빛을 깜박이며 서 있던 자동차 한 대가 흐릿하게 모습을 드러냈다. 빗소리가 더욱 거세졌다. 온몸이 젖어들었다. 여인은 그녀의 손을 꼭 그러쥔 채 자동차 불빛이 있는 쪽으로 다가섰다.

어둠 속에서 나타난 그림자는 둘. 중절모를 눌러쓴 남자들이 여인이 있는 쪽으로 걸어오고 있었다.

"여기예요, 여기!"

여인이 낮은 목소리로 손짓했다. 그들의 걸음이 빨라졌다. 빗줄기는 여전했고 모든 사물들은 죽은 듯 엎드려 있었다.

"수고했소."

중절모의 사나이가 가볍게 고개를 끄덕였다. 그는 여인 곁에 서 있던 그녀의 손을 잡고 자동차 쪽으로 몸을 돌렸다. 바로 그때, 어디선가 숨어 있었던 듯 검은 그림자가 튀어나왔다.

"탕! 탕!"

총소리가 빗소리를 갈랐다.

여인이 고꾸라졌다.

중절모를 쓴 남자들이 버둥거리는 그녀를 자동차 안으로 다급하게 밀어 넣었다. 차는 곧 빗속으로 빠르게 사라졌다.

"빠가야로!"

뒤에서 총알을 난사하던 그들이 고개를 돌려 여인을 살폈다. 정신
병원 환자복이 붉게 물들어가고 있었다. 여인은 미동도 없었다.

차가운 비는 세상의 모든 것을 휩쓸어갈 듯 여전히 사납게 쏟아지
고 있었다.

그곳에 이름 없는 황녀가 살고 있었다

총명한 아이오.
너무 이치에 밝아 마음을 다칠까 두렵소.

유령의 시간

1909년 3월 2일, 그들은 죽음을 맹세했다. 노브키에프스크에서 의병활동을 하던 비밀결사단체 단지회였다. 3년 내에 이토 히로부미를 암살하지 못하면 자살로 국민에게 속죄하겠다는 그들의 말은 은밀하게 그러나 바람처럼 빠르게 떠돌았다. 누구나 그 맹세를 믿고 싶어 했다.

그해 9월, 이토가 북만주 시찰을 명목으로 러시아 대장대신大藏大臣 코코프체프를 만나러 온다는 정보가 흘러들었다. 맹세를 기억하는 자들은 모두 들떴다.

10월 26일, 마침내 하얼빈 역에서 세 발의 총성이 울렸다. 열차회담을 마친 이토가 러시아 의장대를 사열하고 환영군중 쪽으로 가는 순간, 누군가가 권총을 뽑아 들었다. 세 발 다 명중이었다. 이어서 하얼빈 총영사 가와카미, 궁내대신 비서관 모리, 만철滿鐵 이사 다나카가 중경상을 입고 쓰러졌다.

"대한만세! 대한만세! 대한만세!"

대한제국을 부르짖던 그 남자는 현장에서 체포됐다. 그의 이름은 안중근이라 했다.

일본군은 더욱더 잔인해졌다. 독립군과 조금이라도 연관된 눈치가 보이면 무조건 잡아들였다. 그렇게 끌려갔다 온 사람들은 다른 이가 되어 돌아왔다. 벙어리처럼 입을 다물거나 죽은 눈빛을 한 채 지냈다. 돌아오지 못하는 자도 태반이었다.

수상한 시절을 이용하는 자들도 있었다. 일본군 앞잡이라는 꼬리표를 자랑스럽게 거들먹거리고 다니는 자들. 그중에는 갑수도 끼어 있었다.

그는 혼잡한 세상에서 한자리 꿰차고 싶었다. 일본군 눈에 들기만 하면 자신의 억울하고 비루한 인생도 쉽게 바꿀 수 있을 것 같았다. 그 생각만 하면 기운이 펄펄 솟았다. 욕심이 가슴 저 밑바닥에서 용솟음쳤다.

'세상이 뒤집어지고 있다. 잘만 하면 내 서러운 인생도 끝낼 수 있다!'

갑수는 암시를 걸듯 중얼거렸다.

나라가 무너지는 판에, 무슨 놈의 독립운동? 코웃음이 절로 나왔다. 일본군 앞잡이라고 뒤에서는 욕할망정, 앞에선 슬며시 시선을 피하는 이들을 볼 때마다 온몸이 저릿저릿했다.

'허 숭, 그놈만 잡아들이면 지금과는 다른 인생을 살게 해주지.'

주재소 순사의 목소리는 더없이 달콤했다.

'다른 인생이라……'

갑수는 히죽 웃으며 어슬렁어슬렁 발걸음을 옮겼다. 최 부자 어른 생신이라고 온 동네가 다 술렁거렸다. 늘 주린 배를 움켜쥐고 사는 이들도 오늘만큼은 기름진 음식을 배불리 먹을 수 있을 것이다. 후덕한 최 부자 댁 인심에 사람들은 한껏 웃을 것이다.

'그깟 음식쯤이야.'

바람결에 묻어나는 고소하고 찰진 냄새가 빈속을 휘저었지만, 갑수는 그쪽으로 가지 않았다. 허기쯤은 견딜 수 있었다. 굶주림은 이미 익숙했고 그것은 그를 독하게 만들었다. 부모 없이 천대를 받으며 살아온 세월이 얼마던가. 그 시간은 세상의 혹독함과 비정함을 가르쳤다. 밥 한 그릇을 빌어먹기 위해 얼마나 많은 멸시를 견뎌야 하는지 그는 온몸으로 체득했다.

다른 이에게는 어둡고 음습한 장소였지만 주재소는 그에게 양지바른 곳이었다. 세상의 거친 풍파를 막아주고, 그나마 자신의 존재를 인정받을 수 있는 곳. 기름진 밥 한 그릇을 빌어먹느니 굶더라도 주재소에 가서 빌붙는 게 훨씬 뱃속 편했다.

사람들은 그에게 나쁜 놈이라고 손가락질했다. 일본 순사의 앞잡이라고 비난했다. 하지만 그런 건 아무렇지도 않았다. 그 전부터도 그는 '몹쓸 놈'이었으니까. 배가 고파서 감자 몇 알 훔쳤다고, 마음에 둔 처녀를 훔쳐봤다고, 쥐뿔도 없는 놈이 고개를 꼿꼿하게 쳐들고 다닌다고…… 그뿐인가. 머슴들 모인 투전판에서 돈을 딴 것조차 죄가 됐다. 부모 없는 자는 어디서든 천덕꾸러기요, 몹쓸 놈이었다. 죽는 날까지 그 굴레를 벗을 수 없을 것 같았다.

그런데 생각지도 못한 기회가 제 발로 찾아왔다. 사람들이 보기만 해도 벌벌 떠는 주재소 나리가 찾아왔던 날을 갑수는 똑똑히 기억했다.

"자네, 나를 도와주지 않겠는가?"

자네? 자네라니? 난생 처음 들어보는 존칭이었다. 가슴이 벌떡벌떡 뛰었다. 갑수는 더듬거리며 되물었다.

"뭐…… 뭘 돕지요?"

"내가 일러주는 작자의 일거수일투족을 보고하면 되네. 허 승이라는 작자야. 아주 악질이거든."

한낱 장돌뱅이로 알았던 허 승의 이름이 튀어나왔을 때 갑수는 두 눈을 동그랗게 떴다. 게다가 악질이라니. 자신을 따라다니던 꼬리표가 그에게로 옮겨붙었다. 그것만으로도 뛸 듯이 기뻤다. 혐의는 명백했다. 장돌뱅이로 행세하고 있지만 실은 중국 임시정부의 끄나풀이라 했다. 갑수는 두 주먹을 불끈 쥐었다. 이런 좋은 기회를 놓칠 수 없다! 그날 시바스키는 갑수의 어깨를 다정하게 두드려주는 걸 잊지 않았다.

1909년은 그런 시대였다. 힘을 가진 자가 득세하는 세상. 권력의 그늘은 생각보다 안온했고, 일본에 빌붙은 개화파들은 왕실조차 뒤흔들었다. 고종은 한갓 허수아비에 지나지 않았다.

갑수는 마을을 한 바퀴 돌아 허 승의 집이 있는 산등성이 쪽으로 걸음을 옮겼다. 바람이 매섭게 볼을 할퀴었다. 빈속이라 그런지 온몸이 덜덜 떨렸다. 야산 솔숲에서 망을 보며 밤을 새울 요량이었지만 허기를 견뎌내는 것은 힘들었다. 눈앞에 뜨끈한 국밥이 어른거렸다.

'허 승 그 작자가 이처럼 환한 대낮에 올 리는 없겠지.'

갑수는 휘적휘적 주막으로 발길을 돌렸다.

"여기 국밥 한 그릇하고 막걸리 한 잔!"

뜨뜻한 방바닥에 엉덩이를 대는 순간, 노곤함이 적병처럼 에워쌌다. 빈속에 들이부은 막걸리 한 잔에 머릿속이 어찔했다. 갑수는 내친 김에 막걸리 한 주전자를 더 시켰다. 주모가 눈알을 뒤룩거리며 술병을 거칠게 내려놓았다.

"술값이나 있어?"

"거, 그러지 말고 조금만 참으슈. 내가 몇 배로 갚아줄 테니."

그는 허세를 부렸다. 하지만 주모는 막걸리 한 주전자를 끝으로 거친 욕과 함께 그를 문밖으로 쫓아냈다. 갑수는 휘청거리며 솔숲까지 억지로 걸음을 옮겼다. 취기를 이겨내는 것은 힘들었다. 눈이 자꾸 감기는가 싶더니 설핏 잠이 들고 말았다. 새벽녘에 눈을 떴을 때는 온몸이 얼음덩어리처럼 딱딱했다. 몸을 이리저리 움직여 겨우 운신을 할 수 있게 되자 주막집에서부터 눌러왔던 분노가 폭발했다.

"모든 게 변했다고! 나 같은 인간도 행세할 수 있는 세상이야!"

그의 목소리가 텅 빈 야산을 우렁우렁 울렸다.

그는 허 승의 집으로 발길을 돌렸다. 여느 집과 다름없는, 아니 더 초라해 보이는 초가였다. 그는 허술한 사립문을 밀고 들어서며 큰기침을 했다.

기척이 없었다.

"아무도 없나!"

짐작은 했지만 막상 대꾸가 없자 화가 치솟았다. 고요와 정적마저 자신을 무시하는 것처럼 여겨졌다. 그는 닥치는 대로 걷어차고 집어던졌다. 마당에 있던 닭 한 마리가 놀라서 푸드덕거렸다. 허 승의 처는 이미 어디론가 몸을 피한 것 같았다. 하긴 매일이다시피 찾아와 남편의 거처를 대라고 윽박질렀으니 그럴 만도 했다. 그가 어제 집어던졌던 사기요강 파편이 아직도 마당에 널려 있었다.

'애 새끼 달고 어디로 간 거야?'

갑수는 주인도 없는 마루에 걸터앉아 담배를 꺼내 물었다. 어둠 속에 숨어 있던 사물들이 여명 아래서 서서히 제 모습을 드러냈다. 놀라서 도망갔던 닭이 눈알을 뒤룩거리며 다시 나타났다. 구구대는 닭을 보자 울화가 더 치밀었다. 마루 한쪽 기둥에 걸려 있던 호미를 내던졌다. 날갯죽지를 맞은 닭이 공중으로 화닥닥 날아올랐다가 장독 뒤로 떨어졌다. 죽지는 않았는지 골골대는 소리가 이어졌다. 갑수는 불을 붙이다 말고 담배를 내던졌다.

"그래, 누가 더 질긴지 두고 보자고! 카악, 퉤!"

그는 벌떡 일어나 가래침을 사납게 내뱉었다.

"당분간 집을 떠나 있게."

그가 봇짐을 앞에 두고 말했다. 짐은 단출했고 말은 간결했다. 혼자 결정해놓고 뒤늦게 집을 떠나 있으라는 말이 야속했으나 제천 댁은 입술만 지그시 깨물었다. 어떠한 말로도 그를 돌려세울 수 없음을 알았다. 그의 목소리는 한없이 단단했다.

"만날 날도 기약할 수 없네."

제천 댁은 입술을 더 꼭 깨물었다. 인연이 정녕 여기서 끊기는가. 아니, 아니다. 제천 댁은 고개를 저었다. 사람의 인연이 그리 가벼울 수 있을까. 살을 맞대고 정을 나눈 세월이 그리 길었는데. 어지러운 시절이니 미련 갖지 말라는 뜻인 줄 알면서도 제천 댁은 그 속내조차 모른 척하고 싶었다.

"몇 개월이 될지, 몇 년이 될지…… 평생 못 볼지도 모르지."

그의 말에 눈물이 후드득 떨어졌다. 이를 악물어도 소용없었다. 침통하고 차가운 음성을 들으며 제천 댁은 눈물을 닦았다.

'우리 같은 무지렁이들에게 나라의 독립이 뭐 그리 중요하오. 그게 무슨 소용이란 말이오.'

달빛조차 이지러진 밤, 그녀는 목구멍까지 차오르는 그 말을 겨우 참았다. 표정에도 담지 않았다. 어렵사리 내뱉은 것은 다른 말이었다.

"…… 참을 수 있어요. 당신이 살아 있기만 하다면."

말끝에 울음이 배어들었다. 바람처럼 떠돌다가도 돌아오기만 한다면, 그렇기만 하다면 이 자리를 지키리라. 제천 댁은 치맛자락을 움켜쥐었다. 그가 그녀의 손을 어루만졌다. 어루만지는 손길만큼은 그리 다정할 수 없었다.

"…… 저는 아이만 있으면 견딜 수 있어요."

볼에 눈물이 아롱져도 어린 것의 잠은 깊었다.

"평생 함께 있을 줄 알았는데…… 가장 건네기 어려운 말을 기어이 하고야 마는구먼."

목소리에서 물기를 느낀 순간, 제천 댁은 사내를 올려다봤다. 단단한 그의 목 언저리가 외롭게 꿈틀거렸다.

"조심하세요."

그 말뿐이었다. 더 입을 열었다가는 통곡이 터져 나오고 참았던 말을 내쏟을 것 같아 두려웠다. 사내는 말이 없었다. 속마음은 엿보이지 않았다.

밤이 깊었다. 그의 발길을 재촉하듯 칼바람이 허술한 방문을 사납게 흔들어댔다. 장승인 듯 서 있던 그가 바람처럼 방문을 빠져나갔다. 뒤도 돌아보지 않고 성큼성큼 걸어가는 뒷모습을 가슴 깊이 새기며 제천 댁은 그제야 울음을 터뜨렸다.

'부디 몸조심하세요.'

제천 댁은 허공에 대고 중얼거렸다. 사는 일이야 두렵지 않았다. 천하게 살아온 몸이 무슨 일을 하든 입에 풀칠이야 못할까. 그녀는 아이의 볼을 쓰다듬었다. 아이가 자박자박 걸음을 떼었을 때부터 그는 아이를 보고 하늘에서 보낸 복덩이라고 했다.

'복덩이 계집애니 복순이지. 허 승의 핏줄이니 허복순이지, 허허.'

그 말끝에 터트렸던 너털웃음이 이명처럼 울렸다. 망해가는 나라에 태어난 여식이 어찌 복덩이일까만 자는 것의 말간 얼굴을 보고 있자니 그런 듯도 하였다.

지난봄엔 궁궐에서도 옹주마마가 태어났다고 했다. 나라님도 황녀의 얼굴을 보고 시름을 잊으신다 했는데……. 제천 댁은 깊은 한숨을 쉬며 자는 아이의 얼굴을 손으로 쓸어보았다.

고종은 두 팔을 뻗어 허공을 더듬었다.

"가지 마오, 가지 마오."

고종의 입에서 신음과도 같은 잠꼬대가 흘러나왔다. 고종은 스스로 내뱉은 말에 놀라 눈을 떴다. 선명하지 않은 꿈이 잠자리를 어지럽혔다. 어제오늘 일이 아니건만 그때마다 가슴이 서늘했다. 견디기 힘들 만큼 어깨가 시렸다. 조선총독부가 설치된 이후로 통증은 나날이 심해졌다. 형체도 없는 사나운 기운에 휘둘리다 깨어 보면 온몸에 땀이 흥건했다.

고종은 꿈속에서 보았던 환영이 그녀라는 걸 안다. 무엇이 그리 억울해서였을까. 그녀는 꿈속에서조차 환영으로만 보일 뿐이다. 그 곱고 아름다운 얼굴을 생시인 듯 만져보고 싶건만, 고종의 꿈을 찾아오는 건 늘 그림자와 같은 환영뿐이었다. 그럴 때마다 그는 그것에 옷자락이라도 있는 양 팔을 뻗어 붙잡으려 애썼다. 그러나 그의 손끝에 닿는 건 칼날보다 쓰라린 허공이었다. 매번 두 손이 잘려나가는 듯한 통증을 느끼며 그는 깨어났다. 꿈이었다는 걸 깨닫고 용상에 앉아 어둠을 응시하노라면 자신도 모르게 두 눈에 눈물이 맺혔다. 명성황후, 푸르스름한 기품과 꼿꼿한 눈매로 일본의 간담을 서늘케 했던 비운의 여인.

"황후……."

우울하고 한탄스러운 목소리가 허공으로 흩어졌다. 돌아오는 대답은 없었다.

"황후……."

그의 목소리는 방금 연인을 잃은 사람의 그것처럼 애처로웠다. 갈 곳 몰라 갈팡질팡하는 목소리가 산산이 부서지며 어두운 방 안을 맴돌았다.

"절망을 견뎌내는 일이 죽음처럼 고통스럽다는 것을 왜 일찍 알려주지 않았소."

고종은 그녀를 조금이라도 가까운 곳에 두기 위해 청량리 홍릉에 안장했다. 왕실 국고를 탕진하다시피 하면서 홍릉행차를 위해 전용철도를 놓기도 했다. 그러나 그의 텅 빈 가슴을 채울 수 있는 건 없었다. 그럴수록 그의 가슴속 회한은 더욱 단단하게 응어리질 뿐이었다.

미동도 하지 않았건만 그의 서러운 심사를 알기라도 하듯 촛불이 흔들렸다. 그 틈에 그의 그림자가 한 번 더 고개를 떨구었다.

"이제 그대의 고운 손을 쓰다듬어볼 수는 없는 것이오? 그대의 두 볼에 피어난 웃음꽃을 볼 수도 없는 것이오? 어찌 대답이 없는 것이오?…… 그대는 지금 차디찬 땅 홍릉에 누워 있는 게 틀림없구려."

그는 간절한 바람과 체념 사이에서 휘청거렸다. 다시는 볼 수 없다는 걸 알고 있지만 그는 그 사실을 여태도 인정할 수 없었다. 세월을 비껴갈 수 있는 사람은 없었다. 그의 육신은 늙었고 나이는 육십에 이르렀다. 그러나 나이가 들수록 그리운 건 그녀뿐이었다. 진정으로 믿을 수 있었던, 고종을 진정으로 염려했던 단 한 사람이었다. 고종은 황후의 유혼에게서 자유로울 수 없었다.

"지켜내고 싶었소. 고개를 숙여서라도 지켜내고 싶었지. 그래, 당신은 지켜낼 수 없었지만 이곳만은 지켜내고자 했지. 그런데도 살얼음 위를 혼자 걷는 것처럼 자꾸만 춥고 두렵소. 자꾸만 몸이 움츠러드니 어찌해야 좋겠소. 그대가…… 사무치게 보고 싶구려."

고종은 일본에 의해 강제로 폐위되고 순종에게 이미 왕의 자리를 물려준 신세였다. 모든 게 부질없게만 여겨졌다. 해가 거듭될수록 황후에 대한 그리움만 커졌다. 그녀가 부른다면 언제든 떠날 수 있을 것 같았다.

"어쩌자고 나를 데려가지 않는 거요. 저 아이 때문이요……."

고종은 고개를 들어 경운궁 쪽을 바라봤다. 그곳에 조선 왕가의 마지막 핏줄이 잠들어 있었다. 그는 그 어린 것의 운명이 가여웠다. 망국의 옹주로 태어난 것은 축복이 아니었다.

고종은 입술을 지그시 깨물었다. 핏기 없는 입술에 붉은 잇자국이 생겼다.

어느덧 축시를 알리는 종이 가느다랗게 울렸다. 힘을 잃은 황제의 눈에서 눈물 한 방울이 소리 없이 떨어져 내렸다.

겨울이 지나면 봄이 오는가

　얼어 있던 바람결이 헤실헤실 풀어졌다. 아물아물 피어나는 아지랑이가 아니라도 봄이 오는 걸 알 수 있었다. 세상이 암울하고 절망스러워도 자연은 그 스스로의 근면함으로 계절을 풀어냈다. 시커멓게 겨울을 난 나뭇가지가 새순을 피워내는 것은 그 자체가 기적이며 환희였다. 그러나 보드라움 속에는 아직도 찬 기운이 서려 있었다.

　"아직도 바람이 많이 부는가?"

　커피를 마시던 고종이 창문으로 흘러든 햇살을 보며 시종에게 물었다.

　"그러하옵니다."

시종은 조금 전 옷깃에 묻혀 온 바깥 공기를 생각하며 머리를 조아렸다.

"아기가 춥겠구려."

고종은 창 쪽으로 다가가 바깥을 내다보았다. 햇살은 부드러웠으나 바람에 흔들리는 나뭇가지가 위태로워 보였다.

시종은 창밖을 응시하는 고종의 뒷모습을 조심스럽게 바라봤다. 그늘진 용안은 우러르기 황송할 지경이었다. 요즘 들어 고종은 하루에도 몇 번씩 커피를 찾았다. 시종은 죽음을 연상시키는 시커먼 찻물이 자꾸만 마음에 걸렸다.

"폐하, 찻잔을 치우라 할까요?"

"아니다. 내가 이것으로 위안 받을 때도 있느니라. 입에 대지 않으면 하루해가 너무 길게 느껴지는구나."

고종은 다시 찻잔을 들었다. 화려한 꽃무늬가 새겨진 프랑스제 찻잔은 요염한 여인처럼 매혹적이었지만 깊은 맛은 없었다. 시종은 고개를 깊이 숙였다.

나라를 지켜내지 못했다는 자책감이 고종을 짓누르고 있었다. 하루 종일, 그 어떤 순간에도 용안에는 수심이 그득했다. 마음이 괴로울 때마다 고종은 커피를 찾았다. 각성 물질이 들어 있어 잠을 쫓고, 걱정을 사라지게 만든다는 그것이 시종은 염려스러웠다. 단 것을 좋아하는 고종을 위해 일부러 감주를 올리도록 일러두었건만 어찌된 일인지 눈에 띄는 것은 커피뿐이었다.

"데라우치 총독은 언제 든다 하였소?"

"오늘 들 것으로 아옵니다."

"음…… 오늘 들면 반드시 그 말을 해야겠소."

고종의 눈빛에 결의가 담겨 있었다.

"폐하, 무슨 말씀을 하시려고 그러시옵니까?"

시종의 염려는 깊었다.

"하늘이 짐에게 준 선물을 지키려는 것이오."

먼 곳을 바라보는 눈빛에서 그리움이 비어져 나왔다. 시종은 고종의 눈가에 드리운 그늘을 보았다. 기울어지는 나라를 구하고자 했으나 남은 것은 말라비틀어진 마음뿐이라는 걸 그는 누구보다 깊이 이해했다. 그럼에도 불구하고 끝내 이루고자 하는 바람, 그것이 무엇인지 짐작하는 터라 시종은 눈시울이 뜨거워졌다.

"몇 날 며칠을 곰곰이 생각해보았소. 그 아이를 늘 내 곁에 두고 지킬 수 있는 방법을……."

고종의 마음은 온통 옹주를 염려하고 자애하는 심정으로 가득했다. 고종은 옹주를 위해 준명당에 유치원을 설치했다. 하루 종일 눈앞에 두고 보기 위해서였다. 옹주가 시야에서 벗어나면 고종은 안절부절못했다. 눈에 넣어도 아프지 않다는 말이 무엇인지 절절하게 깨닫는 중이었다. 하지만 무엇을 해주어도 옹주를 아끼는 마음에 비하면 부족하기만 했다. 어린 옹주에게 과하다 싶은 사인교를 내린 것도 마찬가지였다. 할 수만 있다면 옹주만을 위한 아늑한 세상을 만들어주고 싶었다. 옹주는 그의 남은 생을 증명하는 유일한 존재였다. 옹주가 아프면 함께 아팠고 옹주가 기쁘면 함께 기뻤다. 고종은 스스로에게 다짐하듯 단호한 말투로 말했다.

"아름답고 고귀하게 지켜주고 싶소. 그 일을 위해서라면 나는 어떤 일도 감내할 작정이오."

시종은 더욱 몸을 굽혔다. 어떠한 분부든 받들겠나이다.

"오, 저기 오는 것이 옹주 아니오?"

고종의 용안에 화색이 돌았다. 시종은 얼른 고개를 들어 창밖을 봤다. 사인교에서 내려선 옹주가 가벼운 걸음으로 함녕전 쪽을 향해 오고 있었다.

"그러하옵니다, 폐하."

시종은 서둘러 문 쪽으로 다가갔다.

"드십시오, 옹주마마."

시종은 허리를 깊이 굽혀 예를 갖추고 옆으로 비켜섰다. 해맑은 미소를 지으며 옹주가 의젓하게 목례를 하더니 고종을 향해 뛰듯이 걸었다. 사락사락. 움직일 때마다 비단옷 스치는 소리가 미풍의 숨결처럼 새어 나왔다.

"아바마마."

나비처럼 팔랑거리며 다가드는 옹주를 보고 고종의 용안이 환해졌다.

"오, 우리 아기. 유치원에 다녀오느냐?"

"예, 아바마마."

"허허, 오늘은 무엇을 배웠는고?"

"작문을 하였습니다."

"작문이라?"

"예, 시를 지었습니다."

"허허허, 벌써 시를 지었단 말이냐? 우리 아지는 못하는 것이 없구나, 허허허."

넓은 이마, 쌍꺼풀진 눈, 둥그스름한 얼굴까지 옹주는 그야말로 고종을 쏙 빼 닮았다.

"허허, 우리 아기. 그리 영특하니 무엇으로 상을 줄꼬?"

고종은 용체를 굽혀서 검고 부드러운 머리칼을 만졌다. 쫑쫑 땋아 내린 머리끝에 제비부리 댕기가 고왔다.

"음…… 업어 주시어요."

옹주의 눈에 어리광이 그득했다.

"허허, 그러자꾸나."

조금의 망설임도, 꾸중도 없이, 고종은 옹주를 업었다. 옹주의 따스한 체온이 등줄기를 타고 전해지자 고종은 눈시울을 붉혔다. 아직 황적에 오르지 못한 아이였다. 고종은 그것도 자신의 무능함 탓인 것만 같았다.

"아바마마, 난 아바마마와 잠시만 떨어져 있어도 보고 싶다오."

등 뒤의 어린것이 목을 꼭 부여잡고 종알종알 떠드는 것을 들으며 고종은 아무래도 빠른 시일 내에 용단을 내려야겠다고 결심했다.

데라우치 총독은 의혹을 감출 수가 없었다.

'계획에도 없던 연회라니. 준명당이라면 유치원을 개설한 곳이 아니던가.'

연회 장소를 전해 들었을 때부터 그는 찜찜하고 석연찮은 기분이었다. 꿍꿍이가 있는 것 같았지만 실체를 파악할 수 없었다. 그는 준명당 앞에서 복장을 다시 매만졌다. 언제나 영광스럽게 생각하는 제복이었다. 대일본 제국의 표상, 제복에 달린 금장이 햇살에 번득였다. 그는 의심과 긴장의 끈을 놓지 않으리라 마음먹었다. 꿍꿍이가 무엇이든 휘둘리지 않을 자신이 있었다.

"어서 오시오, 총독."

고종은 손수 문 앞까지 나와 그를 맞았다. 전에 없는 일이었다. 데라우치는 심증을 굳혔다. 그는 내색하지 않고 깊이 고개를 숙여 예를 표했다.

"폐하, 어인 일이십니까?"

"내가 총독을 기쁘게 해주려고 아이들 잔치에 초대했소."

"어찌 갑자기 재롱잔치를 연다 하십니까?"

그가 꿰뚫어 보는 시선으로 고종을 바라보았다.

"잔치를 여는 데 무슨 이유가 있어야 하오? 가끔씩 살펴보니 하는 짓들이 하도 어여뻐서 총독과 함께 즐기려는 게지요, 허허허."

고종은 말끝에 총독의 손을 덥석 잡았다. 데라우치는 깜짝 놀랐다. 손아귀 힘이 생각보다 셌던 탓이다. 뜨뜻한 고종의 손이 끈적한 촉수처럼 그의 전신을 휘감았다. 데라우치는 그 손을 뿌리치지 못하고 이끄는 대로 따라갔다. 고종은 그를 미리 마련된 서양식 의자 앞까지 데려갔다. 청색 벨벳 덮개와 팔걸이의 곡선이 매끄러웠다. 데라우치는 속으로 의자 수를 헤아렸다. 고작 열 개 남짓. 참석자가 열 명을 넘지 않는다는 뜻이리라. 그것 역시 예사롭지 않았다. 특별한 의중이 있는 게 틀림없었다. 그는 고개를 돌려 사다코를 바라보았다. 연유를 묻는 듯한 그의 눈길에 일본인 교사 교구치 사다코가 어깨를 으쓱했다. 데라우치는 슬그머니 화가 치솟았다. 대체 무슨 장난을 치려는 것일까. 그는 아이들의 옷차림을 살피면서 의심스런 눈길을 거두지 못했다.

곧이어 풍금소리에 맞춰 고관의 딸들이 재롱 어린 춤을 추기 시작했다. 깜찍한 꼭두각시 춤에 좌중은 웃음바다가 되었다. 순서에 맞지 않아 서툰 것도 미소를 자아냈다. 데라우치는 고종을 곁눈질로 살폈다. 고종은 유치원 아이들의 재롱에 흠뻑 빠진 듯 아이들보다 더 천진난만한 표정이었다. 계략을 꾸민 얼굴이라고는 믿어지지 않았다.

"허허허, 어린 것들이 제법 잘하지 않소? 총독도 자제가 있을 터이니 더욱 귀엽게 보일 것이오."

데라우치는 마음이 불편했다.

"총독이 대한제국을 위해 애쓰는 것 같아 잠시나마 아이들 재롱
이나 보면서 술이나 한 잔 나누자는 것이오."

고종이 손수 데라우치의 잔에 인삼주를 따랐다. 데라우치는 자
세를 낮추어 공손하게 잔을 받았다.

"총독을 모시기 위해 특별히 내온 술이오."

"감사합니다."

술을 한 모금 마시자 입안에 쌉쌀한 인삼향이 퍼졌다. 고종은 데
라우치가 군인 출신 총독이라는 것을 알고 있었다. 무관들은 남들
앞에서 호탕한 체하길 좋아하는 법이다. 그러나 데라우치는 결코
만만치 않은 상대였다. 그는 인삼주가 독약이라도 되는 듯, 한 모
금 마신 다음 그대로 내려놓았다.

고종은 연거푸 술잔을 들이켰다.

"오늘 총독을 모시고 어린것들의 재롱을 보니 술맛이 절로 나는
구려. 그런데, 총독께선 그다지 흥이 나지 않는가 보오. 술잔이 여
태 그대로인 걸 보니 말이오."

"그럴 리가 있겠습니까."

고종이 다시 술잔을 들자 데라우치가 마지못해 함께 들었다. 총
독의 술잔이 비자 고종이 재빨리 시종에게 눈짓을 했다. 총독의 잔
은 비기가 무섭게 다시 채워졌다.

"다음은 우리 옹주가 노래를 한다오."

취기가 오른다 싶을 즈음 옹주가 사뿐사뿐 걸어 나와 노래를 부

르기 시작했다. 귀에 익은 일본 동요였다. 데라우치는 자신도 모르게 흥얼거렸다. 고종의 입가에 아주 엷은 미소가 떠올랐다가 사라졌다. 고종은 무대 앞으로 걸어 나갔다. 정말 취한 것인지 아니면 취한 척을 하는 것인지 걸음걸이가 불안정했다.

'어쩌면 숨겨놓은 의중 따윈 없는지도 모른다.'

총독은 고종의 휘청거리는 몸짓을 바라보며 긴장을 풀었다. 이렇게 가볍고 즐거운 마음으로 있다 가면 되겠지. 총독은 취기가 점점 올랐다.

"과연 옹주님은 노래도 잘하십니다."

데라우치가 호의적인 말을 흘리자 고종이 얼른 그 말을 받았다.

"허허, 그렇지요? 총독의 여식도 그렇게 어여쁘겠지요?"

"황송합니다, 미천한 여식과 어찌 비교할 수가……."

데라우치가 고개를 숙였다. 그는 자신의 웃음이 점점 헤퍼지고 있다는 것을 깨달았다.

고종이 갑자기 덩실덩실 어깨춤을 췄다. 사다코를 비롯해 그 자리에 있던 몇몇 고관들이 황망하다는 듯 고개를 외로 돌렸다. 고종은 좌우를 둘러보며 껄껄 웃었다.

"괜찮소. 귀여운 아이들을 보니 기분이 좋아 그러오. 총독이 우리 옹주를 잘 모를 것 같아서 얼굴도 익게 할 겸 마련한 자리요."

고종은 옹주를 끌어안고 볼을 비볐다.

"어떠하오. 우리 옹주가?"

용포를 휘날리며 몇 바퀴 빙그르르 돌던 고종이 쓰러지듯 자리에 앉으며 데라우치의 눈을 응시했다. 혹시 이것이……! 데라우치는 입술을 깨물었다.

"옹주님이 영특하시다는 이야기는 벌써부터 듣고 있었습니다. 그런데 이렇게 가까이서 뵈니 곱기까지 하십니다."

"허허허, 고맙소, 허허허."

고종이 데라우치의 손을 세게 잡으며 웃음을 터뜨렸다. 데라우치가 마지못해 따라 웃었다.

한일병합 이후, 황족을 일본인화 하는 작업이 한창 진행 중이었다. 그러나 일본 입장에서는 황족이 늘어나는 게 결코 달갑지만은 않았다. 옹주를 황적에 올리는 문제도 차일피일 미루고만 있었다.

"총독, 바쁠 텐데 이렇게 연회에 참석해주어 정말 고맙구려."

고종은 다시 한 번 힘주어 그의 손을 잡았다.

"폐하, 오히려 제가 영광입니다."

데라우치 총독이 또다시 고개를 숙였다.

자식을 키우는 자이니 이런 자리에 참석한다면 자연스럽게 어버이의 입장으로 생각하게 될 거라는 고종의 계산이 있었다. 그런 후에는 옹주에 대한 생각도 달라질 거라고 짐작했다. 부디 총독에게서 그런 부성을 끌어낼 수 있기를.

'이 아이만은 은의 전철을 밟아서는 안 된다.'

고종은 간절했다. 어린 나이에 일본으로 떠난 이 은 역시 그의 뜻은 아니었다. '공부'라는 명분은 그럴싸했지만 그것은 분명 볼모였다. 눈에 밟히는 은이 그리워 사진이라도 보기를 청했는데 일본에서 날아온 사진은 고종의 가슴에 비수를 꽂았다. 조선의 태자가 일본식 군사훈련에 참가해 주먹밥을 먹고 있었다. 고종은 더더욱 옹주의 앞날을 걱정하지 않을 수 없었다.

부러지느니 휘라 했다. 백 번 옳은 말이었다. 시해사건이 있은 후부터 고종은 늘 불안했다. 고립무원이라 하였던가, 주위에 믿을 만한 사람이 없었다. 바람에도 귀가 있다는 궁중에서 첩자를 가려내는 일은 불가했다. 마음을 둘 수 있는 측근은 몇 명에 지나지 않았다. 고종은 무관시종을 떠올렸다. 가장 가까운 이…… 아니 어쩌면 그렇게 믿고 싶을 뿐인지도 모른다.

고종은 난망해하는 데라우치에게 또 술을 권했다. 그리고 부러 탄식을 섞어 이렇게 말했다.

"옹주 커가는 게 아주 큰 즐거움이라오.…… 오늘 더없이 총독이 믿음직하구려."

이미 취기가 오른 총독의 귓가에서 고종의 목소리가 웅웅댔다.

"옹주야, 이리 와서 총독께 인사 올리거라."

고종의 부름에 옹주가 나비처럼 사뿐사뿐 다가와 총독 앞에 섰다. 옹주는 맑고 검은 눈동자로 총독을 빤히 바라보았다. 총독은 잠깐이었지만 그 눈빛에 압도 당했다.

'핏줄은 속일 수 없는 모양이구나.'

총독이 엉거주춤 일어서려 할 때 옹주가 먼저 고개를 숙였다. 또래 여자아이답게 사랑스러운 미소를 머금은 인사였다. 데라우치는 황망히 자리에서 일어나 예의를 차렸다.

"옹주님께서 참 의젓하고 영민하신 듯합니다."

데라우치가 칭찬을 아끼지 않았다.

"허허허, 그리 보아주니 고맙소."

고종이 옹주를 무릎위에 앉히며 덩달아 웃었다.

그렇게 연회는 끝이 났다. 데라우치를 배웅하는 순간까지도 고종은 시종일관 미소를 잃지 않았다. 하지만 그를 보내고 난 후 고종의 얼굴은 급격히 어두워졌다. 이제 패는 총독에게 넘어갔다. 고종은 깊은 한숨을 내쉬었다.

그 시각 데라우치는 준명당을 나서 자신의 집무실로 들어가고 있었다.

'내가 당했구나. 고관들 앞에서 옹주를 인정하고 말았어. 조만간 황적에 올려달라는 상신이 들어오면 회피할 명분이 없겠구나. 천하의 데라우치가 늙고 힘없는 퇴황제에게 발목을 잡히다니.'

그는 자조적인 실소를 터뜨렸다.

괴이한 소문

"마마, 이상한 소문이 나돌고 있사옵니다."

처소의 나인이 방정맞게 입을 놀리자 양 귀인의 미간이 잔뜩 좁아졌다.

"무슨 소문을 듣고 그러느냐?"

"어제 폐하께서 데라우치 총독 앞에서 춤을 추셨다 하옵니다."

"이런 망측한! 어느 안전이라고 함부로 입을 놀리는 게냐!"

다급하게 따라온 상궁이 혼이 빠지도록 나인을 호통쳤다.

"소인은 들은 대로 이야기했을 뿐이온데……."

나인이 겁을 잔뜩 집어먹은 얼굴로 말꼬리를 흐렸다.

"냉큼 물러가지 못하겠느냐!"

상궁의 호통에 나인은 혼비백산하여 사라졌다. 상궁이 머리를 조아리며 양 귀인의 안색을 살폈다.

"저 아이가 방금 무슨 말을 한 것이냐?"

"마마……."

상궁은 어쩔 줄 몰라 하며 다시 머리를 조아렸다.

"아는 대로 이야기해보거라."

양 귀인은 심기가 불편했다. 소문이라 하더라도 어찌 그런 말이 떠돌아다닌단 말인가. 어찌 귀하신 옥체가 일본 총독 앞에서 춤을 추었다는 말인가.

"즉조당에서 그리하셨다 하옵니다."

기어들어가는 상궁의 목소리를 들으며 양 귀인은 가슴이 타들어가는 듯했다.

"…… 필시 깊은 연유가 있을 것이다."

눈물을 머금고 행했을 그 춤사위는 누구를 위한 것이었을까. 양 귀인은 떨리는 손으로 먹먹한 가슴께를 지그시 눌렀다. 분명 옹주 마마 때문이었을 것이다. 즉조당에서 연회를 연 것도 그 때문이었으리라. 그런 수군거림이 한동안 유령처럼 궁궐 안을 떠돌 걸 생각하니 통증이 점점 더 심해지는 것 같았다.

"어머니!"

귀에 익은 목소리가 상념의 늪에서 양 귀인을 끌어올렸다. 얼굴의 그늘을 지우고 고개를 들어보니 눈앞에 얌전히 앉아 있는 옹주가 보였다.

"마마, 어인 일로……."

"어머니, 함께 부용정에 가보아요."

옹주가 해맑게 웃으며 양 귀인을 마주봤다.

"날이 풀리니 이리저리 돌아다니고 싶으신 게로군요."

"네, 어머니랑 같이 가고 싶어요."

"좋아하시는 약과를 좀 챙길까요?"

"아니어요."

옹주가 곁에 바짝 다가앉으며 양 귀인의 손을 잡았다. 따듯한 피가 흐르는 부드러운 손. 양 귀인은 황공한 마음으로 그 손을 마주잡았다. 무엇이 이리 부드러울 것이며 무엇이 이리 따스할 것인가. 천지에 단 하나, 마마의 존귀한 손만 그러하리라.

"어머니, 떨잠이 참 예뻐요."

양 귀인을 물끄러미 바라보고 있던 옹주가 불쑥 입을 열었다. 떨잠을 바라보는 옹주의 눈빛에 어린아이다운 호기심이 차올랐다. 양 귀인은 손을 빼내 자신의 머리를 매만졌다. 나비떨잠이 파르르 떨렸다. 나비모양 장식판에 산호, 진주, 공작석을 물리고 주위에 가는 은사 용수철로 둘러 그 위에 나비, 벌, 새, 꽃 등의 작은 장식을 올린 장식물. 옹주는 그것을 하염없이 쳐다보고 있었다.

"빼 드리리까?"

"아니어요. 어머니께 잘 어울려요. 뒤꽂이도요."

옹주의 여리고 흰 손이 양 귀인의 머리채를 살며시 매만졌다.

"마마가 배필을 만나시면 더 귀하고 좋은 보석들을 마련해주실 것입니다."

"배필이라고요?"

옹주가 수줍은 듯 배시시 웃었다. 양 귀인은 옹주의 부드럽고 여린 볼을 소중하게 감쌌다. 이토록 어여쁜 이를 내가 낳았구나. 어서어서 성장하여 속 깊고 듬직한 배필을 만나시기를.

어수선한 세상에서는 무엇이든 빨리 서두르는 게 좋은 법이다. 복잡한 머릿속을 털어내듯 양 귀인이 옹주의 손을 잡았다.

"마마, 이제 부용정에 가볼까요?"

"네, 봄날이라 참 좋을 것 같아요."

옹주의 티 없는 웃음이 꽃처럼 환했다. 양 귀인의 손을 잡고 걸어가는 옹주의 걸음걸이도 경쾌했다. 얼마쯤 걸었을까, 갑자기 옹주가 발걸음을 멈추고 양 귀인을 올려다봤다.

"그런데 어머니……."

"왜 그러하십니까?"

"저는 왜 이름이 없나요? 아바마마께서도 저를 그냥 '아지'라고만 부르시니……."

양 귀인의 가슴에 깊은 통증이 번졌다.

"…… 마마, 좋은 이름을 지어주시려고 심사숙고하느라 그런 게 아니겠습니까?"

총명하다고는 하나 어린아이였다. 옹주는 양 귀인의 가슴을 철렁하게 해놓고도 그 말 한마디에 배시시 웃었다. 그러나 양 귀인의 얼굴은 여전히 어두웠다.

산자락이 동쪽을 향해 'ㄷ'자 모양으로 우묵하게 조성된 가운데 부용정이 있었다. 양 귀인은 옹주의 손을 잡고 이곳에 올 때마다 시름을 덜곤 했다. 봄이 되자 연못 가득 부드러운 물결이 찰랑거렸다.

"마마, 얼음이 녹으니 물살도 부드럽습니다."

양 귀인이 옹주의 얼굴을 살피며 말했다.

"물살을 헤집고 노니는 물고기도 더욱 자유로워 보여요."

옹주가 차분한 목소리로 화답했다.

"그렇지요. 묶여 있지 않은 것은 언제나 자유로울 수 있지요."

물고기 한 마리가 물 위로 솟았다 사라졌다. 그 위로 동심원의 파문이 번져 나갔다. 옹주의 시선이 연못에 머물렀다. 그 눈길이 전에 없이 깊었다.

부용정은 네모진 호 안에 장대석을 쌓고 한가운데 동그란 섬을 만들어 소나무를 심은 정자다. 천원지방天圓地方, 하늘은 둥글고 땅은 네모나다는 전통적인 우주관을 표현한 것이라고, 나들이 길에 황제가 일러주던 게 생각났다.

"하늘과 땅의 모양만을 말하는 게 아니오. 하늘과 땅 사이에 사는 사람이야말로 하늘과 땅의 운행원리를 구현하는 소우주라는 뜻이오. 그러니 인간은 자연의 섭리를 거스르면 안 된다는 뜻이라오."

자상하게 일러주던 그 음성이 곁에서인 듯 생생했다. 문득 용안을 마주한 지가 오래됐다는 생각에 양 귀인은 쓸쓸해졌다.

부용정에서 보이는 주합루의 신록이 한 폭의 그림 같았다. 주합루로 오르는 계단 어수문 양옆으로 초록 잎들이 바람에 흔들리고 있었다. 노란 산수유가 하늘거렸다. 그것을 보고 있자니 새삼 흔들리는 배 같은 나라 신세가 서글펐다.

어수魚水, 물고기와 물. 물고기는 신료를 가리키고 물은 왕을 가리킨다. 물고기가 물을 떠나 살 수 없듯이 신료들도 왕의 뜻 안에서 활약하라는 의미다.

'왕만이 드나들 수 있는 저 어수문을……'

정조대왕이 규장각을 두어 개혁정치를 이끌던 곳이기도 했다. 그런 곳에서 일본의 승리를 축하하는 연회를 연 적도 있었으니.

'내가 이럴 진데……'

양 귀인은 오늘따라 그리운 용안을 떨쳐내느라 머리를 지그시 눌렀다. 그러나 통증은 여전히 심했다. 양 귀인은 옹주를 돌아보았다. 옹주는 철 든 아이처럼 음전하게 앉아서 골똘히 생각에 빠져 있었다.

"무슨 생각을 그리하십니까?"

양 귀인이 물었다.

대답이 없었다.

"마마, 뭘 그리 깊이 생각하십니까?"

재차 물었을 때야 옹주가 조용히 입을 열었다.

"어머니, 데라우치 총독은 나쁜 사람인가요?"

양 귀인은 예기치 않은 말에 놀라서 주변을 살펴보았다.

"마마, 그런 말씀은 함부로 하시면 아니 되옵니다."

저만치 물러나 있던 유모가 옹주를 타이르듯 낮게 말했다.

"며칠 전 아바마마께서……."

옹주가 말을 하다 말고 더 이상은 말할 수 없다는 듯 입을 다물
었다. 도톰한 입술을 지그시 깨물고 두 손을 맞잡은 채 분노를 삭
이고 있었다. 차마 할 수 없는 말……. 양 귀인은 그게 무엇인지
알고 있었다. 며칠 전부터 나돌던 우울하고 난망한 소문. 하지만
양 귀인은 옹주의 두 손을 따스하게 감싸 쥐며 웃어 보였다.

"마마, 길이 아니면 가지를 말고 말이 아니면 섞지를 말라 하였
습니다. 궁중을 떠도는 소문 따위엔 괘념치 마소서."

옹주의 얼굴에 그늘이 졌다.

"소문이 아니어요."

"마음에 그늘을 만드는 일은 잊으십시오."

양 귀인의 목소리가 가늘게 떨렸다.

"영친왕 전하는 왜 일본으로 가셨나요? 데라우치 총독이……."

원망이 가득 담긴 옹주의 눈에 이슬 같은 눈물이 반짝거렸다.

총명도 지나치면 화를 부르는 법이다. 양 귀인은 자신도 모르게 옹주의 입을 막았다. 가슴이 벌떡거렸다. 벽에도 귀가 있다는데 누가 듣기라도 한다면⋯⋯. 양 귀인은 정색을 하고 옹주의 얼굴을 마주보며 낮은 목소리로 말했다.

"그런 말은 다시 하지 마십시오. 존귀하신 분께서 하실 말이 아니옵니다. 하잘 것 없는 말들을 견디는 게 궁 안의 생활입니다."

"낮말은 새가 듣고 밤 말은 쥐가 듣는다 하였사옵니다."

유모가 더욱 낮은 목소리로 거들었다. 옹주는 더 묻고 싶었다. 그러나 어머니와 유모가 한편이 되어 정색을 하니 더는 물을 수가 없었다. 더럭 겁이 나기도 했다. 옹주는 긴 한숨을 끝으로 입을 꾹 다물었다.

양 귀인이 옹주를 끌어안았다. 머리채의 떨잠이 불안한 듯이 파르르 떨었다. 서늘한 바람이 두 사람의 곁을 훑고 지나갔다.

비밀을 함께 나눈 이

고종은 커피 잔을 들었다. 세밀한 장미문양이 새겨진 화려한 찻
잔에 검은 액체가 출렁거렸다. 금박을 두른 가장자리, 부드럽게 물
결치는 날렵한 손잡이, 작고 어여쁜 장미 한 송이가 수줍은 봉오리
처럼 함초롬하게 고정되어 있는 고급스러운 찻잔. 그러나 김황진
은 커피를 입에 대는 황제를 볼 때마다 불안했다. 진한 커피냄새를
맡을 때마다 이상하게 머리가 어지러웠다.

"주위를 물리고 이리와 앉으라."

고종이 시종을 바라보며 커피 잔을 놓았다. 어느새 잔은 비어 있
었다. 김황진은 고개를 깊이 숙였다. 오늘은 무슨 말씀을 하실지.
조심스레 문밖을 살피며 그동안 비밀리에 진행했던 일들을 떠올렸

다. 어느 것 하나 뜻대로 성사된 것은 없었다.

1904년 폭풍처럼 들이닥친 러일전쟁의 회오리는 대한제국의 꿈을 산산이 부수어 놓았다. 러시아는 일본의 역공을 이기지 못하고 전쟁에서 패했고, 일본은 곧 대한제국에 대한 야욕을 드러냈다. 을사늑약의 강제 체결. 고종은 1906년 영국의 더글러스 기자에게 을사늑약의 부당함을 천명하는 국서를 비밀리에 전달했다. 열강의 공동보호를 요청한 고종의 공식문서였다. 그러나 그것을 반기는 이는 아무도 없었다.

1,2차 만국평화회의가 열리는 동안 고종은 다시 한 번 비밀리에 일을 꾸몄다. 각국에 특사를 파견하고 대한제국의 입장을 호소하는 한편 헤이그에 밀사를 보냈다. 그러나 평화회의 의장이었던 알렉산드르 넬리도프는 밀사들의 회의참석을 단호하게 거절했고 얼마 뒤, 그중 한 명이었던 이 준이 호텔방에서 시체로 발견됐다. 단단히 쥐고 있던 고종의 끈 하나가 툭, 하고 끊어졌다. 결국 그것이 황제의 두 발목을 잡았다. 7월 19일 새벽 1시, 고종은 일본의 협박을 이겨내지 못하고 그들의 바람대로 황태자에게 대리청정의 조칙을 내렸다.

"내가 믿는 것은 너뿐이니……."

고종의 음성은 나직했다. 김황진은 그 음성에 깔려 있는 물기를 느꼈다. 고독하신 분이시다. 김황진은 머리를 조아리며 눈을 감았다. 더없이 높은 자리에서 더없이 외로우신 분. 옹주마마를 황적에 올리기 위해 기꺼이 자신을 낮추셨던 분. 그 깊고 그윽한 마음을 어찌 받들어야 하는지 그는 황송한 마음을 가눌 수 없었다.

"이제 그 아이를 데려오너라."

김황진은 황제의 말뜻을 얼른 알아차리지 못했다.

"폐하, 누구를 말씀하시는지……."

"지난번 이야기한 아이를 데려오너라."

고종의 목소리가 더욱 낮고 은밀해졌다.

"…… 네…… 알겠습니다."

김황진은 주변을 살폈다. 아무도 없는 공간에서도 그들의 숨결이 느껴졌다. 비밀은 번번이 새어 나갔다.

"되도록 빨리 서둘러야 할 것 같구나. 이제는 아무도 믿을 수가 없노라."

고종은 창밖에 시선을 둔 채 시종을 재촉했다.

"내일 아침에 알현토록 준비하겠습니다."

김황진은 서둘러 궁을 빠져나갔다.

다음 날 아침, 김황진은 아무도 모르게 한 소년을 입궁시켰다. 얼결에 시종의 뒤를 따르던 소년은 어리둥절한 눈으로 낯선 궁중의 풍경을 살폈다. 키가 크고 얼굴이 갸름한 아이였다. 총명해 보이는 두 눈이 다정스러웠다. 시종은 그 아이와 무관하다는 듯 뒤도 돌아보지 않고 앞서 걸었다. 소년이 그 뒤를 종종걸음으로 좇았다.

화원을 지날 때 꽃바람이 사르르 불었다. 꽃향기가 소년의 볼을 간질였다. 소년은 간밤의 일을 되새기지 않을 수 없었다.

지금 앞에서 성큼성큼 걷고 있는 김황진, 그는 자신의 백부였다. 백부는 밤늦게 집을 찾아왔다. 어머니는 다른 날과 다르게 새로 장만한 옷을 조심스럽게 내밀었고, 아침이 되자 영문 모를 말이 떨어졌다.

"따라나서라."

자주 뵐 수 있는 분이 아니었다. 따라나서라는 말을 예사로 할 분도 아니었다. 갈 곳도, 이유도 모르는데 누구도 그 말에 토를 달지 않았다. 소년은 처음으로 용기를 내었다.

"백부님, 어디로 가십니까?"

"그냥 따라오면 된다."

백부는 표정을 흐트러트리지 않은 채 소년을 내려다보았다. 소년은 고개를 돌려 아버지를 바라봤다. 아버지가 고개를 끄덕였다. 백부가 저만치 앞서자 그가 소년의 귀에다 속삭이듯 일러주었다.

"황제께서 너를 데려오라 하셨다."

"네? 황제께서요?"

소년의 놀란 눈을 보고 아버지가 가만가만 손을 내저었다. 입을 다물라는 뜻이다.

"조용히 따라가서 시키는 대로만 하고 오면 된다."

소년은 흐트러짐 없는 백부의 등을 보며 자신도 허리를 꼿꼿이 세웠다. 하지만 주위에 시선을 빼앗기다보니 걸음이 조금씩 느려졌다. 그때 무엇인가가 자신을 잡아당기는 듯해, 소년은 걸음을 멈추었다. 화원의 꽃들과 전각과 용마루를 다시 한 번 살펴보았다. 아름답기 그지없는 풍경이었다. 그러나 소년을 사로잡은 건 그런 것들이 아니었다. 어디선가 은은한 향내가 풍겨왔다. 진한 향기를 품은 꽃잎 한 장이 스치고 지나간 듯한. 잔향만을 남긴 채 어디론가 날아가 버린 꽃잎. 그걸 찾아 소년은 두리번거렸다.

　그때 소년은 자신을 물끄러미 응시하는 시선과 마주쳤다. 햇살 때문이었을까…… 눈이 부셨다. 동틀 무렵 들창으로 비쳐들던 햇살처럼 포근하고, 무성한 잎사귀 사이로 내리꽂히던 한여름 햇살처럼 강렬한 눈빛. 시선과 시선이 짧은 순간 뒤엉켰다. 소년이 백부를 따라 기나긴 회랑을 걷는 내내 그 시선은 함께했을 것이다. 수많은 궁녀들이 그 소녀의 주변을 보호하듯 뒤따르고 있었다. 초록색 당의, 옷차림이 예사롭지 않았다.

　소년은 얼른 고개를 숙였다. 감히 바라볼 수 있는 상대가 아니라는 걸 어린 나이에도 직감했다. 소녀의 입가에 보일 듯 말 듯한 미소가 떠올랐다. 순간 소년의 호흡이 가팔라졌다. 이상스레 가슴이 뛰었다. 그는 자신도 모르게 고개를 더욱 깊이 숙였다. 그때 앞서 가던 백부가 걸음을 멈추고 돌아봤다.

　"아, 마마…… 소신의 조카이옵니다."

김황진이 예를 갖출 동안 소년은 꼼짝도 않고 서 있었다. 등에서 식은땀이 흘렀다. 소년은 용기를 내어 소녀의 얼굴을 다시 훔쳐보았다. 궁 안에 있는 사람들은 이처럼 다 고운가? 화려하게 치장하지 않았으나 기품이 넘쳤고 말간 얼굴은 수정처럼 빛났다. 소년은 마음을 다잡고 이번엔 소녀를 똑바로 쳐다보았다. 소녀가 그 시선을 대담하게 받아냈다. 소년은 어쩐지 울고 싶어졌다. 난생 처음 찾아온 이 감정을 아직 무어라 불러야 할지 몰랐다. 어떻게 다루어야 할지도 몰랐다. 두 다리가 부들부들 떨렸다. 소녀가 손으로 입을 가리며 설핏 웃었다. 백부가 재촉하지 않았다면 소년은 그 자리에서 한 발짝도 떼지 못했을 것이다.

"저 아이로구나."

소녀 곁에 서 있던 늙수레한 여인이 그를 보고 혼잣말처럼 중얼거렸다. 소녀가 호기심 가득한 눈으로 여인을 올려다보았다.

"유모, 그게 무슨 말이야? 저 아이를 알아?"

소녀의 말에 여인은 도리질을 쳤다.

"아…… 아니옵니다. 아무것도 아니옵니다."

'저 아이로구나' 하는 유모의 말뜻을 그때는 누구도 알 수 없었다. 하지만 소년은 그 말이 평생토록 자신의 귓가를 울릴 거라는 예감에 사로잡혀 온몸을 부르르 떨었다.

"네 이름이 무엇이냐?"

"김장한이옵니다."

소년이 단정한 목소리로 대답했다.

"네 이야기는 익히 들었다."

"황공하옵니다."

고종은 소년을 유심히 살펴보았다. 음전하고 조용한 아이였다.

"네가 왜 여기에 왔는지 알고 있느냐?"

"모르옵니다."

고종은 김황진을 일별한 뒤 다시 소년에게로 눈길을 돌렸다.

"내 너를 부마로 삼을 생각이다."

소년은 자신의 귀를 의심했다. 부마라면 임금의 사위, 즉 황제의 딸을 배필로 맞이하게 된다는 의미가 아닌가. 상상조차 하지 못한 일이었다.

"낯빛이 썩 좋지 않구나. 마음에 내키지 않는 일이더냐?"

소년은 대답하지 않았다. 옆에서 시립하고 있던 김황진의 얼굴이 일그러졌다.

"폐하, 너무 갑작스런 말씀인지라 아직 무슨 뜻인지 헤아리지 못한 듯하옵니다."

소년이 고개를 들어 백부를 보았다. 부마가 된다는 게 어떤 의미인지 소년은 잘 알고 있었다. 얼마나 황송한 일인지도 역시나 잘 알았다. 그런데도 소년은 너무도 갑작스러워 입을 열 수가 없었다. 초조해하는 김황진과 달리 고종은 한결 느긋한 표정이었다.

"헤아리지 못하는 게 아니라 너무도 잘 헤아리고 있는 듯하구나. 선뜻 대답하지 못하는 건 그 때문이지."

고종은 일본이 옹주를 채가기 전에 딸의 약혼을 진행시키고 싶었다. 가장 믿을 만한 시종의 조카와 연을 맺어둔다면, 옹주의 일본행을 막을 수 있을 듯했다. 하지만 그 전에 김장한이 어떤 아이인지 직접 눈으로 확인하고 싶었다. 아무리 일각을 다투는 일이라 해도 가장 아끼는 옹주의 배필을 무턱대고 정할 수는 없는 노릇이었다.

소년이 주저앉듯 무릎을 꿇더니 곧이어 부복했다. 고종은 소년을 내려다보았다. 작은 등이 떨리고 있었다.

"너무 과분한 처사이십니다. 다시 한 번 통촉하여 주시옵소서."

목소리도 떨리고 있었다. 하지만 고종은 자신의 의사를 분명히 밝히는 모습이 오히려 마음에 들었다.

"망국의 한을 품고 사는 쓸모없는 노인의 부탁이라 생각하거라. 옹주는 곁에서 지켜줄 사람이 필요하다. 강인하고 현명하며 성심으로 대해줄 그런 사람이 필요하다. 너를 보니 믿음이 간다. ……내 믿음에 화답하겠느냐?"

소년은 고개를 들어 다시 백부를 보았다. 안절부절못하던 백부가 나직한 목소리로 타이르듯 말했다.

"너도 아까 뵙지 않았더냐. 내가 예를 올렸던 마마를 기억하느냐? 그분이 바로 옹주마마이시다."

순간 소년의 눈이 반짝 빛났다. 시선과 시선이 마주쳤던 그 짧은 순간이 번개처럼 스치고 지나갔다.

고종은 다시 소년에게 물었다.

"괜찮다. 너의 의중을 밝히거라."

소년은 이마를 바닥에 대고 큰 소리로 답했다.

"명을 받들겠습니다."

고종은 한시름 놓았다는 듯 길게 한숨을 내쉬었다. 용상에서 일어나 소년의 손을 잡고 일으켰다. 소년은 감히 고개를 들지 못했다. 가슴이 터질 듯했다. 고종은 그 모습을 온화한 눈길로 내려다보았다.

흡족한 마음으로 밤을 보낸 고종은 다음날 눈을 뜨자마자 김황진을 찾았다. 그러나 아무런 기척이 없었다. 아침 커피를 준비해 올리던 상궁만이 모습을 보일 뿐이었다. 고종은 의아한 눈빛으로 상궁에게 물었다.

"시종이 왜 보이지 않느냐?"

단 하루도 자리를 비운 적이 없는 사람이었다.

"모르는 일이옵니다. 제가 어찌……."

상궁이 말꼬리를 흐리며 도망치듯 나갔다. 그러자 부르지도 않은 한상학이 들어섰다. 고종은 일이 잘못되었음을 직감적으로 알았다. 그의 수염 끝이 바르르 떨렸다.

"이제부터 소신이 폐하를 모시게 되었습니다."

한상학. 그는 윤덕영이 보낸 하수인이었다. 이로써 모든 게 분명해졌다. 김황진이 사라지고 한상학이 나타났다는 건 그가 준비했던 계획이 무산됐다는 걸 뜻했다. 세상과 이어졌던 끈이 또다시 떨어져 나갔다. 고종은 절망했다.

"어찌하여 자네가?"

"저는 궁내부에서 시키는 대로 할 뿐입니다."

한상학이 고개를 숙인 채 대답했다. 그토록 즐기던 커피였건만 고종은 거들떠보지도 않았다. 커피가 차갑게 식어갔다. 대신 그의 가슴 속은 뜨겁게 달구어졌다.

고종은 끓어오르는 분노를 간신히 억눌렀다. 자신의 뜻도 묻지 않은 채 이루어진 처사에 대해 꾸짖고 싶었다. 누구에게라도 호통치고 싶었다. 당장 김황진을 데려오라 소리치고 싶었다. 안하무인의 모리배들에게 서슬 퍼런 어명을 내리고 싶었다. 하지만 그것은 마음속의 소용돌이일 뿐이었다. 김황진을 데려오라 했다가는 오히려 그가 더 큰 해를 입으리라. 쉽게 내어줄 거였다면 이처럼 소리 없이 그를 사라지게 하지도 않았을 게다. 고종은 자신의 가슴을 조용히 쓸어내렸다.

"부르기 전에는 나타나지 말라."

고종은 자신의 동선을 쫓는 한상학을 보며 냉정하게 말했다.

"소신은 폐하를 모셔야 합니다."

"물러가라 했느니!"

고종이 호통을 쳤다. 그러나 한상학은 전혀 기죽지 않았다. 외려 떨떠름한 표정으로 물러나 방 주변을 감시했다. 고종은 진저리를 치며 탄식했다.

'저 자는 도대체 누구의 백성인가? 내 어찌하여 이런 처지가 되었는가.'

고종은 가슴을 쳤다. 그는 식어버린 커피를 쳐다봤다. 유난히 커피를 만류하던 김황진이 떠올랐다. 그가 있을 때 그의 말을 들어줄 것을. 김황진의 얼굴이 눈앞에 어른거렸다.

그것은 분명 둘만 아는 비밀이었다. 비밀을 캐는 자들이 그렇게 깊고도 날카롭게, 조용하고도 민첩하게 사람을 심어놓았을 줄이야.

고종은 우리 안에 갇힌 동물처럼 답답했다. 사면이 막힌 고독한 감옥, 창살만 없을 뿐이다.

'이제 내 곁에는 아무도 없구나. 적들만이 가득하구나. 충신들은 모두 자취를 감췄구나.'

고종은 속울음을 토하며 가슴을 쳤다. 충신을 지켜내지 못한 군주라는 자괴감이 그를 괴롭혔다. 그는 옹주를 떠올렸다.

옹주의 곁에도 항상 일본인들이 진을 치고 있었다. 유모도 언제 떼어 내버릴지 모른다. 보모인 교구치 사다꼬, 가정교사인 게이구찌는 자꾸만 '일본 것'들을 가르쳤다. 총명한 옹주가 히라가나의 50음을 빨리 익혔다고 무엇이든 가르치려 들었다. 고종은 불안했다. 조선의 마지막 핏줄이 일본 색에 점점 물들어가는 건 아닌지.
'게다'를 신고 '아오리'를 걸치고 학교에 가는 옹주의 모습은 그야
말로 생경했다.

　'아, 이를 어찌할꼬!'

　고종의 마음은 바람 앞의 등불이었다.

폭풍이 몰려오고 있다

　분명 악몽이었다. 형체도 알 수 없는 섬뜩한 존재가 목덜미를 세게 후려치고 갔다. 옹주는 눈을 번쩍 떴다. 온몸이 땀으로 젖어 있었다. 가슴이 불안하게 두근거렸다.

　옹주는 유모를 찾았다. 곁을 지키고 앉아 있던 유모가 근심어린 눈빛으로 옹주의 얼굴을 들여다보았다. 유모의 눈에 눈물이 그렁그렁하게 고여 있었다. 옹주는 더럭 겁이 났다. 손을 들어 유모의 눈가를 훔쳤다. 그녀의 손끝에 미지근한 눈물이 묻어났다.

　"유모, 왜 울어? 무슨 일이야?"

　"아, 아니옵니다."

　유모는 고개를 돌렸다. 그녀는 소매부리로 눈물을 닦고 나서 옹주의 얼굴을 지그시 바라보았다.

"어찌 이리 땀을 흘리시옵니까?"

유모는 깨끗한 수건을 찾아 옹주의 이마에 고여 있는 땀을 닦아냈다. 그 손끝이 바들바들 떨고 있었다.

"무서운 꿈이라도 꾸셨습니까?"

유모의 물기 묻은 음성이 무겁게 갈라졌다.

"응. 너무 무서워 잠이 깼어."

말로는 설명할 수 없는 꿈이었다. 꿈속에서 무언가가 가슴을 짓누르는 듯했다. 숨을 쉬기도 어려웠다. 이러다 영영 숨을 못 쉬는 게 아닌가 싶어 두려웠다. 버릇처럼 아바마마를 찾았다. 아바마마, 아바마마. 그러나 대답은 없었다. 옹주는 어둡고 축축한 곳을 헤매다가 갈 곳을 몰라 그 자리에 주저앉았다. 울음을 터트렸지만 눈물은 나오지 않았다. 소리조차 지를 수 없었다. 울음소리를 듣는다면 아바마마께서 달려오실 텐데. 이런 생각을 하다 다시 무언가에 쫓겼다. 그러다 눈을 떴다.

유모는 옹주의 땀을 닦은 수건으로 다시 자신의 눈자위를 훔쳤다. 옹주는 재차 물었다. 유모, 왜 울고 있어. 유모는 대답할 듯 말 듯 입술을 달싹거리기만 했다. 기운이 불길했다. 방 안에 고인 공기가 여느 때와는 사뭇 달랐다. 무겁고 눅눅했다. 사위는 고요했다. 방금 폭풍이 지나간 듯 황량한 정적이었다.

옹주는 유모를 채근했다.

"언제부터 방에 들어와 있었어? 몸이 차가운 걸 보니 방금 들어
왔나봐. 무슨 일이 있는 거야, 응?"

"마마……."

유모는 갈라지는 음성을 가다듬으며 입을 뗐지만 더는 말을 잇
지 못했다. 나무를 할퀴는 겨울바람 소리가 매웠다. 옹주와 유모
모두 창밖을 바라보았다. 하늘은 시리도록 푸르렀다.

"마마, 황제께서……."

옹주는 아바마마라는 말에 눈을 크게 뜨고 걱정스러운 표정을
지었다.

"꿈에서 내가 그리 찾았는데 아바마마를 뵐 수 없었어. 옥체 미
령하신 거지?"

"그것이…… 마마, 차마……."

고종의 건강이 좋지 않다는 소문은 이미 오래 전에 퍼졌다. 일본
으로부터 자작 작위를 받은 이완용과 이기용이 늘 고종의 주변을
감시하고 있었고, 그때를 같이해 건강에 대한 소문은 날이 갈수록
무성해졌다. 옹주는 스스로를 달래듯 중얼거렸다.

"어젯밤 늦게까지 아바마마 곁에 있다 왔어. 밤새 무슨 일이 있
을 리 없지."

옹주는 애써 표정을 바꾸어 차분한 음성으로 말했다. 유모는 그
모습을 애끓는 표정으로 지켜보았다. 짐작하신 바가 있는 것이다.
어찌 그러시지 않을까, 핏줄이 아니던가.

"그것이……"

유모는 같은 말만 되뇌었다.

"그런데 꿈이 이상해. 캄캄한 밤에 폭풍이 휘몰아쳐서 모든 게 다 사라져버렸어."

옹주가 꿈을 떠올리며 우울한 표정을 지어 보였다. 유모는 몸을 떨었다. 답을 구하듯 자신의 눈을 들여다보는 옹주에게 무슨 말을 해야 할지 몰랐다.

"지금 뭐라 하셨습니까?"

"모든 것이 다 사라져버렸다고."

그 말에 유모가 기어코 몸을 흐트러뜨렸다.

"마마, 황제께서 승하하셨사옵니다. 흐흑…… 마마…… 마마!"

옹주는 자신의 귀를 의심했다. 뭐라고? 어젯밤 늦게까지 아바마마 곁에 있었는데. 자애롭게 나를 업어주시기까지 했는데.

"지금 뭐라 했어! 나를 놀리는 거야?"

"마마. 황공하옵니다, 흐흑."

인정할 수 없었다.

"거짓말이라고 하면 다 용서해줄게, 응? 유모!"

그렇기만 하다면 웃을 수도 있을 것 같았다. 그러나 자신 앞에서 통곡하는 유모를 보며 옹주는 천길 지하로 떨어져 내렸다.

"아바마마께서…… 승하하셨다고?"

옹주는 멍한 시선으로 유모를 바라봤다. 그 말을 듣는 순간 호흡도, 눈동자의 움직임도 모두 멈추어버렸다. 얼굴이 새하얗게 질렸다.

"무슨 말이야? 유모, 그것이 정녕 무슨 말이야?"

옹주의 목소리가 바람 앞의 촛불처럼 심하게 흔들렸다.

"마마, 이 일을 어찌 하옵니까."

유모가 옹주의 창백한 얼굴을 바라보며 통곡하기 시작했다.

"그럴 리 없어! 내가, 내가 직접 보아야겠어!"

그러나 옹주는 몸을 일으키다가 서너 걸음도 옮기지 못한 채 그 자리에 주저앉았다.

고종은 전날 저녁에 감주를 들었다 했다. 일본인들이 나인을 매수하여 독을 탔다는 말이 궁 안을 떠돌았다.

옹주는 넋을 잃은 듯 앉아 있었다. 유모는 옹주를 감싸 안았다. 탈진한 듯 주저앉아 있는 그녀를 일으켜 세우며 울음을 삼켰다. 그러나 옹주는 아무것도 느끼지 못했다.

'그럴 수는 없다. 지난 밤 내 눈으로 똑똑히 보지 않았던가. 아바마마는 급환으로 돌아가실 분이 아니다.'

옹주는 입을 앙다물었다.

"…… 이건 독살이야."

칼날처럼 섬뜩한 말이었다. 낮고 조용한 목소리에 확신이 서려 있었다.

"마마, 그런 말씀하시면 아니 되옵니다."

심증으로는 확실하다 하나 소리 내어 발설할 수는 없었다. 입을 다물어야 했다. 마음을 드러내서는 안 되는 일이었다.

"유모는 내가 어젯밤 늦게까지 아바마마랑 함께 있었던 걸 모르는가?"

"아옵니다, 아옵니다."

"그런데 왜 이런 일이……."

옹주는 눈물을 훔쳐 내며 혼잣말처럼 중얼거렸다. 갑자기 자리에서 벌떡 일어났다가 발밑에서 누가 잡아당기기라도 한 것처럼 모로 쓰러졌다. 유모가 황급히 그녀를 일으켰다. 유령 같은 얼굴을 마주하는 마음이 찢어질 듯 아팠다.

"마마, 마마! 정신 차리소서! 마마!"

옹주는 쉬이 깨어나지 못했다. 열이 오른 옹주의 몸은 불덩이처럼 뜨거웠다. 가느다랗게 숨을 쉬고는 있으나 금방이라도 툭 끊어질 것처럼 미약하기 짝이 없었다.

"마마, 견뎌야 하옵니다. 살아야 하옵니다. 그것이 바로 붕어하신 선왕의 뜻일 것이옵니다."

유모의 음성이 그녀의 귓가에서 웅웅거렸다. 먼 곳에서 들려오는 것처럼 아련했다. 견뎌야 한다, 살아야 한다, 맞는 말이다. 그러나 그것도 다 아바마마가 살아 계실 동안에나 가치 있는 게 아니던가. 아바마마를 위해 살고 잃어버린 나라를 위해 살고. 그런데 이제 그게 다 무슨 소용이란 말인가. 옹주는 정신이 까무룩 잦아드는 걸 느꼈다. 이대로 눈을 감으면 영영 다시는 깨어나지 못하리라.

유모는 품에 안은 옹주를 힘껏 흔들었다. 다시 옹주가 눈을 떴다. 그러나 그 눈빛은 아무것도 담고 있지 않았다. 옹주는 소리 없이 울었다. 눈물만 흘렸다. 볼을 타고 쉴 새 없이 흐르는 눈물이 유모의 옷자락을 적셨다.

"아직은 아무 말도 하지 마시옵소서."

유모는 주문처럼 그 말을 읊조리며 옹주의 작은 등을 계속 쓰다듬었다.

고종의 승하 원인에 대한 의문은 풀리지 않았다. 급보를 듣고 순종이 달려갔을 때 이미 전의 안상호와 총독부 의원 모리야스 박사가 고개를 젓고 있었다고 했다. 의친왕, 이지용, 민영휘 등의 근친과 자작들이 별실에 대기하고 있었다.

고종의 유해가 흑자색으로 변했다는 이야기가 궁궐 안을 바람처럼 떠돌아다녔다. 그러나 일본인 어의는 고종의 공식적 사인을 뇌일혈이라고 발표했다. 수라간의 궁녀 둘이 흔적도 없이 사라졌다는 소문이 흘러나왔지만 진실은 아무도 알 수 없었다. 범인으로 장시국장 한창수와 새로운 시종관 한상학, 윤덕영이 거론됐다. 하지만 그뿐이었다. 힘없는 나라의 백성들은 그저 바람처럼 떠도는 소문에 말을 보탤 뿐이었다.

"낭중지침이라 했는데……."

밤새 눈물을 쏟고 나서 옹주는 그렇게 중얼거렸다.

궁 안이 뒤숭숭한 가운데 1월 27일, "대훈위 이태왕 훙거에 대
하야 특히 국장을 행한다"는 칙령에 따라 고종의 국장을 관장하는
장의괘 사무소가 동경 궁성 안의 내각에 설치됐다. 조선의 의례서
인 '상례보편'의 제반 절차를 따르다가 갑자기 1월 27일에 일본식
제례를 따르게 한 것은 누구도 이해할 수 없는 처사였다.

'저승으로 가시는 길조차 일본식을 따라야 하는구나.'

사람들은 장례의식조차 일본식으로 치러야 하는 고종의 죽음
을 한탄했다. 고종의 승하소식이 전해지자 백성들의 조문과 통곡
이 대한문 밖에서 이어졌다. 온 나라가 눈물바다가 된 가운데 24일
영친왕이 귀국했고 25일 밤엔 재궁(왕, 왕비, 세자, 세자빈의 관을 일컬
음)이 함녕전으로 들어갔다. 이왕직 고등관 및 황실 친족, 귀족들
은 전통상복 혹은 양장예복으로 갈아입고 성복제를 치렀다. 그렇
게 일이 진행되는 동안에도 어린 옹주는 인형처럼 아무런 말이 없
었다.

2월 9일, 순 일본식제의로 국장을 행한다는 봉고제가 진행됐다.
내로라하는 인사들이 봉고제에 참석했다. 제관장은 이토 히로쿠니
였다. 귀족대표 윤택영 후작, 민영휘 자작, 야마가타 이사부로 정
무총감 등도 참석했다. 일본식으로 제의를 차려 입은 사람들이 경
운궁 안에 득시글거렸다.

'이제 우리 마마, 가여워서 어찌 할꼬.'

유모가 훌쩍거렸다. 옹주는 아무 말도 하지 않았다.

"낭중지침이라 하였어."

단호하게 그 말을 되풀이해 외치는 옹주의 눈에 꾹꾹 눌러 담은 분노가 가득했다.

백성들의 분노도 하늘을 찌를 듯했다. 참다 참다 터지는 분노는 아무도 걷잡을 수 없었다.

갑수는 혁대를 잔뜩 졸라맸다. 일경에 충성했던 시간을 떠올렸다. 그들의 말이라면 어미의 머리채라도 잘라올 만큼 물불을 가리지 않았던 날들.

"자네는 도무지 조센징 같지 않아. 하하핫!"

조롱이라도 좋았다. 그는 시바스키의 말을 믿기로 했다. 그래야 불안을 떨칠 수 있었다. 하지만 견딜 수 있는 날은 거기까지였다.

고종이 비명횡사하고 난 후 백성들은 날짐승처럼 사나워졌다. 순사의 으름장도 통하지 않았다. 순사를 때려죽여 암매장한 사건도 발생했다. 갑수는 밤에 잠을 이룰 수가 없었다. 공포감이 전신을 엄습했다. 처음 경험하는 두려움이었다. 이제 이곳을 떠나지 않으면 언제 죽임을 당할지 알 수 없다.

갑수는 허리춤에 찬 전대를 단단히 조였다. 일본으로 가리라. 그동안 갖은 멸시를 받아가며 모은 돈은 일본에서 자리 잡는 데 제법 요긴할 것이다. 일본으로 밀항하는 일은 아무에게도 알리지 않았다. 미안하고 염치없었지만 동생에게조차 비밀이었다.

'나라야 어찌 됐건 나는 살아야 한다.'

갑수는 그 말을 수없이 되뇌었다.

바깥엔 이미 짙은 어둠이 내려앉아 있었다. 갑수는 조용히 집을 빠져나왔다. 불 꺼진 집을 돌아보니 불현듯 서글펐다. 동생은 심부름을 핑계 삼아 친척집에 보내두었다. 친척집이라고 해야 육촌이 넘는 촌수이니 갑수가 사라진 후 기수를 돌보아줄 리 만무했지만, 코앞에 동생을 두고 떠나기에는 마음이 편찮았던 탓이다. 늘 부담스러웠던 동생은 그렇게 떨쳐내었다. 야반도주란 게 이런 것이구나 생각하며 갑수는 걸음을 재촉했다. 인천항에서 새벽 1시에 뜨기로 돼 있는 밀항선을 타려면 서둘러야 했다. 저녁 늦게까지 주재소에서 열심히 일하는 척했으니 그를 의심할 사람은 없을 것이다. 갑수는 내심 자신의 주도면밀함에 감탄하며 고개를 주억거렸다.

어둠을 타고 마을 어귀를 벗어날 즈음이었다. 갑자기 시커먼 형체가 앞을 가로막았다. 일본 순사 미루였다. 눈빛이 날카롭고 잔인한 사내였다. 그는 사사건건 갑수를 걸고 넘어졌다. 만세 사건으로 잡혀 들어오는 조선인들을 제대로 취조하지 않는다고 윽박질렀다.

"너도 같은 조센징이잖아. 그러니 봐주는 거 아니야?"

갑수는 그런 의심을 받을수록 더 거칠게 사건 연루자들을 취조했지만 그는 흡족해하지 않았다. 지난 번 있었던 시바스키는 그래도 인간적이었다.

"이 시간에 어딜 가시나?"

빈정거리는 말투였다. 팔짱을 끼고 갑수를 노려보는 미루는 이미 갑수의 계획을 알고 있는 듯했다. 아득했다. 그러나 주저앉을 수는 없었다. 갑수는 헛기침을 하며 미루를 바라봤다.

"아, 미루 형사님. 이 늦은 시간에 웬일이십니까?"

너스레를 떨었지만 떨리는 목소리를 숨길 수는 없었다.

"내가 먼저 물었지."

그는 허리춤에 찬 칼에 손을 갖다 대며 냉랭하게 말했다.

"허 승을 잡으러 가는 길이오. 내가 추격하는 독립군이지요."

그 순간 왜 허 승이 생각났을까.

미루의 입가에 차가운 미소가 감돌았다.

"독립군? 그놈과 내통하나? 우리 기밀을 빼돌리려는 거 아니야?"

갑수가 그만큼 배포 있는 인물이 아니란 걸 알면서도 그는 빈정거렸다. 그는 위아래로 갑수를 훑어보았다.

"비켜주시오. 늦게 가면 그를 놓칠지도 모르오."

갑수는 마음이 급했다. 밀항시간에 맞추려면 서둘러야 했다. 갑수가 걸음을 떼자 미루가 앞을 가로막고 칼을 빼 들었다.

"옷을 벗어봐!"

마치 모든 것을 다 알고 있다는 듯한 말투였다. 갑수는 움찔했다.

"왜 이러시오?"

그가 당차게 소리쳤다.

"잔소리 말고 빨리 벗어!"

그의 음성은 낮고 차가웠다. 칼끝이 섬뜩한 빛을 내뿜었다. 갑수
는 한 발 뒤로 물러섰다. 잠시 생각할 시간을 벌기 위해서였다. 미
루가 칼끝으로 허리춤을 쿡쿡 찔러댔다.

"빨리 벗어! 빠가야로!"

칼끝에 옷이 조금 베어졌다. 허리에 감은 전대를 들키는 건 시간
문제였다. 이중첩자로 의심 받기 딱 좋은 상황이었다. 갑수는 인생
이 여기서 끝나는구나 싶었다.

바로 그때였다. 어둠을 가르며 날아온 빛이 미루의 등 뒤에 꽂
혔다. 그가 힘없이 쓰러졌다. 날카로운 단도였다. 총소리가 이어
졌다. 갑수는 본능적으로 몸을 움츠리고 주위를 살폈다. 서너 명
의 사내들이 저만치에서 총을 쏘며 몰려오고 있었다. 만세 사건의
잔류 세력들일 것이다. 그들이 난사한 총알이 갑수의 어깨를 관통
했다.

"윽!"

한 손으로는 어깨를 감싸고 다른 손으로는 총을 꺼내들었다. 통
증 때문에 절로 입이 앙다물어졌다.

"탕탕!"

어둠을 가르는 총소리가 섬뜩했다. 갑수도 질세라 총을 쏘았다.
뛰어오던 한 명이 고꾸라졌다. 그 모습이 어둠 속에서 선명하게 떠

올랐다. 미루에게서 갑수를 살려준 그들이 원하는 건 다름 아닌 갑수의 목숨이었다. 일본경찰의 앞잡이를 자신들의 손으로 처단하고 싶은 것이다. 갑수는 죽을힘을 다해 산으로 뛰었다.

'나는 살아야 한다! 세상이 다 사라져도 나는 살아야 한다!'

갑수는 그 말을 주문처럼 외우며 어둠 속으로 숨어들었다. 눈물 때문에 세상이 뿌옇게 흐려졌다.

그로부터 며칠 간 갑수는 산속에서 꼼짝하지 않았다. 어려서부터 산을 헤집고 돌아다닌 것이 그의 목숨을 살렸다. 약초를 찾아 찧어 바르고 칡으로 허기를 달래며 이를 악물었다.

'나는 살아야 해.'

그것 외에는 아무것도 생각나지 않았다. 고종의 국장을 계기로 독립운동이 전국을 뜨겁게 휩쓸 때 갑수는 미꾸라지처럼 산을 빠져나와 어디론가 사라졌다.

심연

허름한 옷차림을 한 초로의 남자가 시장에 나타났다. 남대문 근처를 서성대던 남자는 일본 경찰이 지나가자 벙거지를 더욱 깊이 눌러썼다. 한 손에는 큼지막한 가방을 들고 한 손으로는 소년의 손을 잡고 있었다. 소년 역시 등에다 제 등치만 한 봇짐을 하나 메고 있었다. 주변을 살피는 눈빛이 불안해 보이기는 했으나 꼭 다문 입술에서 어떤 결연한 의지가 느껴졌다.

시장통 어디선가 국밥 냄새가 구수하게 퍼졌다. 소년이 코를 벌름거렸다.

"배가 고프냐?"

사내가 묻자 소년이 고개를 저었다.

"조금만 기다려라."

소년이 유순한 눈을 들어 남자를 올려다봤다. 눈이 붉게 충혈되어 있었다. 놓고 싶지 않은 손을 곧 놓아야 한다는 불안이 눈에 가득했다.

"네 이름이 무엇이냐?"

이름을 묻는 남자의 눈빛이 몹시 고통스러웠다.

"박무영입니다."

"그래, 너는 박무영이다. 그림자처럼 살라는 뜻이다. 잊지 말아야 한다."

남자는 소년의 손을 더욱더 힘주어 잡았다. 전차가 뎅뎅뎅 소리를 내며 지나갔다. 소년의 시선이 그 뒤를 좇았다. 그러나 걸걸한 목소리가 들리자 곧 고개를 돌렸다.

"늦었습니다. 이 아이가 그 아이요?"

그가 소년의 머리를 쓰다듬으며 얼굴을 자세히 들여다봤다.

"그렇소. 잘 부탁하오."

중년남자가 딱딱하게 굳은 목소리로 대답했다.

"가만 가만, 이럴 게 아니라 어디 국밥집에 가서 요기나 하고 헤어집시다."

걸걸한 목소리의 남자는 덩치도 크고 배포도 커 보였다. 중년남자는 그의 뒤를 따르며 흘끔흘끔 남자의 행색을 살폈다. 그는 국밥집으로 성큼성큼 걸어 들어갔다. 손님이 별로 없었다. 입에 풀칠하기도 어려운 시절이니 국밥조차 호사인 사람이 많았다. 남자는 얼기설기 엮은 기다란 나무의자에 앉았다. 뽀얗고 구수한 국물, 쇠고기와 내장이 섞인 국밥이 탁자에 놓이자 그가 허겁지겁 숟가락을 들었다. 배가 고팠는지 단숨에 한 그릇을 비워냈다. 그러나 중년남자와 소년은 몇 숟가락 뜨다 말고 숟가락을 놓았다.

"허 승이라 하오."

국밥 한 그릇을 다 비우고 나서야 그가 투박하고 두툼한 손을 내밀어 악수를 청했다. 마주 잡은 둘의 손이 무척 대조적이었다.

"최대감이 말했던 분이로군요."

중년남자는 그제야 깊숙이 썼던 모자를 벗으며 경계를 풀었다. 허 승은 중년남자의 불안하고 초조한 눈빛을 읽어냈다.

"너무 염려하지 않아도 될 것입니다."

남자가 트림을 하며 소년의 봇짐을 덜렁 들었다. 소년이 움찔했다. 하지만 금세 입술을 꼭 다물며 결연한 표정을 지어 보였다.

"네 이름이 무어냐?"

남자가 확인하듯 소년의 어깨를 잡은 채 눈을 들여다봤다.

"박무영입니다."

소년이 단단한 목소리로 또박또박 대답했다. 그러나 표정은 여전히 불안하였다. 그 모습을 지켜보던 허 승이 쓸쓸하게 미소 지었다. 소중한 이들의 이별이 어떠한지 아는 때문이었다.

"도착하는 대로 소식을 전하도록 하겠습니다."

허 승이 먼저 일어섰다. 중년남자의 눈에 물기가 어렸다. 하지만 말은 없었다. 허 승은 소년의 손을 잡았다. 크고 두툼한 손에 이끌리듯 걸어가던 그가 울음을 터트릴 것처럼 얼굴을 씰룩거렸다.

"아버지."

소년이 울먹이며 입술을 달싹거렸다. 먼 길을 떠나는 불안함이 그 말 한마디에 그대로 녹아 있었다. 그러나 소년은 지금보다 더 단단해져야 한다. 허 승은 국밥집을 나서며 단호하게 일렀다.

"사나이는 아무 때나 약한 모습을 보여서는 안 된다."

소년이 허 승의 목소리에 놀란 듯 두 주먹을 꼭 쥐었다.

중년남자가 그 모습을 하염없이 지켜보고 있었다.

3.1운동으로 타올랐던 불씨는 시간이 지날수록 점점 더 커져만 갔다. 통치자로서의 존엄마저 잃고 수모를 당해야 했던 고종에 대한 연민과 나라를 잃은 슬픔, 일본에 대한 적개심이 함께 불붙어 민심은 기름 부은 불쏘시개처럼 달구어졌다. 세상은 흉흉했고 분노한 민심은 거칠 것 없는 노도처럼 변해갔다. 바깥세상은 그랬다. 그러나 궁궐에서의 시간은 여전히 천천히 흐르고 있었다. 유모는 유 나인을 조용히 불렀다.

"차 한 잔 달여 오너라."

따끈한 차를 마시면 옹주의 마음이 좀 평온해질까 싶어서였다. 옹주는 창밖을 바라보고 있었다. 그러나 시선은 어느 곳에도 머무르지 않았다. 유모가 옹주의 기색을 살피며 조심스럽게 물었다.

"바람이 차옵니다. 문을 닫을까요?"

옹주의 귀에는 아무 소리도 들리지 않았다. 손가락 하나 까딱할 힘이 없었다. 부왕의 억울한 죽음을 어떻게 알릴 것인가. 어떻게 이 원한을 갚을 것인가. 솜털조차 가시지 않은 소녀의 가슴이건만 그 안은 돌처럼 굳어가고 있었다.

"너무 오래 열어두었습니다. 그러다 고뿔에라도 걸리시면……."

옹주는 유모를 바라보았다. 유모의 입이 달싹거리는 걸 보면서도 소리를 들을 수 없었다. 저 사람은 누구인가. 내가 이 사람을 오래 전부터 알았던가. 한 번도 본 적 없고 만난 적 없는 사람이 앞에 있는 것만 같았다.

유모는 괜스레 옹주의 주변을 서성거리며 바깥을 살폈다. 하얗게 비질된 마당에 제법 따사로운 햇볕이 내려앉고 있었다. 유 나인이 차를 가지고 나타났다. 유모는 김이 모락모락 피어오르는 찻잔을 정성스레 받쳐 들고 옹주가 있는 방 안으로 들어섰다.

"차 한 잔 드시옵소서."

따스한 김이 올라오면서 단정한 향취를 풍겼다. 옹주는 눈을 돌려 찻잔을 바라보았을 뿐 아무런 대꾸도 하지 않았다. 연한 푸른빛의 상감찻잔이 말갛게 우러난 찻물과 잘 어울렸다.

"따뜻한 차를 드시면 마음이 한결 평온해지실 것이옵니다."

유모는 옹주 앞으로 찻잔을 조금 밀어놓았다. 덜그럭대는 소리

가 갈퀴처럼 옹주의 가슴을 긁었다. 그녀는 방금 꿈에서 깨어난 듯
한 얼굴로 유모를 쳐다봤다.

"마시고 싶지 않아."

옹주는 손가락을 들어 눈가를 눌렀다. 눈물은 소리도 없이 흘렀
다. 옹주는 찻잔에서 눈길을 거두었다. 그 얼굴이 해 저문 들판 같
았다. 마음을 다스리는 방법도 여러 가지다. 분노하거나 묵살하거
나 체념하거나. 옹주는 어떤 식으로든 마음을 다스리려 애쓰고 있
었다.

창밖에 철쭉꽃이 흐드러지게 피어 있었다. 진분홍의 아름다운
꽃잎이 바람에 흔들렸다. 예전 같으면 유모의 손을 잡고 꽃구경을
갔을 법한 계절이다. 그러나 지금은 군락을 이루듯 흐드러지게 핀
꽃이 오히려 쓸쓸해 보였다.

"바람이 쌀쌀합니다. 고뿔드실까 염려되옵니다."

유모가 다시 나직한 목소리로 말했다. 바람이 대체 무슨 상관이
야, 옹주가 대꾸했다. 유모가 손을 뻗어 문을 닫았다. 문이 닫히는
순간 옹주는 캄캄한 어둠 속에 갇히고 말았다. 아바마마의 얼굴도
어둠 속으로 말려들어갔다. 이제 누구를 그리워해야 한단 말인가.
찻잔을 저만치 물린 뒤 몸을 동그마니 구부리고 모로 누워 눈을 감
았다. 쉬고 싶었다. 아니 잠들고 싶었다.

유모가 얼른 일어나 자리를 펴고는 그녀를 곱게 안아 비단 금침

에 뉘었다. 단풍처럼 붉던 볼이 창백하였다. 감은 두 눈 저편에 황제 폐하가 계실까. 그토록 마마를 괴던 분이셨으니 마음에서 떠나보내는 일이 어찌 쉬울까. 유모는 '세월은 모든 것을 치유한다'는 말에 기대를 걸었다.

"한숨 주무시고 나면 편해지실 것이옵니다."

유모는 눈썹 아래로 흘러내린 옹주의 머리칼을 조심스럽게 쓸어올렸다. 닫힌 문 너머에서 나뭇가지의 그림자가 흔들렸다. 바람이 제법 부는 모양이다.

"마마, 서서히 잊으시옵소서. 마음에 원한을 쌓지 마시옵소서."

원한을 쌓지 말라? 그 말에 옹주가 벌떡 일어나 앉았다.

"잊으라고? 유모는 부모가 그리 죽어도 잊을 수 있어?"

날이 선 목소리였다. 옹주의 눈빛에 원한과 슬픔이 다시 서리기 시작했다. 그녀의 속내를 알아주는 사람은 없었다. 옹주는 유모마저 미웠다. 모든 사람이 부왕의 죽음에 책임이 있었다. 그것은 자신 또한 마찬가지였다.

"독살이라는 증거를 찾은 것도 아니니 그쪽으로 몰아가지 마시옵소서."

"유모는 비굴해. 독살이 분명하다는 걸 알고 있잖아? 왜 다들 모른 척하는 거야?"

뜨뜻한 눈물이 옹주의 두 볼을 타고 흘러내렸다. 사람들이 모두다 아바마마의 죽음을 쉬쉬하고 있사옵니다. 아바마마, 이런 게 현실이라는 것이옵니까? 옹주는 속으로 애타게 고종을 불렀다. 원망도 생겼다. 왜 저를 놔두고 가셨사옵니까? 왜 더 버티시지 못하셨사옵니까? 온몸이 아프도록 그리웠다. 아바마마, 업어주시옵소서. 그 따뜻한 등에 다시 한 번 저를 업어주시옵소서. 지난날 어리광을 부리며 종알거렸던 말들이 이명처럼 웅웅 댔다. 그녀는 속으로 다짐했다. 아바마마를 독살한 자들을 가만두지 않을 것입니다. 기필코 그자들의 죄상을 만천하에 밝혀 아바마마의 원혼을 위로하겠습니다. 부디 제게 그럴 수 있는 용기와 힘을 주소서.

옹주의 생각을 읽은 듯 유모의 음성이 차갑게 끼어들었다.

"마마, 강풍이 불면 고개를 숙여야 하옵니다."

그 말에 옹주가 날카로운 목소리로 소리쳤다.

"나가! 나가버려!"

유모는 그 두 눈에 서린 원한을 똑똑히 보았다.

옹주와 귀인 양씨는 부왕의 혼령을 좇아 창덕궁 관물헌으로 거처를 옮겼다. 옹주는 말이 없는 아이가 됐다. 하지만 하루의 일과는 여전했다. 옹주는 그 어떤 순서도 빼먹거나 빠트리지 않았다.

오전 7시 30분이면 어김없이 일어나서 세수하고 소복에 검은 댕기를 하고 낙선재로 갔다. 오라버니 순종황제에게 문안을 올리기 위해서였다. 볼 때마다 눈물을 보이는 순종 앞에서도 옹주는 의연했다.

문안을 올린 후에는 다시 관물헌으로 돌아와 아침상을 받았다. 입안이 사막의 모래알처럼 깔깔하고 서걱거린다고 하면서도 옹주는 밥상을 물리지 않았다.

9시 30분부터는 공부를 시작했다. 스미나가와 사사끼가 옹주의 교육을 담당했다. 12시까지 일어, 산술, 작문, 그림, 글씨를 공부했다.

"이 나라는 이제 일본국과 다를 바 없습니다. 일본어를 모르면 아무것도 할 수 없습니다."

사사끼가 옹주에게 엄포를 놓았다. 하지만 두려워할 옹주는 아니었다.

점심시간이 지나면 조금 자유로워졌다. 그때마다 옹주는 처소에 들어 꼼짝하지 않았다. 가끔씩 방문을 열어 두고 멍하니 창밖을 바라보기도 했다. 햇살이 비껴간 숲 속을 조용히 거닐기도 했다. 햇볕이 가려진 시원한 숲길에서 옹주는 혼자서 노래를 부르기도 하고, 뭔가 골똘히 생각하다가 걸음을 헛디뎌 넘어지기도 하고, 한자리에 붙박인 듯 앉아서 하늘을 멀거니 바라보기도 했다. 나인 하나가 그림자처럼 따랐지만 옹주는 그조차도 불편해했다. 기분이 좋은 날엔 가까이 오라 하여 조곤조곤 이야기를 건네기도 했지만 그런 일은 드물었다.

저녁이 되면 효덕전에서 저녁을 먹고 10시까지 붓글씨를 쓰거나 그림을 그렸다. 때로는 깊은 슬픔을 이겨내지 못해 통곡하듯 소리 내어 울기도 했다.

　나인들 사이에서 옹주에 대한 이상한 소문이 돌기 시작했다.

　"옹주마마가 미쳤다는 소문이 도옵니다."

　어느 날, 철없는 나인 하나가 그런 소문을 고해바쳤다. 유모는 나인의 따귀를 사정없이 올려붙였다.

　"입을 함부로 놀리면 어떻게 되는지 알고 하는 소리냐?"

　벌게진 볼을 감싸며 눈물을 뚝뚝 흘리는 나인을 보고 옹주가 조용히 입을 열었다.

　"그 아이가 뭘 알겠어, 놔두어라."

　하지만 소문은 그칠 줄을 몰랐다.

　"미쳐도 곱게 안 미쳤대. 돌아가신 폐하와 이야기도 나눈대."

　그런 소문이 쉬쉬하며 퍼져 나가도 민망해하는 것은 오히려 아래 것들뿐, 옹주는 거의 신경을 쓰지 않았다. 그보다는 슬픈 눈길로 먼 데를 바라보며 혼잣말처럼 중얼거렸다.

　"그 무엇이 나를 보호할까."

　옹주의 눈에 물기가 그득하게 차올랐다.

　누구도 자신에게 힘이 되어줄 수 없다는 사실을 깨닫고 만 얼굴. 거기엔 수심과 슬픔만이 가득했다. 유모는 그 슬픔이 깊어지지 않기를 빌었다. 차라리 누군가에게 의지하시옵소서.

　하지만 옹주는 마음을 닫은 듯했다. 먼 곳을 바라보는 눈빛에는 어떤 의욕도, 욕망도 없었다. 그 눈빛에 남아 있는 것은 원망과 두려움과 잔뜩 억눌린 고통뿐이었다.

"밤이 되어 눈을 감으면 수많은 귀신들이 나를 에워싸. 그것들이 나를 희롱하고 겁을 줘. 놀라 잠을 깨도 사방에 그것들이 보이지. 숲으로 달아나면 숲으로 따라오고, 후원으로 달아나면 후원으로 쫓아와. 캄캄한 어둠 속에서 긴 칼을 든 남자가 노려보고 있을 때도 있어. 나는 울면서 도망치기 시작해. 숲 속을 헤매다가 다시 어딘가로 달려가. 하지만 너무 지쳐서 곧 그 자리에 쓰러져버리고 말아."

옹주의 얼굴에 설핏 두려움이 비쳤다.

"그럴 때 누군가가 나를 어루만져줘. 그 익숙한 손길…… 눈을 뜨지 않고도 알 수 있어. 아바마마가 찾아오셨다는 걸 말이야. 눈을 뜨면 모든 게 사라질 것만 같아서 난 꼼짝도 하지 않아. 이내 아바마마의 음성이 들려. 나를 부르는 목소리, 옹주야, 내 사랑하는 아지야, 내 죽음을 기억해라, 내 원한을 풀어다오."

"마마, 그럴 리가 없사옵니다. 폐하께선……."

유모가 황급히 옹주의 말을 잘랐다.

"알아. 폐하께서 어린 내게 그런 청을 하실 리 없다는 걸. 하지만 내 귀에는 그렇게 들려. 그저 옹주야 잘 지내느냐, 라고 묻는다 해도 내 귀에는 그렇게 들리는 걸 어떡해. 그런데 나는 아무 대답도 할 수 없어. 그러겠노라고, 목숨을 걸고 아바마마의 원한을 풀어드리겠노라고 말해야 하는데 입이 열리지 않아. 목소리가 나오지 않아. 유모…… 내가 겁쟁이라서 그런 걸까? 아바마마는 그토록 간절히 원하시는데 왜 나는 선뜻 대답하지 못하는 걸까. 난, 난 정말 자격이 없는 걸까?"

그런 날은 자리옷이 흠뻑 젖었다. 옹주가 숲 속을 헤매고 왔기 때문이라는 말도 돌았다.

어젯밤도 그랬다. 유모가 깜빡 조는 사이, 옹주가 사라졌다. 비어 있는 비단 이부자리를 발견한 유모가 미친 듯 밖으로 달려 나갔다. 저녁부터 찌푸렸던 하늘이 비를 흩뿌리고 있었다. 바람이 스산했다. 유모는 아래 것들에게 소리 없이 주변을 둘러보라고 일렀다. 자신도 황급하게 등불을 들고 나섰다. 서늘한 바람이 등불을 위태롭게 흔들었다. 유모는 그 불에 의지해 숲길로 들어섰다. 금세라도 무엇인가 튀어나올 듯 으스스했다. 스산하고 소름 돋는 숲길을 몇 바퀴나 돌고 관물헌과 낙선재 주변을 헤매고 다녔다. 낙선재 뒤란도 살펴보았지만 옹주는 보이지 않았다.

'이 일을 어찌할까.'

난망하고 황송한 마음을 주체할 수 없었다. 기진하여 길바닥에 주저앉아 있을 때 나인 하나가 헐레벌떡 쫓아왔다.

"옹주마마를 찾았사옵니다."

유모는 등도 내버린 채 벌떡 일어났다.

"어디에 계시더냐?"

"누마루 밑의 화방에 쪼그리고 계셨습니다."

나인이 고개를 숙이며 조그만 목소리로 대답했다.

"그 말은 누구에게도 해서는 안 된다. 알겠느냐?"

"예."

유모는 한걸음에 옹주의 처소로 돌아왔다. 깨끗한 자리옷을 갈아입은 옹주가 그곳에 누워 있었다. 절로 울음이 터졌다.

"마마, 어쩌자고 누마루 밑의 화방에 쪼그리고 계셨나이까."

유모는 그것이 자신의 잘못이라도 되는 양 온몸을 조아려 빌고 또 빌었다.

"마마, 비가 내려 축축하고 으스스해서 더 걱정이 되었나이다. 관물헌을 빠져나와 낙선재 주변을 헤매고 다녔나이다. 낙선재 뒤란도 뒤졌나이다. 자그마하고 아기자기하게 꾸며져 있어서 마마께옵서 자주 들르는 곳이 아니옵니까. 행여나 싶어 상량정에도 올라가 보았나이다. 찬 밤공기만 가득했습니다. 만월문에도 가보았나이다. 바깥쪽 문 담벽에 길상무늬와 꽃무늬가 가득한 걸 어여삐 여기셨던 게 기억나서 그리하였습니다. 석복헌도 기웃거려보고 수강재까지 기웃거려보았으나 마마는 아무 데서도 보이지 않았나이다. 어디선가 부스럭대는 소리가 들려 심장이 덜컹 내려앉았습니다. 혹시 사고라도 당하신 게 아닌지 어디선가 애타게 저를 찾고 계신 건 아닌지, 그런 생각이 들어서 까무러칠 것 같았나이다. 그런데 이처럼 무사하시니 다행이옵니다. …… 만약 옹주님께 무슨 일이라도 생겼다면 저는, 저는……."

유모의 말에 옹주가 눈을 떴다.

"그만 떠드시게. 나, 자고 싶어요. 추워……."

눈을 감으며 이불을 끌어 덮는 옹주의 조그만 손이 떨리고 있었다.

"아까부터 자꾸 춥다고 하십니다."

옹주의 곁을 지키고 있던 나인 하나가 걱정스런 목소리로 말했다.

"복이나인을 불러서 불 좀 더 넣으라고 일러라."

꽃은 피었고, 초록 또한 짙어졌지만 바람은 잠드는 법이 없었다.
유모는 얇은 비단이불 하나를 더 꺼내 옹주의 몸을 덮었다.

그날 이후 옹주에 대한 소문은 점점 커져만 갔다.

떠도는 자들

해월관 앞에서 허 승은 잠시 멈칫했다. 붉은 등이 흔들리는 대문 앞에서 괜스레 헛기침을 해보았다. 문 너머에서 들려오는 교태어린 웃음소리 때문에 들어서기가 쉽지 않았다.

그는 최 부자가 일러준 대로 박무영을 일본으로 데려가 약속된 사람에게 인도했다. 허 승은 무영과 함께하는 동안 딸을 떠올렸다.

'내 몸은 내 몸이로되 내 몸이 아니로세.'

일본에서 돌아오자 최 부자는 서찰 한 통을 주며 다시 가야 할 곳을 일러주었다.

"이번에는 여기로 가보시오."

허 승은 인력거를 끌고 일러준 곳으로 갔다. 그곳이 바로 해월관이었다.

"최상만 어른이 보내서 왔습니다."

분내 나는 여인이 서찰을 받아들고 구석진 방으로 그를 안내했다. 흐린 초롱 불빛이 유혹하듯 하늘거렸다.

"쉬어가시라 하고 싶지만 얼마 전에 김향화가 잡혀서 기생집도 난리통입니다."

여인이 두툼한 봉투를 건네며 익숙하게 눈웃음을 쳤다.

"수원에서 만세운동을 주도했다지요."

허 승은 여인이 내민 봉투를 받아 넣으며 대꾸했다.

"우리들도 더러 쓸 만한 짓을 한답니다."

"징역 6개월 형을 선고 받았다 들었소."

"수원기생도 30여 명이나 잡혔지요."

성병 검사를 받으러 가는 길에 잡혔다 했다. 허 승이 군자금을 모아 임시정부에 전달하는 것처럼, 나라를 되찾기 위한 활동은 곳곳에서 이루어지고 있었다.

허 승은 서둘러 해월관을 빠져나왔다. 눈빛이 날카로운 사내가 문 앞에서 서성거리고 있었지만 인력거꾼으로 위장한 허 승을 눈여겨보지는 않았다.

그는 허리춤에 차고 있는 권총을 떠올렸다. 상의 안주머니에는 독극물이 들어 있었다. 허 승은 그것들을 항상 지니고 다녔다. 비상시엔 언제라도 자신의 목숨을 끊을 수 있도록. 고문 중에 동지들의 이름을 대느니 차라리 자신의 목숨을 버리리라 마음먹었다. 그는 강한 사내였다.

그러나 최 부자 댁으로 향하는 지금, 어쩔 수 없이 그의 마음은 떨렸다. 아내와 딸아이를 볼 수 있을지도 모른다는 기대감 때문이었다. 하지만 곧 고개를 저었다. 그것은 마음뿐이다. 일본 경찰이 노리고 있는 때에 모험을 할 수는 없었다.

허 승은 밤이 오기를 기다렸다. 요기를 하며 귀동냥이나 할 요량으로 변두리 허름한 국밥집으로 들어갔다. 구수한 돼지뼈 국물 냄새가 빈속을 휘저었다.

"여기 국밥 한 그릇 주시오."

그는 나무의자에 걸터앉으며 주위를 살폈다. 노동자처럼 보이는 남자 두엇이 앉아 있을 뿐 전체적으로 한산했다. 그들은 이미 전주를 주고받은 듯 벌써 혀 꼬부라진 소리를 해대고 있었다.

"빌어먹을 눔의 세상. 이젠 소작도 못해 먹고 하루하루 벌어먹고 살아야 하니, 원."

"화전민으로 떠도는 사람도 부지기수야. 나무를 베어다가 산비탈에 집을 짓고 사는 이가 어디 한둘인가."

"변두리 공터에 땅을 파고 짚이나 거적으로 하루를 버텨내는 사람들도 있네. 사는 게 사는 게 아냐. 하긴 황제도 강제로 폐위 당하는 신세니 더 말해 뭘 해. 우리는 그나마 나은 인생일세. 자, 술이

나 한 잔하세."

그들은 막걸리가 담긴 탁배기를 소리 나게 쭉 들이켰다.

"어디서 오셨수?"

국밥을 내려놓으며 아낙이 물었다. 허 승은 아낙을 힐끗 올려다보고는 잠자코 수저를 들었다. 아낙도 더 묻지 않고 제자리로 돌아갔다. 허름한 행색으로 보아 밥값이나 있으려나 싶어 물어본 듯했다. 뜨끈한 국물이 뱃속으로 들어가자 허 승은 더욱 미안한 마음이 들었다. 아내와 어린 딸은 끼니나 해결하고 사는지. 나라를 구하는 일에 생을 걸었다고는 하지만 마음을 아프게 하는 건 항상 자잘한 현실이었다. 그는 국밥을 반쯤 먹다 말고 수저를 놓았다.

어둠이 내릴 때까지 허 승은 시장을 돌아다녔다. 예전 같지 않았다. 군데군데서 한숨소리가 새어 나왔고 몇몇 사람들은 만주 군관학교와 임시정부 이야기를 나누고 있었다. 목소리는 낮았고 눈길은 불안했다.

최 부자 댁으로 가는 길은 눈을 감고도 찾아갈 수 있었다. 자신의 집까지 가는 길도 머릿속에 훤했다. 그러나 지척이 천 리라고, 눈앞에 두고도 갈 수 없는 신세였다. 그는 뒷산 다복솔 그늘에 숨어 있다가 자정이 다 돼가는 시각에 최 부자 댁 담을 넘었다.

최상만은 어두운 방 안에 정좌를 하고 앉아 있었다. 미리 준비해둔 봉투를 내미는 최상만의 손이 미세하게 떨렸다. 그인들 왜 두려움이 없으랴. 그도 분명 일본 경찰의 감시를 받고 있을 것이다. 지금 누군가가 들이닥친다면 꼼짝없이 잡혀갈 수밖에 없는 노릇. 허 승은 그가 내민 봉투를 보자기로 싸서 허리춤에 단단히 묶었다.

"어르신의 공적은 잊지 않겠습니다."

허 승의 말에 최상만이 실소를 흘렸다.

"공적이라…… 내게도 한계가 있는 법이거늘."

"독립의 날은 기필코 찾아올 것입니다."

"그것이 점점 더 요원해 보이니 어쩌나 싶소. 만세운동이 일어났다지만 일본은 꿈쩍도 않고 있소. 아니 오히려 더 교묘하게 이 나라와 이 나라 백성들의 정신을 유린하고 있지."

허 승은 달리 할 말이 없었다. 최상만처럼 세상물정 잘 아는 노회한 사람의 마음을 읽어내기란 쉽지 않았다. 허 승은 더는 대꾸하지 않고 자리에서 일어섰다.

"서둘러 가시오."

최상만이 앉은 채로 말을 건넸다. 어둠 속에서도 그의 눈빛은 형형했다.

"집에는 들르지 마시오. 아무도 없소."

그 말을 듣자 다리에 힘이 풀렸다.

"아무도 없다니 그게 무슨 말씀입니까?"

"일본 경찰의 등쌀에 못 이겨 부인께서 여식을 데리고 친정으로 내려갔다 들었소."

허 승의 가슴이 쿵하고 내려앉았다. 방싯방싯 웃는 어린것이 눈앞에 아른거렸다. 허 승은 간신히 몸을 바로 세웠다. 그러나 머리가 어질어질했다. 그는 잠시 휘청거리다 방문을 짚었다. 등골로 식은땀이 흘렀다.

"독립투사에게 가족은 죄의 근원이라 들었소. 가족 때문에 전향하고 동료를 배반한 사람이 부지기수요. 차라리 잘된 일이라 여기시오. 걱정이야 되겠지만 가족에게 발목을 붙잡혀서야 되겠소? 잘못하면 여러 사람 위험에 빠뜨릴 수도 있소."

야속한 말이었지만 탓할 수는 없었다. 자신이 잡히면 최상만도 위태로울 게 뻔했다. 그는 고개를 숙이고 그곳을 빠져나왔다. 주변은 누가 다녀간 기척도 없이 금세 고요해졌다. 허 승은 휘이 휘이 뒷산으로 올랐다. 입술을 깨물며 가족들을 모른 척해야 하는 자신의 처지를 한탄했다. 가슴이 체한 듯 답답했다. 그러나 방도가 없었다.

저만치로 내려다보이는 마을은 깊이 잠들어 있었다. 아내의 친정까지 가는 길은 위험했다. 시간도 없으려니와 만약 그가 다녀간 사실을 알면 오히려 그곳까지 일본 순사들이 들락날락거릴 것이다. 허 승은 어둠 속에서 집이 있는 곳을 바라보다 발길을 돌렸다. 그는 배에 감아 찬 전대를 지그시 누르면서 걸음을 빨리했다. 아내와 딸의 얼굴이 겹쳐졌다. 허 승은 이를 악물었다.

세월은 세상의 아픔을 끌어안은 채 무심히 흘렀다. 바뀐 것은 없었다. 일본의 횡포는 여전히 극심했고 허약한 황실 또한 나아지지 않았다.

1921년 초봄이 되자, 옹주가 히노데 소학교에 입학하게 될 거라는 소문이 돌았다.

"마마가 왜 일본인들 다니는 학교를 다녀? 말도 안 되는 소리."

궁녀들이 삼삼오오 모여 쑥덕거렸다.

"그러게. 하지만 나라에 힘이 없으니 그 또한 모를 일이지."

히노데 소학교는 일본 거류민이 세운 곳으로, 일본 고관의 자제나 일부 조선의 양반 자제들이 다니는 학교였다. 사람들은 그런 곳에 옹주가 갈 리 만무하다고, 헛소문이라고 떠들어댔지만 옹주는 결국 히노데 소학교 2학년에 입학했다.

"하필 왜 일본인 학교래?"

못내 아쉬운 듯 못마땅하게 중얼대는 나인들은 그 이유를 알지도 못하면서, 막연히 이 나라가 망했으니 그런 거라고 생각했다.

옹주는 아침 8시면 순종황제가 내어준 어마차를 타고 학교로 갔다. 문에 이왕가의 오얏꽃 문장이 새겨진 검은 마차를 타고 등교하는 옹주의 곁엔 유 나인과 유모가 늘 함께했다. 황금색 커튼과 실내장식은 황제가 타는 마차에 어울리게 더없이 화려하고 아름다웠다. 옹주는 마차에 오를 때마다 황금색으로 만든 커튼의 수술을 툭 치곤 했다. 바람에 살랑거리는 커튼은 우아한 여인의 춤사위와 같았다.

"마마, 어서 오르십시오."

아침마다 옹주는 유모의 어깨를 짚고 마차에 올랐다. 나라가 어수선하다 해도 옹주의 영광은 변함이 없었다. 여전히 옹주는 조선 황실의 꽃이며 비할 바 없는 보석이었다. 그러나 그와 동시에 게다를 신고 하오리를 걸치고 학교로 향하는 옹주의 모습은 식민지의 굴욕을 대변하기도 했다. 가랑비에 옷 젖듯이, 옹주의 생활은 점점 더 일본 색으로 물들어갔다. 기모노를 입은 옷매무새도 일본 아이들과 다를 바 없었다. 유모는 옹주조차 조금씩 일본의 의도대로 물들어가는 것 같아 마음이 몹시 불편했다.

옹주는 학교에서 돌아오면 윤 황후 앞에서 그날 배운 노래를 불렀다. 황후와 순종황제 모두 옹주를 괴었다.

"오늘은 어떤 창가를 배우시었소?"

"호따루란 창가를 배웠나이다."

두 손을 나란히 모은 채 옹주가 고개를 살짝 숙였다.

"허허, 호따루라…… 어디 한번 불러보오."

"예. 불러보겠나이다."

옹주는 순종황제와 윤 황후 앞에서 공손하게 두 손을 모으고 자세를 가다듬었다.

반딧불이의 집은 강가의 버드나무

반딧불이가 버드나무에 오르면 저녁 어둠이 지고

강의 송사리 떼가 꿈을 꿀 때쯤이면

호, 호, 호따루가 불을 밝힌다.

"허허, 노래 솜씨도 아주 좋구려. 호따루가 무엇이오?"

"반딧불이를 이르는 말입니다."

단정한 목소리였다.

볕이 좋은 날이면 잔디밭에서 또래 아이들처럼 뛰어놀았고 연두빛 새싹이 돋을 때면 나무 곁에 붙어 앉아 신기한 듯 바라보았고 매화꽃이 피면 오들오들 떨면서도 꽃을 눈에 담았지만 옹주는 한 번도 자신의 신분을 망각하지 않았다. 사람들 앞에서는 밝은 미소를 지어 보였지만 독살에 대한 의혹과 주변에 대한 경계는 여전했다. 학교에 갈 때는 꼭 보온병에 끓는 물을 넣도록 지시했다.

"팔팔 끓인 물을 내가 보는 데서 담거라."

그럴 때의 표정은 서늘하기까지 했다.

"마마, 그렇게까지……."

윤 나인이 머뭇거리면 옹주는 살짝 표정을 누그러뜨렸다.

"조심하여 해가 될 것은 없느니라."

영친왕과 일본귀족 나시모토노미야 마사코의 근견식이 있던 날엔, 꽃무늬가 놓인 남색 스란치마를 이중으로 받쳐 입고 저고리 위에 녹색 당의를 입고 족두리를 쓰고 참석했다. 단아하고 기품이 넘쳤다. 그러나 옹주의 표정은 밝지 않았다.

"유모, 오라버니는 왜 일본 여자와 결혼을 해야 하지?"

"아주 훌륭하고 좋은 분이라 들었사옵니다."

"그렇겠지. 하지만 왜 일본사람인가."

"마마……."

유모는 주위를 두리번거리며 제발 그런 말씀 마시라고 목소리에
힘을 주었다.

"그냥 해본 소리야…… 오늘따라 아바마마가 보고 싶어……."

눈에 이슬이 맺히는가 싶더니 옹주가 곧 고개를 떨구었다.

"마마, 제가 업어 드릴까요?"

유모가 옹주 앞으로 등을 내밀었다.

"유모 등은 아바마마 등처럼 따뜻하지 않아."

"그럼 생각시를 부를까요?"

"것도 싫어."

"그럼 이야기를 해드릴까요?"

"되었네. 어머니께 가보아야겠네."

옹주가 부스스 몸을 일으켰다.

인연

봄날이었다. 가만히 있어도 봄바람에 궁둥이가 들썩거릴 정도였다. 유모는 궁으로 들어오기 전 이맘때를 떠올렸다. 들로 산으로 돌아다니며 봄나물을 뜯곤 했는데. 코끝을 간질이는 바람도 달았다. 그 기억이 새로워 유모는 어깨를 들썩였다. 그러나 세상은 단 하루의 유쾌한 시간도 허락하지 않았다.

옹주와 함께 일신소학교 공부를 마치고 돌아오는 길이었다. 달콤한 봄바람에 옹주도 들떠 있었다. 수업을 마치고 나온 순간부터 산책을 가는 건 어떨까, 꽃구경은 어디가 좋을까 하며 설레는 마음을 숨기지 않았다. 옹주는 마차의 쪽문을 살짝 열었다. 유모는 안된다 말하면서도 옹주가 조금쯤 밝아진 것 같아 다행스러운 일이라고 여겼다.

"마마, 문을 닫으시옵소서."

옹주가 고개를 흔들었다.

"음…… 어디선가 꽃 냄새가 나는 것 같아. 그런데 유모, 봄인데
도 백성들의 표정은 왜 저리도 지쳐 있는 거지?"

옹주가 바깥세상을 살펴볼 수 있는 시간은 오직 학교를 오갈 때
뿐이었다. 옹주는 살짝 열어둔 창문 틈으로 끊임없이 바깥을 살폈
다. 유모에게는 그런 옹주를 말릴 재주가 없었다. 그러나 할 수만
있다면 백성들에 대한 측은지심조차 가려드리고 싶었다.

"봄이라 노곤해서 그럴 것이옵니다."

유모는 얼버무렸다.

거리엔 낡은 옷을 입고 궁핍한 얼굴로 배회하는 사람들 천지
였다. 배고픈 어미의 등에 기대어 잠든 아이, 술에 취해 비틀거
리는 남자, 눈을 번들거리며 뭔가를 찾고 있는 승냥이 같은 인간
들……. 뒤숭숭한 세상의 단면이 그대로 펼쳐져 있었다. 고종의
승하, 3.1운동, 의친왕의 상해탈출 미수사건이 연달아 터지자 세상
인심은 더 흉흉해졌다. 백성들의 살림살이가 힘들어진 것은 말할
것도 없었다. 가족 중에 독립운동을 하는 자가 있기라도 하면 그
핍박이 헤아리기 어려울 지경이었다. 하지만 유모는 그중 어느 것
도 옹주가 알게 하고 싶지 않았다.

"마마, 문 닫으시옵소서. 찬바람에 고뿔드시옵니다."

"유모, 저 사내아인 내 또래쯤 되었겠네. 저렇게 바쁘게 뛰는 걸 보니 급한 일이 있는 모양이야."

그 아이는 거친 숨을 몰아쉬고 있었다. 그 뒤로 일본 순사의 다급한 호루라기 소리가 따라붙었다. 무슨 이유로든 일본 순사에게 괴롭힘을 당하고 있는 아이일 것이다. 어찌 그 아이뿐일까. 갈 곳 없는 아이, 끼니를 때우기조차 어려운 아이, 일본인들의 하수 노릇을 하며 빌붙어 사는 아이…….

"마마. 자잘한 일에 호기심을 거두시옵소서. 마마는 더 높은 일을 하셔야 할 분이 아니옵니까."

"왜 백성들의 생활에 관심을 두지 말라 해? 오히려 잘 보아두었다가 오라버니에게 알려드려야 하는 것 아닌가?"

옹주는 유모를 힐책하는 눈빛으로 바라보더니 다시 마차의 쪽문을 열었다. 쌀랑한 봄바람이 마차 안으로 몰려들었다. 말발굽 소리에서 얼핏 꽃 냄새가 묻어나는 듯도 하였다. 마음 같아서는 옹주마마와 함께 봄바람을 맞고 싶건만…… 그러나 그래서는 안 될 일, 유모는 다시 단호하게 말했다.

"그런 말을 자꾸 하시면 황후마마께 여쭐 것이옵니다."

"그러시게나."

겁을 먹을 옹주가 아니었다. 결국 유모는 더 간하지 못하고 입을 다물었다. 열린 창문으로 세상의 소음이 쏟아져 들어왔다. 장사치들의 외침소리, 순사의 칼 부딪치는 소리, 일본여인들의 나막신 끄는 소리, 마차의 말발굽 소리……. 그뿐인가 했는데 어느 순간, 굉음처럼 비행기소리가 들렸다. 쌔애앵— 무언가를 할퀴는 듯 날카로운 소리.

"저것이 비행기라는 것인가?"

옹주는 고개를 쑥 빼고 비행기가 사라진 쪽을 올려다보았다.

"마마!"

유모는 기겁을 하고 옹주의 상체를 잡아당겼다. 옹주는 유모가 여간 귀찮은 게 아니었다.

"나는 하늘 높이 나는 비행기가 신기하고도 참 좋아 보여."

"그러다 마마께서 다치시기라도 하시면 저는 목숨 보전을 하지 못하옵니다."

밖으로 고개를 내미는 옹주를 다시 한 번 끌어안으며 유모가 애원조로 달랬다.

"그런데 저기 비행기에서 팔랑팔랑 떨어지는 건 무엇이지?"

"무엇 말씀이십니까?"

"저것! 하늘에서 반짝거리며 내려오고 있는 저것."

옹주는 좌정한 채로 고개만 돌려 흩날리는 꽃잎처럼 하늘에서 떨어지는 물체들을 바라보았다.

유모는 자세히 보기 위해 고개를 밖으로 내밀었다. 옹주의 말대로 하늘에서 뭔가가 나풀대며 떨어졌다. 아! 순간 가슴이 서늘했다. 저것이 말로만 듣던 삐라로구나. 유모는 황급히 창문을 닫았다. 옹주는 유모가 당황하자 부쩍 호기심을 드러냈다.

"왜 그래?"

"마마. 보실 게 있고 안 보실 게 있사옵니다. 저것은 마마께서 보실 게 아니옵니다."

유모는 단호하게 말했다. 고종의 승하로 받은 상처가 아직 아물지도 않았는데 일본인들의 만행을 다시 보도록 하고 싶지 않았다. 아직 어린 마마가 아닌가. 시끄럽고 혼란스런 세상의 일을 아직 알아서는 안 된다.

"아까 그것이 무엇인데?"

"일본 전쟁에 조선 청년들을 끌어내기 위해 뿌려대는 쪽지이옵니다."

"그런 것이라면 더더욱 봐야지 않겠는가. 오라버니에게 알려드려야 하지 않겠는가."

옹주가 다시 창문을 열었다. 아까와 다르게 표정이 더없이 진지했다.

"저기에 어떤 글귀가 적혀 있을까? 윤 상궁, 마차를 멈추고 가서 하나 주워 오게."

"마마! 아니 되옵니다."

"내가 가려는 게 아니잖아. 어서 마차를 멈추고 주워 오게!"

"안 되십니다. 마차는 멈출 수 없사옵니다."

이번엔 유모도 물러서지 않았다. 하지만 옹주는 그보다 더 단호했다. 윤 상궁이 난처한 표정으로 유모 얼굴만 바라보고 있었다. 유모는 윤 상궁에게 안 된다는 눈짓을 보냈다.

"윤 상궁이 안 가져오면 내가 가져오겠네!"

옹주가 유모 쪽을 바라보다 자리에서 벌떡 일어섰다. 문을 열려고 손잡이까지 잡았다. 이런 황망할 데가! 유모는 어쩔 수 없이 잠시 마차를 멈추게 했다.

"윤 상궁, 얼른 하나 집어 오너라."

윤 상궁이 난처한 얼굴로 마차에서 내려섰다. 말의 투레질 소리가 가깝게 들렸다.

그때였다. 일본 순사의 날카로운 호루라기 소리가 울렸다. 순사는 어느 여자아이를 질질 끌고 가고 있었다. 여자아이는 잔뜩 겁먹은 얼굴로 끌려가지 않으려고 안간힘을 쓰고 있었다. 길 가던 행인들이 아이와 일본 순사를 지켜보며 수군댔다. 그러나 누구도 둘 사이를 떼어 놓으려 하지 않았다.

"어쩌자는 건가?"

"또 끌고 가겠다는 거지. 요즘 조선 처녀들 잡아가는 게 어디 한둘인가?"

"뭘 잘못해서 걸렸누?"

"죄명이야 갖다 붙이기 나름 아닌가."

수군대는 행인들의 말이 봄바람에 실려 똑똑하게 들렸다. 옹주는 눈살을 찌푸렸다. 여자아이는 끌려가기 싫은 듯 거의 울상을 짓고 있었다.

"나, 잘못한 거 없어요……."

"일자리를 구한다고 하지 않았냐? 일자리를 주겠다는데 왜 그리 말을 안 들어!"

"일본인이 주는 일자리는 싫어요."

"이런 빠가야로!"

듣기 싫은 소리는 더 똑똑히 들리는 법이다. 유모는 창문을 닫으려 했다. 그때 옹주가 슬며시 손을 뻗어 유모의 팔목을 잡았다. 유모는 적잖이 놀랐다. 어린 옹주의 손아귀 힘이 이토록 매서웠던가. 유모는 고개를 들어 옹주를 바라보았다. 옹주가 의문에 가득 찬 눈빛으로 유모를 마주봤다. 일자리를 구해준다는 태도가 왜 저리 오만하고 거칠며, 일자리를 구하는 여자아이의 겁먹은 얼굴이 무엇을 뜻하는 것이냐고 묻고 있었다.

여자아이가 순순히 따라오지 않으려 하자 순사가 아이의 엉덩이를 발로 차며 욕을 퍼부었다.

"빠가야로, 조센징!"

여자아이가 고꾸라지듯 넘어졌다. 옹주는 자신도 모르게 몸을 들썩였다. 일본 순사는 넘어진 여자아이의 몸을 구둣발로 무자비하게 찼다. 그러나 행인들 중 나서는 자는 아무도 없었다. 여자아이가 코피를 쏟았다.

"저런!"

유모가 손으로 입을 막으며 탄식했다. 일본 순사가 훌쩍거리는 여자아이를 향해 칼을 겨누었다.

"빨리 따라오지 않으면 이 칼로 목을 베 버리겠다!"

순사의 말에 행인들이 슬금슬금 뒤로 물러섰다. 여자아이는 처녀라고 하기에는 어려 보였다. 저렇게 어린 여자아이를 어디에 쓰려고……. 사람들의 눈빛에 그런 염려가 가득했지만 그 누구도 나서지는 않았다. 그럴 엄두조차 못 내고 있었다. 목숨보전하기에 급급한 세상이었다. 행인들 사이에 섞여 있던 청년 두엇이 머뭇거리다가 뒤로 물러났다. 사각모를 쓴 것으로 보아 학생들 같았다.

그때였다. 유모가 말릴 새도 없이 옹주가 마차에서 내려섰다. 그녀는 한걸음도 지체하지 않고 일본 순사를 향해 똑바로 다가갔다. 아무도 예상하지 못한 일이었다. 옹주는 오른팔을 치켜들어 순사를 가리켰다.

"그 아이에게서 칼을 거두라. 백주대낮에 칼을 빼들다니 무엄한지고!"

당차고도 위엄 있는 목소리였다. 어린 여자아이의 목소리가 아니었다. 옹주는 순사의 얼굴을 당당하고 근엄한 표정으로 마주보았다. 치켜들었던 팔을 칼처럼 겨누었다. 순사의 얼굴이 벌레 씹은 것처럼 일그러졌다. 그도 칼끝으로 옹주를 겨누었다. 황급히 뒤따라 온 유모가 그 모습을 보고 벼락같이 소리쳤다.

"이놈! 어느 안전에 칼을 들이대느냐! 당장 치우지 못할까!"

일본 순사가 순간적으로 한 발짝 물러섰다. 그러자 옹주가 순사를 향해 한걸음 더 다가갔다. 자신을 겨누고 있는 칼끝을 오른팔로 지그시 밀어냈다. 그 광경을 지켜보던 사람들의 입에서 불안한 한숨이 새어 나왔다.

"네 이놈 썩 칼을 내려놓지 못할까!"

유모가 다시 소리쳤다. 순사는 자신도 모르게 또 한걸음 물러섰다. 그 사이 옹주가 침착하게 여자아이를 일으켜 세웠다. 순사의 얼굴이 붉으락푸르락했다.

"네 이놈, 어느 안전이라고 아직도 칼을 겨누고 있느냐!"

유모는 순사에게 달려들어 그가 쥐고 있던 칼날을 덥석 잡았다. 붉은 피가 주르르 흘렀다. 당황한 순사가 유모와 옹주와 여자아이를 번갈아 바라봤다.

"어느 안전에 칼을 겨누느냐, 네 놈이 정녕 죽고 싶은 게로구나. 이 분은 대한제국 황제의 여동생, 고종황제의 금지옥엽이신 옹주마마시니라. 당장 물러서지 못할까!"

서슬 퍼런 유모의 호령에 순사가 움찔 물러서면서 주변 정황을 재빨리 살폈다. 호화롭고 멋진 어마차를 보아 빈말이 아님이 분명했다. 순사는 칼날을 잡은 유모의 손을 질린 표정으로 쳐다봤다. 그때 옹주가 순사에게 다가가 다시 위엄 있는 목소리로 말했다.

"이 아이는 내가 거두겠다."

일본 순사가 어정쩡하게 칼을 거두었다. 유모는 피 흐르는 손을 감추고 옹주를 마차로 모셨다. 옹주는 여자아이의 손을 놓지 않았다. 어쩔 수 없이 여자아이까지 마차에 태워야 했다.

"빠가야로!"

마차가 움직이기 시작하자 분에 차서 내뱉는 순사의 거친 목소리가 허공에 흩어졌다.

유모는 이 일을 어찌 수습해야 할지 걱정이 태산이었다. 뾰족한 방법이 생각나지 않았다. 그 와중에도 옹주는 여자아이의 옷매무새를 고쳐주고 있었다. 아이는 여전히 부들부들 떨고 있었다. 저리 정이 깊으시니 앞으로 이 험한 세상을 어찌 헤쳐갈꼬. 유모는 그런 마음을 담아 옹주를 물끄러미 바라보았다. 그 눈빛을 읽었는지 옹주가 빙긋이 웃었다.

"마마, 이 일을 어찌 수습해야 하옵니까? 저 아이는 어쩌실 것이옵니까?"

유모는 여자아이를 쳐다보며 난처한 표정으로 물었다.

"일단 궁으로 데려가게. 그렇다고 그곳에 그냥 내버려두고 오는 것이 맞았겠는가?"

옹주의 표정은 의연했다. 유모는 가슴을 쓸어내렸다.

"저는 마마 때문에 간이 콩알만 해졌습니다."

옹주가 구석에 웅크리고 있는 여자아이를 응시했다가 고개를 돌리며 또다시 웃었다. 또각또각 말발굽 소리가 경쾌했다. 그런데 잠시 후 말도 없이 마차가 멈춰 섰다.

"무슨 일이냐?"

창문을 열고 밖을 살피던 유모의 눈빛이 굳었다. 순사의 연락을 받고 출동했는지 기마경찰들이 옹주의 마차를 가로막고 서 있었다. 계급이 높아 보이는 자가 옹주의 마차로 다가왔다.

"그 아이를 내놓으시오."

위압적인 목소리였다.

"무엇이 문제냐?"

옹주의 목소리에도 위엄이 서렸다.

"황국의 순사에게 반항한 조선인은 죄를 물어야 하오."

"이 아이는 황국의 백성이기 이전에 내 몸종이다. 내 심부름으로 이곳에 나왔다가 변을 당한 것 같은데 주인인 내가 책임지고 거두어가니 잊으라."

말을 마친 옹주가 눈짓을 하자 유모가 마차의 문을 닫았다.

"마차가 갈 길을 열어라."

마차 안에서 흘러나오는 당찬 옹주의 목소리에 우르르 몰려 있던 순사들이 슬금슬금 물러섰다. 궁으로 돌아가는 길에 유모가 근심어린 목소리로 다시 물었다.

"이제 어떻게 하실 작정이시옵니까?"

"내가 책임진다고 말을 했으니 되었다. 저들이 무슨 해코지를 한대도 상관없다."

옹주는 다시금 여자아이의 옷매무새를 훑어봤다. 여자아이는 고개도 들지 못했다. 유모는 깊은 한숨을 삼켰다.

"윤 상궁, 하늘에서 내려오던 종이쪽지는 주워왔는가?"

갑자기 생각난 듯 옹주가 윤 상궁을 바라보며 물었다.

"그 난리 통에 무슨 정신으로…… 지금도…… 정신이 하나도 없사옵니다."

윤 상궁이 얼빠진 표정으로 말을 더듬었다.

"아쉽구나."

옹주는 진정으로 안타까워했다.

"그런데 유모…… 손에서 피가 나지 않는가. 서둘러 돌아가 치료를 받아야겠어."

옹주는 피 묻은 손을 살피며 자신의 손수건으로 직접 그 손을 감쌌다. 손수건에 핏물이 아슴아슴 배어들었다.

그리운 사람들

　일본 순사에게 끌려갈 뻔했던 허복순은 열세 살이었다. 대갓집의 허드렛일을 하다 허리를 다친 어머니 몰래 떡판을 이고 나선 지한 달째였다. 알고 지내던 방앗간에 사정이야기를 하자, 복순을 어여삐 봤던 주인이 쾌히 허락을 해주었다. 복순은 몸져누운 어머니 대신 떡함지를 이고 이리저리 배회하며 온종일 떡을 팔았다. 나이에 비해 다부진 구석이 있었다. 그러나 종일 팔아야 겨우 목구멍에 풀칠이나 하는 정도였다. 어떻게 해서든지 좋은 일자리를 얻어 어머니를 편히 모시고 싶었다. 사정을 들은 이웃들이 이런저런 일자리를 대주었으나 찾아가면 너무 어리다고 퇴짜를 맞기 일쑤였다.

　"복순아, 요즘 일본에 일하러 가는 처녀들이 많다더라. 너도 한

번 알아보지 그러냐?"

그런 이야기를 해주는 이웃들도 있었지만 그때마다 어머니는 펄쩍 뛰었다. 스스로도 내키지 않았다. 어떤 일을 하는지, 벌이가 얼마나 되는지 모르지만 어머니를 혼자 두고 일본으로 갈 수는 없었다.

어머니는 복순을 고생시키는 게 자신이 못난 탓이라며 자주 울었다. 지아비에 대한 그리움도 점점 심해졌다. 그러던 어느 날, 어머니가 복순을 향해 중얼거리듯 말했다.

"누가 네 아버지를 서대문에서 봤다는구나."

그 말에 복순은 무작정 떡함지를 이고 집을 나섰다. 아버지는 벌써 여러 해째 소식이 없었다. 간간이 모자를 눌러쓴 사람들이 찾아와 소식을 전하고 가기는 했지만, 그야말로 소식만 전하고 가는 게 전부였다.

아버지의 모습은 선명하지 않았다. 다부진 몸집에, 싱거운 웃음을 짓던 사람이라고 했다. 독립운동을 하는 사람이라고도 했다. 잡히는 날엔 곧장 형무소행이기 때문에 집으로 올 수 없다고 어머니가 일러주었다.

복순은 서대문 쪽으로 향했다. 어머니에게는 이야기하지 않았다. 어머니는 그녀가 동네만 벗어나도 불호령을 쳤다.

"겁도 없이 어딜 싸돌아다니느냐!"

그런 말이 귓전에 쟁쟁했다.

4월이라 날씨는 제법 포근했다. 이리저리 헤매다가 종로 쪽으로 걸어오고 있을 때, 낯선 남자가 다가왔다. 누구를 찾느냐고 물었다. 울 아버지요. 아무 생각 없이 한 말에 그 남자가 다른 이를 불러왔다. 일본 순사였다. 칼을 찬 순사가 복순을 잡고 꼬치꼬치 묻기 시작했다. 아버지가 누구냐, 뭐하는 사람이냐, 누가 여기로 가라 했느냐……. 복순은 순하게 대답을 하다가 어느 순간, 더럭 겁이 났다. 아버지에 대한 이야기를 하면 안 되는데. 복순은 입을 다물고 돌아섰다.

"너, 갈 곳도 없지? 내가 좋은 데로 데려다주마."

칼 찬 순사가 복순의 덜미를 잡았다.

"싫어요. 집에 갈 거예요."

"아버지를 찾으러 왔다고 하지 않았냐. 넌 보나마나 떠도는 아이다. 그러니 내가 좋은 곳으로 보내주마. 돈도 많이 벌 수 있고 맛있는 것도 많이 먹을 수 있는 곳으로."

복순은 뒤돌아서 무작정 뛰었다. 어머니 말을 안 듣고 멀리 온 게 후회되었다. 하지만 얼마 안 가 순사를 불러왔던 남자에게 뒷덜미를 붙잡혔다. 독한 술 냄새가 코끝에 훅 끼쳤다.

"이년아, 어딜 도망가? 갈 곳도 없는 년이 좋은 곳에 보내준다 할 때 얌전히 있어!"

남자가 험상궂은 표정으로 복순을 윽박질렀다. 눈앞이 아득했다. 어떻게 이곳을 빠져나가나. 남자는 우악스런 손으로 복순을 움켜잡고 일본 순사 앞으로 끌고 갔다. 물건을 넘기듯 그에게 복순을 넘겼다.

"음…… 좀 마르긴 했지만 잘 먹이면 쓸 만하겠군."

순사와 남자는 알 수 없는 말을 주고받으며 징그럽게 웃었다.

"난 집에 가야 해요. 엄마가 아프단 말이에요!"

복순은 일본 순사의 손아귀에서 빠져나오려고 버둥거렸다.

"얌전히 있지 않으면 귀신도 모르게 죽일 수 있어."

일본 순사는 징그러운 얼굴을 바짝 들이대면서 으름장을 놓았다. 세상이 노래졌다. 낯선 남자가 저만치 사라지자 순사가 복순의 손을 꽉 쥐고서 다시 중얼거렸다.

"오늘은 우리 집에 가서 자자. 좋은 곳에는 며칠 있다 보내주마."

눈물이 절로 흘렀다.

"나 집으로 보내주세요. 우리 엄마가 아프단 말이에요."

복순은 주변을 살폈다. 도와줄 사람을 찾았다. 하지만 일본 순사 앞에 선뜻 나설 사람은 없었다. 복순은 순사를 향해 떡함지를 힘껏 내던졌다. 그러고는 죽을힘을 다해 뛰었다. 하지만 다시 잡히고 말았다. 그녀는 일신소학교 앞까지 질질 끌려갔다. 그 앞에서 마차를 만나지 못했더라면 복순의 운명은 그대로 곤두박질쳤을 것이다.

마마. 사람들은 작고도 어여쁜 분을 그렇게 불렀다. 궁에서 나온 분들도 더없이 높여 부르시는 마마라 했다.

'마마……'

　복순은 검은 마차를 타고 궁으로 들어왔다. 하지만 궁궐로 들어온 순간부터 복순은 골칫덩어리였다. 잡혀서 끌려가는 소동을 겪은 탓에 며칠을 앓아누웠다. 깨어보니 짐들이 어지럽게 쌓여 있는 골방이었다. 겨우 문을 열어 사람을 찾았으나 그녀를 돌봐줄 사람은 아무도 없었다. 이를 악물고 일어섰다. 어디에도 그녀가 있을 곳은 없어 보였다. 그래도 마마라는 분이 당부를 했는지 밖으로 쫓겨나지는 않았다. 복순은 하루 종일 골방에 처박혀서 오가는 나인들의 행동을 유심히 지켜봤다. 그렇게 며칠이 지났다. 복순은 집이 그리웠다. 퀭한 어머니의 눈빛이 떠올라 가슴이 아팠다. 집으로 가고 싶은데 누구도 복순의 말을 들어주려 하지 않았다. 마마를 모시는 분들조차 그날 이후 한 번도 볼 수가 없었다.

　며칠 동안 굴러다니는 도토리 신세였던 복순에게 제일 먼저 떨어진 일감은 걸레를 빨아 마루를 닦는 것이었다. 어머니가 보고 싶다고 울며 보챌 수도 없는 처지라서 눈치껏 굴어야 했다. 천성이 부지런했던 복순은 재바르게 움직였다. 집으로 간다고 해도 다시 잡혀가지 말라는 법은 없었다. 그보다는 궁중에서 일을 익히는 게 여러모로 좋을 듯싶었다. 더구나 아무나 들어올 수 없는 궁중이 아니던가. 지금쯤 어떤 구차한 신세가 되었을지 모르는 일이다. 어머니야 나중에 보면 되지. 문득문득 어머니가 그리웠지만 복순은 눈물을 삼키며 눈치껏 부지런을 떨었다.

얼마나 넓은지 가늠할 수도 없는 궁중에서 복순은 어디가 어딘지도 모른 채 지냈다. 상궁처소와 우물로 가는 길만 익혔을 뿐이다. 걸레질도 쉽지 않았다. 깐깐한 한 상궁의 눈 밖에 나지 않으려면 무릎을 꿇고 종일 기어 다니다시피 해야 했다. 손목이 끊어질 듯 아파도 호소할 데가 없었다. 그러나 쫓겨나지 않고 머물 수 있는 것만으로도 다행이었다. 보름쯤 지났을 때, 겨우 말을 튼 나인 하나가 그녀를 불렀다.

"너, 옹주마마가 구해줬다며?"

복순은 고개를 끄덕였다.

"운도 좋다. 마마 눈에 띄어 목숨을 구했으니."

"마마는 어디에 계세요?"

복순은 그간 참고 있던 말을 물었다.

"저 높은 곳에. 감히 우리들은 가까이 갈 수도 없는 곳이야. 넌 부지런히 걸레질이나 해라. 그래도 그 은공은 다 못 갚겠지만."

"네…… 그런데 전 언제쯤 집에 갈 수 있을까요?"

"상궁마마님들이 어여삐 보시면 보내주시겠지. 그러니 부지런히 마룻바닥이나 닦아."

그녀는 자신을 박 나인이라고 부르라 했다. 복순보다 서너 살쯤 많아 보였다. 숱 없는 머리를 땋아 댕기를 달았는데 숱이 적어서 그런지, 너무 말라서인지 무척 초라해 보였다.

"나는 언제 상궁이 되나……. 한 상궁마마처럼 머리를 틀어 올려서 쪽을 지고 비녀를 꽂고 싶은데, 그러면 정말 멋질 텐데."

그녀는 아홉 살에 궁에 들어온 후로 오로지 상궁이 되는 꿈만 꾸고 있었다.

"내가 상궁 되면 너 잘 봐줄게. 그 대신 내 부탁을 들어줘야 해."

복순은 고개를 끄덕였다. 그나마 말을 걸어주는 건 그 나인뿐이었다. 복순은 뭐든 시키는 대로 할 생각이었다.

"이거 내가 수방나인한테 얻은 비단조각인데, 이걸로 복주머니 하나 만들어줘. 나중에 집에 갈 때 우리 엄마 갖다 주려고 그래."

엄마라는 말을 듣자 눈물이 찔끔 나왔다. 복순은 비단 천 쪼가리를 받으며 눈가를 훔쳤다.

"수실이 있으면 수도 놓아줄 수 있는데……."

"정말? 너, 수를 놓을 줄도 알아?"

"조금요."

그 말에 박 나인이 뛸 듯이 기뻐하며 복순의 손을 잡았다.

"우와. 너, 재주가 많구나. 이쁜 것."

그녀가 복순의 볼을 쥐고 귀여워 죽겠다는 듯 가볍게 흔들었다.

"그리고 너, 이제부터 나한테 형님이라고 해라. 내가 너보다 나이가 많잖아."

"형님?"

"그래. 나를 형님이라고 부르면 좋은 일이 생길 거야. 내가 아는 상궁마마들도 많으니까 너를 편한 자리로 보내줄 수도 있고."

박 나인은 뻐기는 듯한 표정으로 몸을 뒤로 한껏 뺐다. 복순은 피식 새어 나오는 웃음을 참으며 고개를 끄덕였다.

"이건 내가 아껴두었던 비단 쪼가리인데 댕기 하나는 더 만들 수 있을 거야. 너 가져."

이를테면 선심이었다.

"비단 실도 얻는 대로 갖다 줄게. 예쁘게 만들어야 해. 그 대신 너 일하는 거 내가 많이 도와줄게. 알았지?"

박 나인은 몇 번이나 다짐을 받았다. 나쁠 것 없는 제안이었다. 그날 이후로 복순은 틈틈이 박 나인의 복주머니를 만들었다. 선홍색 비단에 예쁜 꽃수를 놓았다. 어찌 보면 매화 같기도 하고 어찌 보면 목단 같기도 했다. 어설픈 솜씨인데도 박 나인은 입을 다물지 못했다.

박 나인은 복순이 만들어준 복주머니를 보고 홀쩍거렸다. 복순도 어머니가 보고 싶었다. 하지만 누구에게 이야기를 해야 집으로 갈 수 있을지 알 수 없었다.

복순은 눈물을 꾹 참으며 박 나인이 준 비단 천 쪼가리로 또 하나의 복주머니를 만들기 시작했다.

"아가! 아가!"

입궁한 지 보름도 넘은 어느 날이었다. 복순은 평소처럼 새벽같이 일어나 밥 짓는 물을 길었다. 여느 때처럼 무릎이 닳도록 걸레질을 했다. 그리고 잠시 짬이 생긴 틈을 타 수를 놓았다. 자꾸만 어머니 생각이 간절해졌다. 어느덧 눈가에 눈물이 맺혔다. 흘러내리는 눈물을 닦느라 수를 놓는 손이 자꾸만 멈췄다.

그때 귀에 익은 목소리가 들렸다.

"아가, 아가, 우리 딸."

이제는 환청까지 들리는구나. 복순은 도리질을 하며 다시 수를 놓기 시작했다. 그런데 이번에는 박 나인의 목소리까지 들리는 게 아닌가.

"복순아, 나와 봐. 어머니가 오셨어."

그녀는 화들짝 놀라 고개를 들었다. 꿈은 아닌가. 복순은 눈을 껌벅이다가 벌떡 일어나 문을 열었다. 박 나인 옆에 바싹 야윈 어머니가 서 있었다.

"어…… 어머니!"

복순은 맨발로 달려가 어머니를 껴안았다. 어머니는 그새 더 야위어 고목처럼 뻣뻣했다. 모녀는 서로 껴안은 채 눈물만 흘렸다. 복순은 어머니의 얼굴에 자신의 볼을 비볐다.

"어디 보자, 내 딸!"

어머니도 말을 잇지 못한 채 그녀를 쓰다듬었다. 볼에 닿는 손이 나무등걸처럼 거칠었다. 복순은 마음이 찢어지는 것 같았다.

"어머니, 어머니. 그런데 어떻게 여길……?"

복순은 어머니의 손을 부여잡고 눈물을 흘리면서도 어머니가 예까지 오게 된 사정이 궁금했다. 옆에서 눈물을 찍어내던 박 나인이 말을 받았다.

"다 옹주마마 은덕이야."

"무슨 소리예요?"

"옹주마마께서 사람을 시켜 너희 집을 수소문하여 소식을 전하셨어. 궁에서 잘 지내고 있으니 너무 상심하지 말라는 전언과 함께 딸을 보기 위해 입궁해도 좋다고 하셨어."

"나도 처음에는 믿을 수가 없었단다. 잃어버린 줄만 알았던 내 딸이 궁에 있다니."

어머니가 눈물을 닦으며 말했다.

"게다가 양식까지 보내주셔서…… 그 은공을 어찌……."

복순은 가슴이 벅차올랐다.

"어머니, 그분이 바로 제 목숨을 구해주셨어요."

어머니는 고개를 끄덕였다.

"생명도 구해주셨는데 거두어주시기까지 하셨구나."

그날 복순은 박 나인의 배려로 어머니와 한나절을 같이 있을 수 있었다. 옹주마마에 대한 복순의 마음은 점점 커졌다. 꼭 한 번 뵙고 싶다는 열망도 점점 커졌다.

간절히 원하면 이루어진다고 했던가.

그로부터 보름 뒤, 복순은 우물가에서 물을 긷다가 상궁들의 시중을 받으며 걸어오고 있는 옹주를 보았다. 나비 같은 걸음걸이였다. 복순은 자신의 처지를 잊고 옹주를 향해 달려갔다.

'마마, 그간 강녕하셨습니까?'

뵙게 되면 하리라 마음먹었던 말을 입속으로 수없이 되뇌었다. 그 말에 너무 정신을 쏟은 나머지, 양손으로 든 동이의 물이 출렁거리는 줄도 몰랐다. 걸음을 옮길 때마다 출렁대는 물이 치맛자락에 쏟아졌다. 버선발이 젖어서였을까. 옹주 앞에 다다랐을 때 그만 중심을 잃고 미끄러졌다. 넘어지는 것과 동시에 동이의 물이 바닥에 쏟아졌다.

"이게 무슨 짓이냐!"

천둥 같은 소리가 귓전을 울렸다. 유모의 엄한 목소리에 복순은 오금이 저렸다. 이를 어쩌나. 온몸이 부들부들 떨렸다. 하늘 같은 마마 앞에 물을 엎질렀으니 이를 어쩌나. 복순은 납작 엎드려 두 손바닥에 얼굴을 묻었다. 세상이 캄캄했다. 상궁마마의 지엄한 꾸지람이 있을 것이다. 곤장도 각오해야 했다.

"어느 안전이라고 이런 실수를 하는 게냐!"

복순은 눈을 질끈 감았다.

"죽여…… 주시옵소서."

매를 맞다가 요금문으로 죽어 나가는 나인들이 수두룩하다 들었다. 입술이 덜덜 떨려서 말도 제대로 나오지 않았다. 땅바닥을 짚은 손이 사시나무 떨리듯 떨렸다. 옹주가 물 묻은 치마를 털고 있는지 차가운 물방울이 복순의 목덜미에 닿았다. 상궁의 입에서 '황공하옵니다' 하는 소리가 연달아 터져 나왔다. 복순은 더욱더 납작 엎드렸다.

"그만하시게, 젖은 옷은 갈아입으면 되는 것을."

옹주의 차분하고 맑은 목소리가 귓전을 울렸다.

"너도 옷이 다 젖었구나. 네 이름이 무엇이냐? 어디에 있는 나인이냐?"

다정한 목소리였다.

"보, 보, 복순이라 하옵니……."

입이 얼었는지 제대로 말이 나오지 않았다. 차마 고개를 들 수조차 없었다. 이마에서 진땀이 났다.

"복순? 아, 그래, 너였구나."

옹주의 부드러운 손길이 복순의 뺨을 어루만졌다. 옹주마마가 날 기억하고 계시는구나. 복순은 하늘로 날아갈 듯 기뻤다.

"마마, 이런 천한 것들과 이야기하시면 아니 되옵니다. 어서 저를 따르시옵소서."

옹주를 모시는 상궁이 복순을 밀쳤다. 복순은 힘없이 옆으로 쓰러졌다.

"김 상궁, 왜 아이를 밀고 그러느냐? 코피가 나지 않느냐."

옹주의 보드랍고 고운 손이 복순의 뺨에 다시 닿았다.

"마마!"

복순은 그제야 고개를 들었다. 옹주의 눈과 그녀의 두 눈이 마주쳤다. 자상한 그 눈빛을 보자 아픔이 싹 가셨다.

"천한 것입니다. 더 이상 상대하지 마시옵소서."

상궁의 단호한 목소리가 울려 퍼졌다.

"아니다. 한번 한 약속은 지켜야 하느니. 지난번에 이 아이 어미에게 소식을 전하라는 명은 잘 시행했느냐? 지금 이 아이는 어디에 기거하느냐?"

"모르겠사옵니다. 나인들 뒷시중이나 들고 있지 않겠습니까."

"나인들 뒷시중이라? 그래도 내가 구한 아이인데……. 내가 데려가겠다. 내 시중이라도 들라고 하는 게 낫겠구나."

복순은 자신의 귀를 의심했다. 마마의 시중을 들다니. 이게 정녕 꿈은 아닐까?

"마마, 아니 되옵니다. 유 나인이 있지 않사옵니까?"

"그이를 내치고 일을 시키자는 게 아닐세. 내가 구한 아이이니 보호해주고 싶어서 그러네. 여러 말 말고 그리하게."

"그리하시다면…… 분부 받들겠나이다."

상궁의 목소리가 다시금 잦아들었다. 복순은 고개를 깊숙이 숙인 채 옹주의 고운 당혜를 훔쳐보았다. 옹주가 발걸음을 옮기자 상궁들도 황급히 그 뒤를 따랐다. 비단 치맛자락 스치는 소리가 한동안 이어졌다.

발자국 소리가 멀어진 후에야 복순은 몸을 일으켰다. 속절없이 해맑은 하늘이 어지럽게 다가왔다. 소맷부리에 붉은 피가 점점이 떨어져 있었다. 복순은 옹주의 손길이 스친 뺨을 살그머니 만져보았다. 꿈같은 일이었다. 감히 상상도 할 수 없는 일이었다.

복순은 벌떡 일어났다. 감찰 상궁한테 들키지 않은 것을 다행이라 여기며 재게 걸음을 놓렸다. 그녀는 도망치듯 걸으면서 다시 한 번 뒤를 돌아보았다.

'마마…….'

서슬 퍼런 일본 순사를 단숨에 다스리던 위엄과 당당하고 흔들림 없는 태도, 천한 것을 어루만질 줄 아는 따뜻한 마음씨, 복사꽃처럼 환하고 고운 얼굴……. 멀리서 우러르기만 해도 가슴이 벅차올랐다.

"형님, 나, 마마 곁에 갈 수 있을 것 같아요."

복순은 박 나인 앞에서 오늘 있었던 일을 털어놓았다. 박 나인이 정색하며 호통을 쳤다.

"어디서 그런 말을 함부로 해? 입 다물고 일이나 해!"

나이는 어려도 궁의 사람이라 사리분별이 분명했다. 호통도 어른 못지않았다.

일찍 입궁한 박 나인은 어느새 정식 나인이 되었고 그 나인들이 부리는 하녀로 복순이 같은 아이들이 필요했다. 방 청소를 담당하는 방자, 세숫물과 목욕물을 담당하는 수모, 심부름을 담당하는 파지, 무수리 따위들이 나인들의 하녀였다. 그러나 복순은 어느 것 하나 정해진 일도 없이, 이것저것 시키는 대로 다해야 했다.

'아……마마가 나를 부른다 했어요.'

복순은 아무도 모르게 마음속으로만 그렇게 되뇌었다.

이름의 대가

복순은 유모가 부르던 그날을 한시도 잊지 못했다. 옹주가 정식으로 황적에 올랐다는 소문이 나인들 사이에 쫙 퍼진 것도 그즈음이었다. 복순은 떨리는 가슴으로 유모 앞에 머리를 조아렸다.

"올라오너라. 마마께서 너를 보자신다."

복순은 덜덜 떨며 마루로 올라섰다. 어둑한 방 안에 옹주가 홀로 앉아 있었다. 표정은 없었지만 눈빛은 온화했다. 복순은 예를 갖추고 그 앞에 엎디었다.

"너와 약조를 해놓고 부르는 것이 늦었구나."

복순은 더욱 깊이 고개를 숙였다. 두렵고 황송한 마음에 온몸이 떨렸다.

"네 목숨을 구해주신 분이시다. 이제부터 마마 곁을 그림자처럼 지키거라. 마마께서 원하시는 일이니 성심을 다하거라."

유모의 목소리에 준엄한 훈계가 서려 있었다.

"황공하옵니다."

옹주를 다시 만난 후로 복순은 단 하룻밤도 깊이 잠들지 못했다. 심장이 거세게 뛰었다. 언제 불러주시려나? 복순은 옹주 곁에서 시중드는 자신을 그려보았다. 생각만으로도 가슴이 벅찼다. 그러나 이내 그 장면은 궁내 예법에 익숙지 않아 연달아 실수하는 자신의 모습으로 바뀌었다. 복순은 환희와 절망 사이를 하룻밤 새에도 몇 번씩이나 오가야 했다.

유모는 분명히 일러주었다. 마마 곁을 그림자처럼 지키라고. 복순은 두려웠다. 내가 하늘 같은 마마를 잘 모실 수 있을까. 쉬쉬하며 떠도는 소문도 생각났다. 옹주가 미쳤다느니, 몽유병자처럼 밤에 돌아다닌다느니, 선왕의 혼령과 대화를 한다느니 하는 따위의 소문.

"이리 가까이 오너라."

그 목소리에 모든 걱정과 불안이 갈 길을 잃고 멈췄다. 복순은 옹주 곁으로 조심스럽게 다가가 고개를 숙였다.

"너는 내 곁에서 잔심부름이나 하고 이야기 벗이나 되어주면 좋겠구나."

옹주의 음성은 차분하고 낮았다.

"목숨을 다해 받들겠나이다."

복순은 떨리는 목소리로 겨우 그렇게 대답했다.

궁궐 안은 소문이 떠돌지 않는 날이 없었다. 고종으로도 모자라, 여전히 순종황제의 음식에도 매일 소량의 독이 들어간다는 이야기도 들렸다. 수라간에 일본이 심어둔 첩자가 있다는 소문도 공공연한 비밀로 떠돌았다. 궁녀들은 어두우면 밖으로 나가려 하지 않았다. 궁은 어느새 공포와 기괴한 소문이 떠도는 음산한 장소가 되어가고 있었다.

"이번엔 옹주마마가 일본으로 끌려가신다네."

처음 그 소문을 들었을 때 복순은 대수롭지 않게 여겼다. 그러나 그날 오후, 옹주는 복순을 불렀다. 단정하게 앉아 책을 보던 옹주는 복순이 들어서자 서안을 물리며 책에서 눈을 뗐다.

"너는 태어난 곳을 떠나본 적이 있느냐?"

뜬금없이 묻는 말에 복순이 우물거리자 다시 옹주가 천천히 입을 열었다.

"나는 이제 먼 곳으로 떠나야 한단다."

"……."

"일본으로 가라하는구나."

목소리에 한숨이 섞여들었다.

"마마, 그런 말씀을 아래 것들에게……."

유모가 조심스레 지청구를 놓았다.

"나는 이 아이를 데려갈 것이다. 그러니 이 아이도 알아야 하지 않겠느냐."

복순은 눈앞이 캄캄해졌다.

"마마의 뜻이 그러하시니 마음 단단히 먹고 있거라."

유모의 엄한 음성이 복순을 더욱 오그라들게 만들었다.

일본행이 확정되면서 옹주는 극도로 예민해졌다. 복순은 잠시도 한눈을 팔 새가 없었다. 옹주는 틈틈이 복순을 불러다 앉혀 놓고 넋두리하듯 말을 풀어냈다.

"이름이 무어라 했지?"

"복순이라 하옵니다."

"복순이라…… 복을 받은 여자아이란 뜻이겠구나."

"그러한 줄 아옵니다."

"좋은 이름이다. 나는 덕혜라는 이름을 지어 받았다. 그것도 얼마 전에야. 그런데 이름을 얻은 대가로 일본에 가야 하는 것 같구나. 황족은 일본에서 교육을 받아야 한다는구나. 이름을 얻으면서 정식으로 황족이 됐는데 이름이 없던 때가 더 나았던 모양이다. 이름을 얻은 것이 오히려 화가 되었구나……."

"마마, 송구하옵니다."

유모가 몸 둘 바를 몰라 했다. 복순도 고개를 깊이 수그렸다.

옹주가 '덕혜'라는 이름으로 황적에 오른 것은 1921년 5월의 일이었다. 순종황제의 형식적인 결재를 거쳐 이왕직 장관 민병석이 일본 궁내성에 상신함으로써 일은 마무리됐다.

"어찌하여 나까지 일본에 가야 하는 것이냐? 그것이 이름을 얻은 대가란 말이냐?"

옹주는 혼잣소리처럼 가끔씩 그렇게 되뇌었다.

"마마, 누가 들으면 어쩌시려고……."

복순은 겁먹은 표정으로 주위를 살폈다. 복순의 말에 옹주의 격한 표정이 조금 수그러들었다. 대신 눈가에 아련한 이슬이 맺혔다.

옹주가 일본으로 끌려간다는 소문이 사실로 드러나자 궁궐 안은 다시 어수선해졌다. 복순은 떠나기 전에 잠시라도 어머니를 만나고 싶었지만 입이 떨어지지 않았다. 지난번 어머니를 본 후 박 나인의 인편에 몇 번 서찰을 전했지만 잘 있더라는, 들으나마나 한 소리만 전해 받았을 뿐이다. 그리운 어머니의 얼굴이 떠올랐다가 곧 구름처럼 흩어졌다. 옹주마마께 부탁할까 하는 생각도 잠시 했지만 언감생심…… 복순은 박 나인에게 비단주머니와 함께 서찰을 맡겼다.

"걱정 마시게. 내가 잘 전함세."

박 나인은 예전처럼 복순을 하대하지 않았다.

하늘을 올려다보니 하얀 구름이 순간순간 형상을 바꾸며 흘러가고 있었다. 화난 어머니의 얼굴이 되었다가 슬픈 얼굴이 되었다가, 어느 순간 형체도 알 수 없이 흩어졌다. 눈물이 볼을 타고 흘렀다.

복순은 얼른 눈물을 닦았다. 옹주마마가 구해준 목숨이다. 마마가
아니었으면 죽었을지도 모를 일이다. 복순은 오직 그 생각만 하면
서 옹주의 일본유학길을 준비했다.

　덕혜옹주의 일본행이 결정된 날, 일을 주선한 한창수가 옹주전
에 들렀다. 양복을 빼 입은 그가 한껏 허리를 굽혔다. 덕혜는 시선
을 피했다.
　"옹주마마, 축하드립니다. 이제 명실상부 대일본 제국의 황족으
로서 일본에서 교육을 받으시게 되었습니다."
　한창수의 태도는 정중하면서도 거만했다. 깍듯하게 예의를 표하
는 허리께에서 황금빛 회중시계가 번쩍거렸다.
　'내 손이 닿아 안 되는 일은 없다.'
　그의 눈빛은 그렇게 말하고 있었다. 덕혜는 한창수와 눈길조차
마주치지 않았다. 그녀의 시선은 창밖을 향해 있었다. 무심한 하늘
끝엔 공허한 바람만이 몰려다니고 있었다.
　"마마, 너무 노여워 마십시오. 공부를 위해 일본으로 가시기는
하나 방학 때마다 이곳으로 오실 수 있습니다. 그렇게 약조를 드리
겠습니다."
　크게 선심 쓰는 듯한 말투였다. 그러나 덕혜의 표정은 변함이 없
었다. 순종황제가 이미 허락한 일이니 무슨 말을 해도 되돌릴 수
없다는 걸 알고 있었다. 바꿀 수 없는 운명이었다.

"언제 가야 하는 것이오?"

"가능한 빨리 서두를 것입니다. 영친왕 전하께서도 옹주마마 오시기를 기다리고 계십니다."

덕혜는 여전히 그를 외면했다.

"이 일은 대체 누가 꾸민 것이오? 소문을 듣자하니 당신인 것 같구려."

한창수가 비죽이 웃음을 흘렸다.

"마마, 영광이옵니다."

"영광?"

덕혜가 고개를 홱 돌려 한창수를 노려보았다. 그가 옹주의 눈빛을 능글맞게 받아냈다.

"마마의 일본유학은 황제께서 윤허하신 데다 온 백성이 바라마지 않는 일이옵니다. 이제 마마께서도 신여성이 되시는 것입니다. 일본제국의 선진문물을 배우고 익힌 뒤 돌아오셔서 백성들을 위해 힘쓰셔야지요. 그런 기회를 제가 마련했다고 말씀하시니 이 어찌 영광이 아니겠습니까?"

덕혜는 한창수의 뻔뻔함에 치가 떨렸다. 그녀는 유학생이 아니라 볼모였다. 조선황실을 일본화시켜 독립에 대한 염원을 뿌리째 뽑아버리겠다는 속셈을 모르는 이는 없었다.

"그러시오? 그럼 내 언젠가 이 빚을 반드시 갚아야겠구려."

덕혜가 씹어 뱉듯이 말했지만 한창수는 낯빛조차 변하지 않았다. 외려 감격한 표정을 지으며 입을 열었다.

"황송하옵니다. 빛이랄 게 무어 있겠습니까? 그저 마마께서 다녀오시기만 한다면야 그보다 기쁠 일이 없겠사옵니다."

"그러시겠지요. 두고 봅시다."

"그러시지요."

둘 사이에 차가운 침묵이 흘렀다.

"이제 물러가보시오."

칼날 같은 침묵에 종지부를 찍은 것은 결국 덕혜였다.

문 너머로 한창수의 껄껄 웃는 소리가 들려왔다. 덕혜는 두 손으로 귀를 막았다. 간교하고 교활한 웃음소리는 집요하기까지 했다. 덕혜는 그 웃음소리를 평생 잊지 않겠노라 다짐했다.

덕혜는 자신의 짐을 챙기는 복순을 말없이 바라보았다. 상궁과 나인들은 일본행에 필요한 덕혜의 물품을 챙기느라 정신없었다. 옷과 이부자리를 준비하느라 침방 상궁들과 복순, 유모 모두 분주했지만 정작 덕혜는 남의 일을 보듯 무심했다.

"무엇을 그리 많이 준비해야 하느냐?"

무심한 목소리였다. 바쁘게 움직이는 상궁들을 오히려 측은한 눈길로 쳐다볼 뿐이었다. 무료한 표정으로 하루 종일 깊은 생각에 빠져 있는가 하면, 종일토록 종이비행기를 접고 있는 날도 있었다. 접은 종이비행기를 차곡차곡 모아두었다가 한꺼번에 날려 보내며 혼자서 웃기도 했다. 제대로 바람을 타지 못한 비행기들은 제풀에 주저앉는 아이처럼 마당에 떨어졌다.

"마마, 웬 종이비행기를 이리 많이 접으셨습니까?"

유모가 달려와 지청구 섞인 이야기를 해도 덕혜는 대꾸도 하지 않았다.

"딱하기도 하셔라. 어디론가 날고 싶은 모양이시지……."

유모가 따라다니며 흩날리는 비행기를 치웠지만 끝이 없었다.

"복순아, 네가 시중을 들거라."

"예."

복순은 덕혜가 비행기를 날리면 냉큼 달려가 잡아왔다. 담을 넘는 비행기도 곧잘 막았다. 그렇게 이리 뛰고 저리 뛰면서 종이비행기를 막아내자 무심하던 덕혜의 얼굴에 순간 웃음이 돋았다.

"참 잘 잡는구나. 어디 이것도 잡아보려무나."

덕혜의 종이비행기는 점점 더 높이 날아올랐다.

1925년 3월 27일 오전 10시 30분, 경성역에 특별열차가 마련됐다. 많은 사람들이 옹주의 유학을 전송하기 위해 몰려들었다. 히노데 소학교 교장과 100여 명의 학생들도 환송을 나왔다. 환하게 웃으며 전송하는 그들의 눈빛에서 황국민으로서의 자긍심이 엿보였다.

연보라색 일본식 비단옷을 입고 머리를 단정하게 빗은 덕혜가 사람들을 향해 엷은 미소를 지어 보였다. 영락없는 일본 여학생의 모습이었다.

시종장 한창수, 개인교사 스미나가, 나인 두 명, 비서 두 명 등 모두 여섯 명이 그 열차에 올랐다. 허복순은 두 명의 나인 중 한 명이었다. 열차에 오르기 전, 유모가 복순을 불렀다.

"마마를 그림자처럼 따라다니며 모셔야 한다. 잠시도 눈을 떼어서는 안 된다. 알겠느냐?"

당부하고 또 당부하는 유모의 눈시울이 붉게 젖어 있었다.

"목숨 바쳐 모시겠나이다."

복순은 진정으로 그리 말했다.

"오늘이 내가 일본으로 끌려가는 날이구나."

환송객을 향해 손을 흔들면서도 옹주는 혼잣말처럼 중얼거렸다. 목소리에 한기가 서려 있었다. 덕혜는 고개를 들어 삼각산을 보았다. '가노라 삼각산아 다시 보자 한강수야'라고 읊었던 청음 김상헌의 심정이 이러했을까. 왜 저 산이 저리도 눈물겹게 아름답고 푸근하다는 걸 평소에는 몰랐단 말인가.

"마마…… 끌려가시는 게 아니라 공부를 하러 가시는 것입니다……."

양 귀인의 말에 덕혜가 시선을 떨구었다. 덕혜는 떠나는 자신보다 딸을 떠나보내야 하는 어머니의 마음이 더 아프게 느껴졌다.

"흐드러지게 핀 꽃들과 향긋한 바람, 어여쁜 꽃담과 시원한 부용정을 두고 정녕 떠나야 하는 것이옵니까, 어머니."

덕혜의 애절한 목소리에 상궁들이 눈물을 훔쳤다. 양 귀인이 덕혜의 손을 잡으며 비단 보자기 하나를 내밀었다.

"선왕 폐하께서 즐겨 읽으시던 책입니다. 마마가 지니는 것이 좋을 것 같아 가져왔습니다. 일본에 가서 보소서. 아바마마가 함께 하실 것입니다."

덕혜는 비단 보자기를 소중히 보듬어 안았다. 열차가 기적을 울렸다. 떠나야 할 시간이었다. 양 귀인이 덥석 덕혜의 손을 잡았다. 한 번도 감정을 드러낸 적 없는 어머니였다. 그러나 그 손만은 불덩이처럼 뜨거웠다.

"마마, 건강하셔야 합니다. 부디 옥체를 보전하셔야 합니다……."

덕혜는 양 귀인의 눈가에 흐르는 눈물을 손으로 닦아냈다. 터져 나오는 울음을 꾹 참았다. 자신마저 눈물을 비친다면 양 귀인이 얼마나 시름에 잠겨 나날을 보낼지 알기 때문이었다. 덕혜는 어머니의 손에서 조심스럽게 자신의 손을 빼냈다. 양 귀인이 서럽게 흐느꼈다. 덕혜가 두 손을 겹쳐 이마로 들어올렸다.

"어머니, 소녀의 절을 받으소서."

덕혜가 마지막인 듯 예를 올렸다.

"어머니, 부디 만수무강하시고 옥체 보전하소서."

덕혜는 양 귀인과 끝내 눈을 마주치지 않았다. 눈물을 보이고 싶지 않아서였다. 어머니에게 절을 올린 후 다시 궁궐을 향해 절을 올렸다. 이제 가면 언제 다시 돌아올지 기약할 수 없었다. 순종황제를 다시 뵈올 날이 올까. 덕혜는 이게 마지막이라도 되는 듯 정성을 다해 절을 올렸다. 일본의 볼모로 끌려가는 조선의 옹주. 그 모습을 지켜보던 사람들 모두 저마다 고개를 돌려 눈물을 찍어냈다. 그들은 저마다의 서러움을 떠올렸다. 옹주마저 저러할진대 망국의 백성으로서 앞으로 어떻게 이 시절을 견뎌야 할지 알 수 없었다. 누군가가 울음을 터뜨렸다. 그게 신호라도 된 듯 여기저기서 흐느끼는 소리가 터져 나왔다. 옹주마마, 옹주마마! 간절한 목소리가 사방에서 들려왔다. 덕혜는 고개를 들어 그들을 둘러보았다. 다시 못 볼 사람들. 덕혜는 손을 흔들었다. 기어이 이들을 다시 보고야 말리라. 그게 자신의 운명이요 의무였다.

열차가 서서히 움직이기 시작했다.

"의연하게 잘하셨습니다, 마마."

시종장 한창수가 다가와 덕혜를 다독였다. 덕혜는 가벼운 목례만 보냈을 뿐, 그와 눈도 마주치지 않았다. 자신의 자리로 돌아가는 한창수의 얼굴에 무료한 표정이 떠올랐다.

덕혜는 스쳐 지나가는 바깥 풍경을 하염없이 바라보았다. 한강철교를 지나갈 때는 눈도 떼지 않았다.

"이곳이 내 나라다. 내 몸속에 속속들이 박혀 있는 내 나라의 냄새다."

차창 밖으로 거친 풍경이 휙휙 지나갔다. 헐벗은 농부와 꽃샘바람에 흔들리는 어린 풀잎들, 아직 튼튼한 잎을 틔우지 못한 허약한 나무들……. 덕혜는 그런 풍경을 마음속에 새기기라도 하듯 뚫어지게 바라보았다. 혼잣말처럼 조용조용 말하는 덕혜의 음성은 차분하고 나직했다. 그러나 그 차분함 속에는 억지로 눌러 참는 울음이 고여 있었다.

덕혜는 열차를 타고 가는 내내 양 귀인이 건넨 나비떨잠을 만지작거렸다.

"나 없으면 어머니는 어찌 사실꼬. 아바마마도 아니 계신 궁궐에서……."

덕혜의 눈자위가 촉촉해졌다. 눈물을 흘리던 어머니의 모습이 떠올라 덕혜는 몹시 가슴이 아팠다.

"마마, 그래도 방학 때 나오셔서 뵐 수 있지 않겠사옵니까?"

"그런 날이 과연 오기는 하는 걸까?"

덕혜는 선조들의 숨결이 살아 있는 이 땅을 눈 감고도 떠올릴 수 있도록 오래도록 바라보았다.

한겨울에 피는 꽃들

모든 것에는 적절한 때가 있는 법이다.

이 말을 잊지 말아라.

조선 유학생

신바시 역에 사람들이 모여들었다. 대부분 조선에서 오는 옹주를 마중하기 위한 사람들이었다. 영친왕과 마사코 왕비, 황족들, 옹주가 다니게 될 학교의 학생들과 교장을 비롯해, 일본 유학생들의 모습도 심심찮게 보였다. 유학생들은 열차가 도착할 때까지 다소 우울한 표정을 짓고 있었다. 그들은 옹주의 일본행이 무엇을 의미하는지 알고 있었다. 그중에는 박무영과 이기수도 섞여 있었다. 그들 또한 재일 유학생의 신분으로 그 자리에 와 있었다.

박무영은 모자를 푹 눌러쓰고 끊임없이 역사를 지켜봤다. 꽃다발을 들고 환호하는 사람들, 약간은 들뜬 듯한 분위기가 영 못마땅한 표정이었다. 꽉 다문 입술에서 그런 불만이 여과 없이 드러났다. 반면 이기수는 사람들 사이를 서성이며 불안한 마음을 감추려 애쓰고 있었다. 어린 나이에 일본행을 택할 수밖에 없었던 옹주가 측은했다. 차가운 땅에 버려지는 느낌을 그는 누구보다 잘 알고 있었다.

"왜 이리 늦는 거지?"

박무영이 초조함을 드러냈다.

"아직 시간이 안 됐어요."

시계를 보며 기수가 대답했다.

"사흘이나 걸려서 오시는 길이시다."

박무영은 자신이 견뎠던 시간을 떠올렸다. 화물선의 짐칸에 숨어 지냈던 날들. 삶을 견디는 일이라고 생각지 않았다면 결코 감내할 수 없었을 시간들. 낯선 땅에 도착했을 때의 그 허허로움과 불안함. 그때 그는 어떤 꼴로 살아가든 고향에서 사는 게 가장 안온한 것이라는 걸 깨달았다. 마음 얹을 곳 없는 낯선 땅. 그 자신도 견디기 힘들었던 시간을 이제는 어린 옹주가 견뎌야 한다.

"열차가 들어와요!"

기수가 소리쳤다.

박무영은 고개를 빼고 역사를 살폈다. 육중한 기차가 뜨거운 입김을 뿜으며 들어오고 있었다. 사람들의 움직임이 바빠지고 경찰의 호루라기 소리가 높아졌다. 여기저기서 사진기 플래시와 환호성이 터졌다. 어떤 이는 눈물을 흘리며 미친 듯이 박수를 쳐댔다.

"8시 20분……."

박무영이 확인하듯 시계를 보았다. 길고도 긴 시간. 옹주는 그 시간을 어찌 견디어 냈을까.

"조선의 황녀가 왔다!"

누군가가 크게 소리를 질렀다. 대합실에 모여 있던 사람들이 술렁거렸다. 잠시 후, 어수선하고 시끄러운 대합실에 옹주가 모습을 드러냈다. 어떤 감정도 담지 않은 담담한 표정을 지으며 단정한 모습으로 나타난 옹주는 차분하게 걸음을 옮겼다. 뒤따르는 무리들은 고개를 숙인 채 그림자처럼 움직였다.

박무영은 조금이라도 가까이에서 옹주를 보기 위해 사람들 사이를 비집고 나아갔다. 일본 경찰이 옹주의 앞뒤를 호위하고 있었다. 입술을 꼭 깨물고 있는 저 작은 얼굴. 박무영의 가슴 속으로 무거운 돌 하나가 쿵 하고 떨어졌다.

"먼 길 오시느라 피곤하시지요?"

영친왕과 마사코 왕비가 나와 옹주를 맞았다. 마사코의 환하고 부드러운 환대에도 옹주의 표정은 변함이 없었다. 눈길도 맞추려 들지 않았다. 예의상 가벼운 목례만 보내고 시선을 돌리는 모습이 어느 누구를 향해서도 마음을 열지 않겠다는 의지처럼 보였다. 하지만 마사코는 따뜻한 눈빛을 거두지 않았다. 자신도 정치적인 이유 때문에 조선의 태자와 맺어졌다. 의지대로 행동하지 못하고, 조선인도 일본인도 아닌 어정쩡한 입장에 선다는 게 무엇인지 너무도 잘 알고 있었다. 조선의 일이 화제에 오르면 숨부터 막히고, 일본에서도 자유로울 수 없는 삶. 그래서 그녀는 함부로 말할 수도 없고 감정을 드러낼 수도 없는 어린 옹주의 마음을 이해할 수 있었다.

덕혜는 오라버니인 영친왕 앞에서도 시선을 피했다. 길고 고단한 여정이었다. 오랜만에 만나는 오라버니 앞에서도 웃을 수 없을 정도로 힘들고 고통스러운 길이었다.

덕혜의 손을 잡는 영친왕의 눈에 눈물이 고였다. 어머니를 그리워할 나이에, 자신과 같은 볼모의 신세가 된 동생을 바라보는 표정이 한없이 복잡했다.

"먼 길 오느라 고생하였구나."

"……."

덕혜는 무심한 눈길로 영친왕을 바라봤다. 어린아이처럼 서럽게 눈물이라도 흘릴 줄 알았는데…… 영친왕은 그 담담한 모습이 더 가슴 아팠다. 가슴속에 깃든 비탄이 얼마나 깊었으면 이토록 매섭게 감정을 갈무리한단 말인가. 어린 나이에 감당하기엔 너무 벅찬 현실이었다.

"많이 피곤해 보이십니다. 어서 모시지요."

마사코의 다정한 말에도 불구하고 덕혜의 공허한 눈빛은 채워질 줄 몰랐다. 그 시선은 환호 인파 너머 먼 곳을 향해 있었다.

옹주 일행이 움직이자 모든 사람들이 움직이기 시작했다. 박무

영과 이기수도 그 뒤를 따랐다. 그들은 덕혜의 거처를 확인하고서
야 발길을 돌렸다.

　기수는 박무영과 헤어진 뒤 숙소로 돌아왔다. 좁은 다다미방에
책상 하나만 달랑 놓인 공간이었지만 그에게는 세상 어느 곳보다
편안했다. 그 누구도 들인 적 없는 혼자만의 공간이었다. 누구의
간섭도 괄시도 없는 곳이었다.

　기수는 박무영을 생각했다.

　"우리는 구국청년단이오."

　그날 박무영은 허름한 건물의 지하방에서 기수의 손을 으스러
지게 잡았다. 다른 말은 없었다. 그는 슬픔을 짊어지고 사는 이처
럼 보였다. 망해가는 나라에 대한 비탄과 매국노들에 대한 분노가
그 속에 한데 뒤섞여 있었다. 나라에 대한 뜨거운 헌신이 들끓고
있었다.

　기수는 다시 갑수를 생각했다. 죽도록 찾고 싶은 사람이었다. 찾
아서 무섭게 따지고 싶은 사람이었다. 왜 그렇게 살았냐고, 왜 나
를 버리고 갔냐고, 왜 자살이라도 하지 않았냐고.

　"일본엔 왜 온 거지?"

　어느 날 박무영이 물었다. 기수는 머뭇거렸다.

　"형을 찾으러 왔어요. 밀항한 형이 있어요."

　"그렇군. 형을 찾아서 온 거군."

사람 사연에 관심 없는 이가 어디 있을까마는 무영은 거기서 말을 거두었다. 왜 형을 찾고 있는지, 지금은 어디에 있는지, 왜 하필 일본행을 택한 것인지, 아무것도 묻지 않았다. 자신의 기구하고 부끄러운 삶을 넋두리하듯 떠들고 싶었던 기수도 그만 입을 다물었다.

천애고아나 다름없는 자신을 거두어준 사람은 최 부자 어른이었다. 생각하는 것만으로도 부끄러운 형은 일본으로 도주했고, 기수는 친척집에 내쳐진 후 아무도 없는 빈 오두막에서 며칠을 굶었다. 아무도 그를 돌보지 않았다.

먹을 것 하나 없는 빈집에서 공포에 찌들어갈 무렵, 최 부자 댁에서 사람이 왔다. 너무 오래 굶주린 탓에 다리가 휘청거려 걸음조차 떼기 어려웠다. 하인이 그를 업었다.

"이런 놈을 왜 거두려고 하시는지 원……."

축 늘어진 기수를 업으며 하인이 불퉁하게 내뱉은 말. 그의 아버지는 갑수에게 맞아 허리를 못 쓰게 됐다고 했다. 그렇게 포악을 떨어 받은 돈으로 갑수와 기수는 목숨을 연명했다. 안 먹는다고 입을 꼭 다물고 돌아앉으면 갑수는 싸늘한 말로 기수의 가슴을 찢어놓았다.

"너 먹이기 위해 간을 빼고 돈을 벌었어. 처먹기 싫으면 굶어 죽든지."

기수는 두 눈을 꼭 감았다.

최 부자는 혼자 남은 기수를 거두었다. 며칠을 혼절해 있다 일어났을 때 그는 기수를 물끄러미 내려다보고 있었다.

어느 날, 그가 천자문을 내밀었다. 난생 처음 보는 책이었다.

"총명해 보이는구나. 글자를 익혀보아라."

기수로서는 하루 종일 방 안에 들어앉아 책을 읽는 편이 사람들의 눈에 띄는 것보다 나았다. 부끄러운 목숨이었다. 기수는 자신의 처지를 잊으려 밤낮으로 천자문을 외웠다.

몇 개월 후 그 어른이 다시 물었다.

"넌 무엇이 되고 싶으냐?"

무엇이 되고자 했던 적이 있었나? 단 한 번도 그런 걸 생각해본 적 없었다. 그저 배곯지 않고 사는 것만을 원했을 뿐. 기수는 고개를 깊이 묻었다.

"이제는 반상도 없어졌다. 하고자 하는 마음만 있으면 무엇이든 뜻있는 일을 할 수 있다는 말이다."

"……."

"말해보거라. 내가 너를 도와줄 테니."

"…… 생…… 생각해본 적도 없습니다."

"밥만 축내는 게 부끄럽지 않느냐. 원한은 큰일을 하는 동기가 될 수 있다."

최 부자 어른은 기수의 속마음을 꿰뚫고 있는 것 같았다.

"일본어를 배우거라. 호랑이를 잡으려면 호랑이 굴로 직접 들어가야 한다."

일본이라는 말을 듣는 순간 갑수가 떠올랐다. 기수는 자신도 모르게 벌떡 일어나서 큰절을 올렸다.

"어르신, 이 은혜는 꼭 갚겠습니다."

진심에서 우러나온 말이었다.

기수는 기를 쓰고 일본어를 익혔다. 6개월쯤 지나자 길을 나서라는 말이 떨어졌다. 기수는 최 부자 댁 집사를 따라갔다. 집사는 허 승이라는 자에게 그를 부탁했고, 허 승은 털보라는 자에게 기수를 데려갔다. 일본과 한국을 오가는 밀항선의 선장이었다.

"잘 부탁하네. 특별히 보살피라는 어른의 지시일세."

항구의 불빛이 어지러운 선술집에서 허 승이 털보에게 말했다.

"이놈이 갑수라는 *끄*나풀의 동생이오?"

허 승이 양미간을 찌푸렸다. 기수는 형의 이름이 나오자 자신도 모르게 두 주먹을 움켜쥐었다. 허 승이 그를 흘깃 보더니 다시 한 번 털보에게 당부했다.

"잘 보살피게."

기수는 가방을 건네받으며 비로소 고국을 떠난다는 걸 실감했다. 눈물이 자꾸자꾸 흘러내렸다.

'형, 이제 나도 형과 같은 신세가 되어버렸네. 목적은 달라도 우리는 어차피 한 배를 탔어.'

기수는 밤바다를 향해 소리를 질렀다. 눈물에 어린 항구의 불빛이 기다란 물기둥처럼 보였다.

"실컷 소리 지르고 마음에서 지워라. 눈을 감았다 뜨면 이제 너는 일본에 있을 거다. 그곳의 생활은 이곳과는 많이 다를 거다."

털보가 무심하게 툭 내뱉었다.

기수는 형의 마지막 모습을 떠올렸다. 그날따라 갑수는 눈에 띄게 불안해했다. 기수는 본능적으로 형을 붙잡았다. 어디 가려는 건 아니지? 날 떠나려는 건 아니지? 갑수가 피식 웃었다. 내가 이제 와서 어디로 떠나겠냐. 걱정하지 마. 죽어 없어지라고 할 때까지 여기 이곳에, 네 옆에 붙어 있을 테니까. 더럽게 번 돈으로 한 번은 떵떵거리며 살아봐야지. 그날 갑수는 핏물이 밴 잇몸을 드러내며 징그럽게 웃어댔다.

그러나 그 후로 형은 자취를 감췄다. 어디에서도 그의 소식을 들을 수 없었다. 며칠 후 일본으로 건너갔다는 소문이 들렸다. 간간히 다른 소문도 들려왔다. 유학생들 틈에 끼여 선량한 조선청년 행세를 하다 두들겨 맞았다는 둥 일본 군대의 끄나풀이 되어 일본 내 조선인 독립운동단체를 염탐한다는 둥 하나같이 좋지 않은 이야기들뿐이었다.

배는 파도를 가르며 나아갔다. 멀미가 났다. 하지만 선실로 들어갈 수는 없었다. 꿋꿋이 갑판에 서서 멀어지는 인천을 두고두고 눈에 새겼다. 그러다 스르르 주저앉아 잠이 들었다.

기수는 꿈에서 형을 보았다. 형은 피투성이였다. 형, 왜 그래?

무슨 일이야? 그러나 형은 처량하게 웃기만 할 뿐 아무 말이 없었다. 기수는 갑수의 이름을 부르다가 차가운 밤공기에 몸을 떨며 눈을 떴다. 꿈은 반대라고 했던가. 어쩌면 기름기 올라 피둥피둥 살이 찐 형을 만나게 될지도 모른다. 그렇다면 이번에야 말로 형이 제대로 살게 도와줘야겠다고 기수는 다짐했다.

떨어지는 꽃잎처럼

때로 연꽃을 그린다. 때로는 매화를 친다. 마음속 어지러움과 탁한 것을 가라앉히고자 먹을 간다. 서걱대는 갈잎처럼 마음을 할퀴는 그리움을 지워내느라 난을 친다. 시커먼 먹물이 화선지에 번지면서 마음속 형상이 된다.

덕혜는 연꽃을 그리며 매화를 치며 마음속의 얼룩을 닦아냈다. 가끔 기쁘도록 깨끗하고 흡족한 그림을 얻게 되면 더없이 맑아지는 느낌을 고이 간직했다. 소나기로 탁해진 호수는 오랜 시간이 지나야 정화되는 법, 덕혜는 날마다 호수의 물을 가라앉히고 있었다.

일본에서 조선 황족을 보는 것 또한 호수를 정화하는 일과 크게 다르지 않았다. 그들이 모인 것은 오로지 덕혜를 위해서였다. 누구나 어린 덕혜의 일본행을 안타까워했다. 모두들 덕혜의 마음을 다독여주려 애썼다. 덕혜 역시 그런 마음을 아는지라 애써 웃음을 지어 보였다. 의친왕도 오랜만에 그 자리에 참석했다. 식사를 마친 후 그가 덕혜를 불렀다.

"서화를 잘한다고 들었다. 좀 보여주려느냐?"

덕혜는 그 자리가 못내 불편했다. 하지만 오라버니의 체면을 보아서라도 그런 내색을 할 수는 없었다.

"잘하지는 못하나 가끔씩 매화를 치곤 합니다."

"나에게 한 장 줄 수 있느냐?"

덕혜는 그동안 그려두었던 매화와 연꽃을 펼쳐 의친왕에게 내밀었다. 덕혜의 서화를 찬찬히 살펴보던 의친왕이 고개를 끄덕였다.

"연꽃은 썩은 물에서도 향기로운 꽃을 피우고 매화는 엄동설한 중에 꽃을 피우지."

"……."

의친왕은 목소리를 낮춰 좀 더 의미심장하게 말했다.

"너는 어디에 있든 대한제국의 황녀라는 걸 잊지 말아라."

"…… 네, 알고 있습니다."

의친왕의 얼굴에 순간적으로 애끓는 듯한 표정이 떠올랐다가 사라졌다. 의친왕은 다시 자세를 고쳐 잡고 짐짓 아무렇지도 않은 듯

책상 위에 놓인 비단 보자기를 가리켰다.

"저건 무엇이냐?"

덕혜는 시선을 돌리다가 가슴이 울컥했다.

"아바마마가 보시던 책이라 합니다."

어머니가 비단 보자기에 싸서 건넨 두 권의 책이었다. 다산과 연암의 책이었다. 의친왕은 침통한 표정으로 그것들을 어루만졌다.

"모든 것에는 적절한 때가 있는 법이다. 이 말을 잊지 말아라."

덕혜는 그 말도 가슴에 새겼다.

"마음속에 품은 이가 진정 네 벗이라. 함께 있는 것만이 능사는 아니다. 호랑지국虎狼之國 속에 있다 하여도 결코 네 중심을 잃어서는 안 된다."

그 말은 모든 황족들이 덕혜에게 이르고 싶은 말과 다르지 않을 것이었다. 덕혜는 조용히 고개를 끄덕였다.

"학교생활은 재미있느냐?"

영친왕이 저녁식탁에서 물었다. 덕혜는 고개를 저었다. 오전 6시에 일어나 7시까지 등교한 후 오후 2시가 되어서야 집으로 돌아오는 반복된 생활 속에서 덕혜는 마음 없을 사람 하나 없었다. 일본 귀족 자녀들이 다니는 학교라 모두들 나름대로 지위와 위엄을 갖추고 있었지만 덕혜를 향한 은근한 비웃음과 멸시를 숨기지는 않았다.

어느 날 점심시간이었다.

"얘들아, 우리 토모에갓센 놀이할까?"

"그래그래. 덕혜님도 같이 하자고 하자."

덕혜는 아무 말도 하지 않았다. 토모에갓센은 빨강, 흰색, 노란색의 어깨띠를 메고 상대방의 깃발을 빼앗는 놀이였다. 낯이 익은 한 여학생이 그녀에게 물었다.

"덕혜님, 같이 할까요?"

덕혜는 고개를 저었다.

"나는 남의 것을 빼앗는 놀이는 하고 싶지 않아."

그러자 그들 중 하나가 발끈한 목소리로 외쳤다.

"놀이일 뿐인데 도꾸에히메는 그런 것도 하지 않고 인형처럼 살아온 모양이야!"

덕혜가 조용히 고개를 들어 그 아이를 뚫어지게 쳐다봤다. 그 눈에 담긴 경멸과 마주했다. 뱃속 깊숙한 곳에서 신물이 올라왔다. 매일 그런 눈빛과 마주쳐야 한다는 게 못내 힘겨웠다.

"누가 그런 소리를 하는 거지? 덕혜님께는 말조심하라고 분명히 일렀지?"

어느새 담임이 나타나 그 말을 한 아이를 꾸짖었다. 그러나 아이는 담임이 사라지자마자 낮은 목소리로 씹어뱉듯이 말했다.

"조센징."

조센징. 덕혜는 그 말을 지금처럼 자주 들어본 적이 없었다. 조선에서는 일본인들이라도 대놓고 그런 말을 올리지는 않았다. 하지만 이곳은 그들의 나라였다. 그들은 스스럼없이 덕혜를 가리켜 조센징이라 했다.

'내가 조센징이라면 너희는 쪽발이다. 너희가 나를 무시한다면 나 역시 너희를 똑같이 대하리라.'

그럴 때마다 그녀는 고개를 꼿꼿이 세웠다.

'이겨내리라.'

일본 황녀인 내친왕이 찾아왔을 때도 덕혜는 고개를 숙이지 않았다. 먼저 인사의 예를 갖추라는 명이 떨어졌을 때도 마음을 다잡았다.

'나도 황녀이거늘.'

덕혜는 자신이 일개 조선인이 아니라는 걸 잘 알았다. 의친왕과 영친왕도 볼모의 신세인 건 마찬가지이지만 위엄을 잃지 않으려 얼마나 애를 쓰던가. 덕혜는 오라버니들만큼은 되어야 한다고 생각했다. 그녀는 위엄 어린 목소리로 꾸짖듯 소리쳤다.

"나도 대한제국의 황녀다."

"같은 황녀라고? 도쿠에히메는 조센징의 황녀일 뿐이야!"

내친왕의 곁에서 맴돌던 학생 하나가 사납게 소리쳤다. 그녀는 눈물이 날 것 같아 이를 악물었다. 다시 또박또박 힘주어 말했다.

"설령 날 죽인다 해도 절대로 내가 먼저 예를 갖출 수는 없다!"

덕혜의 목소리는 조금의 흔들림도 없었다. 그 이후부터 은근하던 따돌림은 노골적으로 변해갔다. 문에 빗자루를 괴어 화장실에 가두어놓기도 했다. 그녀는 소리치거나 애원하지 않았다. 열어달라고 사정하지도 않았다. 그저 선생이 찾아와 문을 열어줄 때까지 조용히 기다렸다. 잠시 교실 밖에 갔다 오면 그녀의 책상과 의자가 감쪽같이 사라져버리기도 했다. 그들은 당황한 덕혜의 얼굴을 상상하며 쿡쿡댔다. 하지만 덕혜는 틈을 보이지 않았다. 빈자리를 찾아 앉거나 그마저도 없으면 교실 뒤쪽에 단정하게 앉아 있었다. 시간이 흐르자 오히려 그들이 당황하며 감추었던 책상과 의자를 도로 갖다 두곤 했다.

덕혜의 보온병을 손으로 슬쩍 밀어 넘어뜨린 때도 있었다. 보온병에 들어 있던 뜨거운 물이 쿨럭쿨럭 흘러 바닥을 적셨다. 밖에서 지키고 있던 복순이 놀라서 교실로 들어오려 했지만 덕혜는 복순을 나가게 하고는 직접 걸레를 들고 바닥을 닦았다. 장난을 친 학생들은 덕혜가 수돗가에 가서 물을 마실 것이라 생각했다. 하지만 덕혜는 그날 하루 종일 단 한 모금의 물도 마시지 않았다. 덕혜는 집에서 가져온 보온병의 물이 아니라면 그 무엇도 마시지 않았다. 그들은 분노하기 시작했다. 결국 덕혜는 화장실에서 집단구타를 당했다.

하지만 곧 그들은 덕혜를 두려워하기 시작했다. 아무리 조롱하고 장난쳐도 덕혜가 울거나 구걸하지 않았기 때문이다.

"조센징, 더러운 너희 나라로 돌아가버려. 거기에서 황녀노릇을 하든 말든 상관하지 않을 테니 여기에서 썩 꺼지란 말야."

덕혜는 속으로 쓴웃음을 지었다.

'너희들이 그렇게 하지 않아도 나도 내 나라로 가고 싶다. 하지만 나를 못 가게 가로막는 건 바로 너희들이 아니더냐.'

그녀는 자신에게 아무런 잘못이 없다고 믿었다. 조선이 아무런 잘못 없이 주권을 빼앗긴 것처럼. 그러한 믿음이 있었기 때문에 그런 치욕을 참고 견딜 수 있었다.

그녀를 측은하게 여기는 학생들도 몇 명 있었다. 그들 중 한 명이 어느 날 덕혜에게 물었다.

"도쿠에히메, 당신은 왜 여기 있나요? 내가 당신이라면 조선에 가서 독립운동을 했을 거예요."

덕혜는 아무 말도 할 수 없었다.

'나도 내가 왜 그럴 수 없는지 매일매일 의문이다.'

황족이기 때문에 더 자유롭지 못하다는 걸 그들은 알지 못했다. 일거수일투족을 감시당하는 오라버니들처럼 덕혜 역시 언제나 감시의 시선에 둘러싸여 있다는 걸 알지 못했다.

'그래도 나는 돌아간다. 반드시!'

그들은 덕혜가 매일 마음속으로 결의를 다져야만 그 참담한 날들을 견딜 수 있다는 것도 알지 못했다.

"마마는 커서 무엇이 되고 싶으세요?"

마사코 왕비가 물었다.

"…… 조선에 가서 선생님이 되고 싶어요."

"왜 선생님이 되고 싶어요?"

"조선의 백성들을 가르치고 키워서 훌륭한 사람으로 만들고 싶어요."

그 말을 할 때 덕혜의 눈은 빛났다.

"그렇군요. 분명 그리하실 수 있을 거예요."

마사코가 진정을 담아 대답했다.

"글 짓는 재주도 있으시니 문학가도 좋겠어요. 소설가나 시인도."

"그것도 좋겠지만 우선은 선생님이 될래요."

"꼭 꿈을 이루실 거예요. 그리고 좋은 가정도 꾸리실 거예요."

마사코는 여전히 덕혜의 희망을 북돋워주었다.

"이번에 피서를 다녀오면 조선에도 잠깐 들를 수 있을 거예요."

"정말인가요?"

"네, 그리하겠다는 말을 전해 들었어요."

덕혜는 뜻밖의 소식에 기뻤다. 일본에 온 뒤 모처럼 그녀의 볼에 화색이 돌았다.

하지만 피서를 다녀오고 나서도 조선행에 대한 말은 없었다. 일본 측에서 또 말을 바꾼 모양이었다. 덕혜는 분노했다. 조선에 돌아갈 수 없는 이유를 꼭 알아야 했다. 그러나 누구에게 말해야 할지, 아니, 안다고 하더라도 할 수나 있을지 의문이었다.

덕혜는 무작정 교장실을 찾아갔다. 생각지도 않았던 덕혜의 출현에 교장은 당황한 기색이 역력했다.

"옹주마마, 어쩐 일이십니까?"

"방학 때 조선에 보내준다 해놓고 왜 약속을 안 지키는 것이오?"

덕혜는 화가 끓어오르는 것을 꾹 참으며 빠르게 말했다.

"그건 제가 할 수 있는 일이 아닙니다."

"황국이면 황국답게 약속을 지켜야 하는 것 아닌가요?"

"……."

"어서 빨리 조치를 취하도록 하세요."

그에게 그런 권한이 없다는 것은 덕혜도 알고 있었다. 하지만 누구에게라도 항의를 해야 했다. 가만히 앉아서 당하기만 하는 바보 같은 옹주라는 말은 듣고 싶지 않았다. 차라리 조선에 갈 수 있다는 말을 듣지나 못했으면. 기대했던 귀환이 무산되자 덕혜는 마음을 잡지 못했다. 하지만 그런 속내를 누구에게 드러낼 수 있을까.

'어머니, 보고 싶어요.'

그리움이 가슴속에 사무쳤다. 덕혜는 요즘 자주 꿈에서 어머니를 만났다. 그런데 꿈에 보이는 어머니의 얼굴은 너무도 수척했다. 덕혜는 걱정되고 불안해서 미칠 것 같았다. 복순은 그런 덕혜를 보면서 안절부절못했다.

"마마, 귀인 마마는 잘 계실 것입니다. 너무 염려마시오소서."

"어디가 편찮으신 건지…… 잠을 잘 수가 없어."

어머니를 보러 갈 수 있다는 생각으로 하루하루를 견뎠는데 그 조차도 지켜지지 않다니. 꿈은 날이 갈수록 험해졌다. 유령 같은 어머니가 주위를 빙빙 돌면서 울고 있거나 야수 같은 남자들이 덕혜를 에워쌌다. 덕혜는 두려워서 잠을 잘 수가 없었다. 사람들 앞에선 의연한 척 굴었지만 혼자 있는 시간이 되면 불안한 기색을 감추지 못했다. 덕혜는 방구석에 쪼그리고 앉아 복순이를 불렀다. 복순은 덕혜가 부르면 발딱 일어나 달려왔다.

날이 갈수록 눈에 핏발이 서고, 피부가 푸석푸석해졌다. 복순은 그게 제 탓인 양 몸 둘 바를 몰라 했다.

"너 때문이 아니야. 심란해서 잠을 못 자는 것뿐이야."

그 말을 듣고서도 복순이는 죄인처럼 고개를 숙이고 훌쩍였다.

고통의 세월은 천천히 흘렀다. 덕혜는 점점 지치기 시작했다. 모든 일에 대한 의욕을 잃었다. 그녀는 영친왕에게 부탁했다.

"오라버니, 제발 어머니가 계신 곳으로 보내주세요. 어머니가 보고 싶어요."

"덕혜야, 난들 너를 보내고 싶지 않겠느냐."

영친왕의 얼굴도 몹시 침통했다. 깊은 한숨을 내쉬며 덕혜를 바라보는 그의 얼굴이 참기 힘든 고통으로 일그러졌다.

"오라버니. 어머니를 뵙고 오면 이 생활도 잘 견딜 수 있을 것 같아요. 제발 갈 수 있도록 해주세요."

덕혜는 마지막 동아줄을 붙잡듯 영친왕에게 하소연했다.

그러자 어느 날, 마침내 영친왕이 덕혜를 불렀다.

"덕혜야, 조선에 가자꾸나."

덕혜는 너무 기쁜 나머지 그 말을 하는 영친왕의 어두운 기색을 살필 겨를이 없었다. 덕혜는 몰랐다. 순종황제의 병세가 악화됐기 때문에 조선에 다녀갈 수 있게 되었다는 사실을.

1926년 3월 3일, 덕혜는 조선으로 가는 열차에 올랐다. 영친왕 내외와 함께였다. 하지만 덕혜의 기쁨은 이미 사라진 후였다.

병상에 누워 있던 순종황제가 덕혜를 보자 눈물을 흘렸다.

"고생이 많았겠구나. 많이 야위었어."

서른여덟 살이나 차이가 나는, 아버지 같은 오라버니였다. 덕혜는 순종황제를 배알한 후 참았던 눈물을 터뜨렸다.

관물헌은 여전히 고요하고 적막했다. 황량한 빈 뜰에 바람이 몰려다녔다. 순종황제가 태어난 곳이었다. 지금은 양 귀인이 머물고 있는 곳이기도 했다.

"어머니."

덕혜는 조용한 음성으로 양 귀인을 불렀다. 말의 울림이 가슴에 잔잔하게 퍼졌다. 양 귀인이 방문을 열고 내다보다가 맨발로 내려섰다.

"옹주마마!"

양 귀인의 음성이 떨고 있었다. 꿈속에서처럼 많이 여위진 않았으나 덕혜를 보는 눈빛엔 슬픔이 가득했다. 덕혜는 어머니와 부용정을 걸었다. 옛날이 새록새록 그리웠다. 겨우내 얼음 속에 숨어 있던 물고기들이 물 위로 고개를 쳐들고 노닐었다. 난간에 기대어 물고기들을 보고 있자니 덕혜는 어머니의 외로움이 걱정되었다.

"어머니는 제가 없는 동안 무얼 하고 지내셨습니까?"

덕혜는 양 귀인의 얼굴을 살피며 물었다.

"옹주께서 안 계시는 동안 저는 다회치기로 세월을 보냈지요."

눈빛에 그늘이 깊었다.

"다회치기를요?"

"그러합니다. 무슨 낙이 있어야지요."

덕혜는 양 귀인의 말에 고개를 숙였다. 가끔씩 다회치기를 하던 어머니의 모습을 떠올렸다. 빨강, 노랑, 초록 등 각색의 비단실을 꼬아 노리개 끈이며 허리띠, 주머니 끈을 만드시는 모습도……

"세월 보내기에는 그만한 것이 없지요."

덕혜는 어머니의 말투에서 삶을 달관한 듯한 인상을 받았다. 아니 어쩌면 이미 삶을 포기한 사람의 심정일지도 모른다. 덕혜는 불현듯 두려워졌다. 아니다, 아니다. 덕혜는 고개를 저었다. 어머니는 누구보다 강한 여인이다. 가난하고 한미한 집안의 딸로 태어나 궁녀가 되었고 출신이 천하다는 이유로 모진 멸시와 고통을 받았지만 그 세월을 견뎌내신 분이다. 그 시간 동안 누구보다 단단해져서 결국 덕혜를 낳아 기르시기까지 하지 않았던가. 쉽게 세상과의 인연의 끈을 놓을 분이 아니다.

"저도 어머니와 함께 다회치기를 하고 싶어요."

"하고 싶은 일이 어디 그뿐이겠습니까?…… 하지만 지금 마마와 함께 걷는 이 시간이 저는 어느 때보다 더 소중하고 행복합니다."

덕혜는 그새 늙어버린 어머니를 물끄러미 바라보았다. 예전에는 미처 몰랐다. 어머니도 늙을 수 있다는 사실을. 그러나 오랜만에 마주한 그 얼굴엔 야멸친 세월의 흔적이 역력했다. 덕혜는 가슴이 아렸다. 어머니, 어머니는 저를 홀로 내버려두지 않으시겠지요? 저를 끝까지 지켜주시겠지요? 덕혜는 억지로라도 다짐을 받아내고 싶었다.

양 귀인은 덕혜가 무엇 때문에 수심에 잠겼는지 알아챈 듯했다.

"마마, 한가하실 때 저와 함께 다회치기를 하시지요."

양 귀인은 애써 환하게 웃으며 덕혜를 바라보았다. 그러나 덕혜는 양 귀인이 환하게 웃으면 웃을수록 가슴이 더 저렸다.

푸른 나무 잎사귀에 일렁이는 바람 냄새가 달았다. 하찮은 문틀 하나, 담장의 무늬 하나, 너무도 정겨운 풍경에 덕혜는 가슴을 펴고 깊은 숨을 들이켰다. 아, 내 나라, 내 땅의 냄새!

하지만 오래 머무를 수는 없었다. 고작 일주일이었다. 덕혜는

3월 11일 다시 일본으로 돌아와야 했다. 어머니를 보고 나면 사라질 줄 알았던 마음의 그늘은 오히려 근심의 근원이 되었다. 덕혜의 마음은 그때부터 다시 심하게 흔들리기 시작했다. 언제 다시 어머니를 볼 수 있을까, 언제 자유롭게 조선 땅을 밟을 수 있을까, 온통 그 생각뿐이었다.

나는 돌아가리라. 어머니 계신 곳으로 돌아가리라.

덕혜는 마음이 산란할 때마다 그렇게 중얼거렸다. 그 말의 힘이었을까. 덕혜는 도쿄로 돌아온 지 한 달도 안 돼 다시 창덕궁을 찾았다. 그런데 결코 기뻐할 수 없는 이유 때문이었다.
"아, 마마. 어찌 이리 가십니까?"
순종황제가 붕어했다. 덕혜는 무릎을 꿇고 통곡했다. 천지가 내려앉는 고통이 엄습했다. 아바마마처럼 도닥거려주시던 오라버니였다. 덕혜는 밤낮으로 울며 오라버니의 죽음을 애통해했다. 그럼에도 불구하고 덕혜는 순종황제의 마지막 떠나는 길도 보지 못한 채 또 조선 땅을 떠나야 했다. 덕혜의 가슴속에 세월이 만든 상처가 밀물처럼 들어차기 시작했다.
순종황제의 인산일은 6월 10일이었다. 하지만 덕혜는 다이쇼 천황의 병중설로 혼란한 도쿄를 벗어날 수 없었다. 슬픔으로 지친 허약한 마음은 자꾸만 바닥으로 가라앉았다.

6월 말 도쿄로 돌아온 영친왕도 부쩍 말수가 줄었다. 온실에 들어가 난초를 돌보거나 사진 찍는 일로 하루를 보내곤 했다. 그러다 분이 차올라 견딜 수 없을 때면 승마를 하러 가곤 했다. 그들은 모르는 사람처럼 각자의 슬픔에 빠져 지냈다. 이 세상 어느 곳에서도 그 슬픔은 치유할 수 없었다. 제 상처는 자신이 핥아야 했다. 덕혜는 그것을 스스로 체득해가고 있었다.

또 다른 죽음

그즈음 덕혜는 자주 어지럼증을 느꼈다. 순종황제의 붕어로 온 나라가 슬픔에 싸여 있을 때, 덕혜에 대한 소문도 다시 돌기 시작했다. 그중 가장 충격적이었던 것은 덕혜의 결혼소식이었다.

"마마가 일본 귀족과 결혼한다네, 그게 사실인가?"

소문은 발을 단 듯 삽시간에 퍼졌다.

양 귀인은 상궁이 가져다 준 신문을 쥐고 벌벌 떨었다.

"이게 무슨 소리요? 이게 말이나 될 법한 일이라오?"

1926년 8월 30일, 조선일보와 동아일보에 덕혜옹주의 성혼에 대한 기사가 실렸다. 조선일보는 '궁내성 당국자와 이왕직 당국자들은 덕혜옹주의 어御 장래에 대하여 비밀리에 고려를 거듭하던 중

요사이에 이르러 결혼상대 어御 혼담이 농후해간다'는 기사를 게재했다. 결혼 상대자는 동경제대 문과3년생 산계궁등려山階宮等麗라는 인물이었다.

"어머니인 나도 모르게 혼담이 진행된다는 게 말이 되오?"

양 귀인은 기가 막힌 얼굴로 신문을 움켜쥐었다.

"이를 어이 할꼬, 어찌하면 좋단 말이냐."

하나뿐인 옹주를 일본으로 보낸 것도 서러운데 이제는 일본인과 결혼까지 시키려 들다니. 양 귀인은 벌떡거리는 가슴을 지그시 눌렀다. 찢어지는 듯한 통증이 몰려왔다. 덕혜가 일본으로 끌려간 후부터 시작된 가슴 통증이 날마다 심해졌다.

"마마, 진정하소서. 아직 결정된 것은 아니니⋯⋯."

"이 신문을 보고도 그런 소리를 하느냐? 여기 쓰여 있지 않으냐. 만백성이 보는 신문이라 하지 않느냐."

양 귀인은 바짝바짝 타들어가는 입술을 꾹 깨물었다.

하지만 덕혜옹주의 성혼 문제는 1927년 1월 이왕직 장관이던 민영기 남작이 사망함으로써 일단 중단되었다. 양 귀인은 가슴을 쓸어내리며 불행 중 다행이라 여겼다. 하지만 얼마 되지 않아 한창수가 새로운 이왕직 장관으로 거론됐다.

황실의 사무를 관장하는 이왕직 장관직은 권력의 중추였다. 나는 새도 떨어뜨릴 만했다. 조선의 귀족이나 고급 관리들은 모두 이왕직 장관직을 꿈꾸었다. 이윤용, 민병석, 이재극, 민병기, 한창수

등은 나라를 팔아 그 자리에 올랐다. 그들은 아무런 거리낌 없이 당당했다.

한창수는 순종황제의 1주기가 다가오는 무렵에 이왕직 장관으로 임명됐다. 일본에 끌려간 황족들이 순종황제의 1주기를 치르기 위해 속속 궁으로 돌아오기 시작한 때였다. 의친왕 이 강이 1927년 3월 19일 오후에 도쿄를 먼저 출발했고 덕혜옹주는 4월 7일 영친왕 내외와 출발해 4월 10일 오후에 도착했다.

양 귀인은 덕혜옹주가 돌아오자 북받치는 울음을 터트렸다. 봇물이 터진 듯 양 귀인의 울음은 그칠 줄 몰랐다.

"어머니, 어찌하여 우십니까?"

"황공합니다, 마마. 이 미천한 것이 반가운 마음에 이리 경망스럽습니다, 용서하세요."

정략결혼을 해야 할지 모른다는 말은 차마 할 수 없었다.

"많이 자라셨습니다, 마마. 참으로 고우십니다."

양 귀인은 마음속의 말을 삼킨 채 덕혜의 손을 잡았다. 좋은 배필을 만나 잘 사는 모습을 보고 싶은 게 양 귀인의 한결같은 마음이었다. 부마로 거론되었던 김황진의 조카는 어디서 무엇을 하고 있을까. 이제는 늠름한 청년이 되어 있을 것이다. 황제의 눈에 들었던 아이니 얼마나 믿음직하고 준수했을까.

"어머니도 참. 곱기는 어머니가 더 고우십니다."

덕혜는 양 귀인의 손을 잡고 환하게 웃음 지었다. 그러나 덕혜는 양 귀인의 얼굴에 스치는 그늘을 놓치지 않았다. 무엇이든 마음으로 깊이 앓는 분이셨다. 곁에서 보살펴드리지 못하는 마음이 한없이 불편했다. 전보다 수척해 보인다는 말도 할 수 없었다. 마음 붙일 곳 없는 쓸쓸함을 어찌 모르겠는가. 양 귀인의 수척함이 깊은 병 때문인 것을 그때는 덕혜도, 양 귀인도 알지 못했다.

1929년 5월 30일, 도쿄 영친왕의 저택에 비보가 날아들었다. 조선에서 오는 소식은 기쁜 게 거의 없었다. 전보를 받아든 영친왕은 깊은 한숨을 내쉬었다.

"무슨 일인가요?"

화초 잎을 닦던 마사코가 고개를 돌려 물었다.

"덕혜가 또 마음을 앓겠구려. 양 귀인이 영면했다는구려……."

영친왕의 목소리는 낮고 음울했다. 유방암을 앓다가 죽었다 했으나 그보다는 옹주의 결혼문제로 마음을 앓아왔던 게 결정적 사인이 아닌가 싶었다.

"이를 어쩌나요."

"어떻게 말을 해야 할지……."

창밖을 바라보는 영친왕의 눈자위가 붉게 젖어들었다. 힘없는 나라의 황태자가 선택할 수 있는 길은 없었다.

'바로 가는 길이 없으면 우회를 하는 방법도 있느니.'

그런 생각을 하면서도 그는 몹시 쓸쓸했다. 어린 동생의 안위도 지켜주지 못하는 자신의 처지가 더없이 서글펐다. 한참을 말없이 서 있던 영친왕은 마침내 결심을 하고 덕혜를 불렀다.

"무슨 일이십니까?"

"…… 복령당께서 영면하셨다네."

그 말과 동시에 덕혜가 풀썩 하고 바닥에 쓰러졌다. 영친왕은 황급히 어린 동생의 맥을 짚었다. 위태로울 정도로 맥이 가늘었다. 이 어린 것이 이토록 힘들어하는데 지금까지 나는 대체 무얼 한 거냐. 영친왕은 스스로를 꾸짖으며 다급한 목소리로 아내를 불렀다.

"마사코, 마사코! 덕혜가 쓰러졌소."

사람들이 달라붙어 팔다리를 주무른 덕분인지 조금 후에 덕혜가 눈을 떴다. 그러나 덕혜는 자신의 얼굴을 걱정스럽게 내려다보는 영친왕과 눈을 마주치더니 다시 소리 없이 기절하고 말았다. 그렇게 소리도 없이 깨었다 기절하기를 몇 차례. 이윽고 정신을 차린 덕혜는 그동안 참았던 눈물을 터뜨리기라도 하듯 거칠게 흐느꼈다. 이불자락을 꼭 쥔 채 두 손을 바들바들 떨었다. 영친왕은 입을 꾹 다문 채 소리 죽여 우는 덕혜를 하염없이 바라보고 있었다.

5월의 마지막 날, 덕혜는 일본을 떠나 창덕궁으로 향했다. 6월 2일에 창덕궁에 도착한 덕혜는 더할 수 없이 초췌한 모습이었다.

"오오, 옹주. 이 슬픔을 어찌 하오."

순정효황후가 울음을 삼키며 덕혜를 위로했다. 그녀는 말없이 고개만 숙이고 있었다. 빈소가 마련된 계동으로 가서 성복成服에 참렬參列할 때도 덕혜는 숨소리도 내지 않았다. 괴로운 시간은 아직도 수없이 많이 남아 있었다.

조선왕실의 전통에 따르면 옹주는 마땅히 3년 복상을 해야 했다. 그러나 일제는 그들이 만든 '왕공가궤범'을 들어 '왕공족은 황족, 왕족, 조선귀족이 아닌 친족을 위하여 상喪을 복服하지 않는다'고 주장했다.

이 문안은 그녀에게 치명적이었다. 덕혜옹주는 왕공가궤범 상 왕족이지만 양 귀인은 왕족도 귀족도 아니었던 것이다. 일본 궁내성은 그러한 이유로 덕혜옹주의 복상을 금지시켰다.

"세상에, 뭐 그런 말이 있답니까? 어머니가 죽었는데 딸이 상복을 못 입는다는 게 말이 됩니까. 그게 어느 나라 법이랍니까?"

사람들이 혀를 끌끌 차며 분노했다.

"나라를 잃었으니 뭐랄 것도 없잖소. 다 일본놈들 마음대로 아니겠소."

체념 어린 말을 하는 이도 있었다.

동아일보는 너무 가혹한 처사가 아니냐는 여론을 전한 뒤 '왕공가궤범'의 다른 조항을 들어 해결책을 내놓았다. 왕공가궤범 186조에 '부모, 부夫의 상은 1년으로 한다'는 조항과 140조에 '서자는 모방母方에만 친자 간에 한하여 이를 친족으로 한다'는 규정을 들어 해석하기에 따라 복상할 수 있다고 주장했다. 덕혜옹주는 고종의 서자지만 양 귀인과는 친족 간이므로 1년간 상을 치를 수 있다는 의견도 거론됐다. 그러나 일본 측은 별다른 말이 없었다.

"마마, 이를 어찌합니까. 이런 일이 어찌 있을 수 있답니까?"

상궁나인들이 머리를 조아리며 몸 둘 바를 몰라 했다. 분노하던 덕혜가 이윽고 체념 어린 목소리로 중얼거렸다.

"달리는 말을 멈출 수 있는 힘이 내게는 없구나……."

밤새 술을 마시자고 한 건 기수였다. 속 얘기를 나눠보리라 단단히 벼르고 있었던 듯, 만나자마자 술잔부터 기울였다.

"형은 찾았나?"

그러나 술에 혀가 꼬부라질 즈음 먼저 말문을 튼 것은 박무영이었다.

"그렇소."

"어디에 있나?"

"일본놈 앞잡이 하다가 밀항했으니 별 다른 수 있겠소. 지금도 여전히 끄나풀로 살더이다."

기수는 말끝에 다시 술을 한 잔 마셨다. 그것은 동생과 형이 적이 되어 만날 수밖에 없다는 뜻이었다.

"…… 괜한 것을 물었군."

박무영이 고개를 저으며 딱한 표정을 지었다.

"그렇게 딱한 표정 지을 것도 없소. 내가 형을 이쪽으로 데려올 터이니. 그런데 박 형은 무엇이 문제요? 무슨 비밀이 그리 많소?"

기수의 말투가 어느새 시비조로 바뀌었다.

"비밀은 무슨……."

박무영이 고개를 슬며시 꼬며 기수의 잔을 채웠다.

"내 보기에 박 형은 비밀이 너무 많소. 그런데 단 한마디도 털어 놓지를 않으니……. 나는 때로 내가 허깨비랑 있는 게 아닌가 하는 생각도 드오."

"허허허, 상상이 지나치군."

"오늘 우리는 무엇을 위해 술을 마셔야 하오?"

"망국의 슬픔을 달래기 위함이지. 양 귀인이 영면하셨다 하네."

박무영의 목소리가 감기에 걸린 것처럼 잔뜩 잠겨 있었다.

"나라도 없는 마당에, 귀인의 영면이 우리가 술을 마시는 이유가 될 수 있단 말이오?"

기수는 대놓고 박무영에게 시비를 걸고 있었다. 자신을 불신하는 데 대한 불만과 울분의 표시였다.

"양 귀인은 옹주마마의 생모로……."

"그게 어쨌다는 거요? 고종황제도, 순종황제도 붕어하신 마당에 귀인 따위의 죽음이 무슨 대수라고……."

"불경스러운 말이군."

"하하하, 불경이라……."

모든 것을 알고 있다는 듯 기수는 박무영의 얼굴을 빤히 들여다보았다. 취기가 있기는 하나 정신을 놓을 정도는 아니었다.

"양 귀인은 옹주마마의 생모시네, 그런 어른이……."

박무영은 말을 하다 말고 입을 닫았다.

"옹주마마에 대해 어찌 그리 소상히 아시오? 말끝마다 옹주마마, 옹주마마, 죄인이 어쩌고 저쩌고…… 도대체 무슨 사연이 있소?"

기수는 박무영의 비밀을 벗겨내려고 작정한 듯했다.

"나는 내 부끄러운 비밀을 다 말했소. 그런데 왜 박 형은……."

박무영이 일어나 기수 옆자리로 옮기며 말을 막았다.

"아직은 때가 아니네. 언젠가 내 비밀을 모두 말해줄 테니 그때까지만 참아주게."

그 말을 듣는 기수의 눈이 게슴츠레 반쯤 감겼다. 그러더니 갑자기 상머리에 머리를 쿵 하고 박았다. 박무영은 힘없이 넘어진 기수를 들쳐 업고 가게를 빠져나왔다.

달이 밝았다. 박무영은 기수를 자신의 하숙방으로 데려갔다. 기수는 눕자마자 코를 골았다. 무영은 그를 물끄러미 내려다보다 밖으로 나왔다. 영친왕 저택이 있는 토리히자카까지는 그리 멀지 않았다. 달빛을 벗 삼아 한 바퀴 돌고 오면 먼동이 틀 것이다. 방학이니 다녀가면 좋겠다고, 얼굴이나 한번 보여주고 가라는 어머니의 전갈이 왔으나 안 가는 것이 낫겠다고 생각했다.

그는 영친왕의 저택으로 가는 도중 옛 생각에 잠겼다. 그때가 언제였던가. 어린 옹주를 처음 만났던 날. 백부에게 이끌려 처음 입궁했던 날. 모든 게 낯설기만 했던 궁에서 그는 난생 처음 가슴 두 근거림을 느꼈다.

그게 어떤 감정인지 지금은 안다. 아니, 그 시절에도 알았던 게 분명하다. 그렇지 않다면 지금까지 이처럼 생생하게 감정을 품고 있을 리 없지 않은가.

그녀는 한 여인이기 이전에 조선의 황녀였다. 지금은 일본의 볼모가 되어버린 황녀. 그는 일본이 조선을 삼키지 않았더라면 어땠을까 생각했다. 아니 적어도 일본이 그녀를 볼모로 삼지 않았다면. 그랬다면 지금 옹주와 함께 달빛을 바라보며 뜰을 거닐고 있었을지 모른다.

조국을 잃은 자들에게는 사랑도 사치였다. 박무영은 날마다 그 사실을 절실히 깨달았다. 옹주를 생각하면 늘 마음이 답답했다. 그녀를 구출하고자 한 지 벌써 몇 해가 지났지만 구체적인 계획은 세워지지 않았다. 임시정부 쪽에서는 옹주보다는 의친왕 구출에 초점을 맞추고 있었다. 그는 좀 더 감시망이 소홀한 옹주를 먼저 구출해야 한다고 주장했지만, 그의 의견은 번번이 묵살됐다. 어쩌면 이성적인 판단이 아닐지도 모른다. 의친왕과 옹주, 두 사람 가운데 한 명만 구할 수 있다면 그가 어떤 선택을 할지는 불을 보듯 뻔했다.

'아아, 마마.'

가슴에 뜨거운 것이 들어차면 쉽게 사그라지지 않는다. 연정인지 울분인지조차 구분할 수 없었다. 애써 구분하고 싶지도 않았다.
박무영은 아버지의 말을 되새겼다.

'너는 그림자다. 그분의 그림자처럼 살아라.'

한번 뜻을 세웠으면 지켜야 사내다. 허물었다 다시 세울 뜻이라
면 그걸 누가 진정한 뜻이라고 인정해줄 것인가. 그는 다시 한 번
두 주먹을 불끈 쥐었다.

그림자 사나이

　덕혜는 일본으로 돌아오자마자 동굴 속에 들어간 짐승처럼 웅크
리고 앉아 말문을 닫았다. 마사코가 곰살궂게 이것저것 먹을 것을
챙겨 디밀어도 거들떠보지 않았다. 더위가 시작되는 6월에도 덕혜
는 두꺼운 이불을 뒤집어쓰고 엎드려 있는 경우가 많았다.

　밤에는 불면증에 시달렸다. 낮이고 밤이고, 멍한 시선을 들어 창
밖을 바라보았으나 실은 그 무엇도 바라보고 있지 않았다.

　"큰일이군, 저러다 병이라도 날까 걱정이오."

　영친왕의 얼굴에도 그늘이 짙게 드리웠다.

　덕혜는 점점 야위었다. 며칠째 음식도 잘 먹지 않아 수척해졌다.
덕혜는 자주 벽에 힘없이 기대어 앉아 있었다.

"마마, 전복죽을 좀 쑤었사옵니다. 조금만 드시어요."

복순은 미음처럼 멀건 죽을 한 숟가락 떠서 덕혜의 입가로 가져
갔다. 덕혜는 거칠게 숟가락을 밀어냈다. 만사가 다 귀찮다는 표정
이었다. 그 즈음 덕혜는 말보다는 눈빛으로 의사를 전달했다. 복순
은 얼른 덕혜의 눈빛을 살폈다. 창문을 열라는 눈빛. 복순은 냉큼
일어나 창문을 열었다. 눅눅한 바람이 몰려들었다. 하늘이 잔뜩 흐
렸다. 금방이라도 비를 퍼부을 것만 같았다.

"마마, 비가 올 것 같습니다."

복순이 흐린 하늘을 올려다보며 말했다.

"방금 비라고 했느냐?"

순간 덕혜의 눈빛에 이상한 광채가 돌았다.

"예. 그럴 것 같습니다."

"그럼 우리 밖에 나가서 비를 맞으며 돌아다니면 어떻겠느냐?"

"전하께서 걱정하실 텐데요."

복순은 걱정스러운 눈빛으로 덕혜의 낯빛을 살폈다. 그 말에 덕
혜는 금세 실망하는 표정이 되었다.

"비가 오면 어머니가 춥지 않으실까?"

웅얼웅얼, 혼잣소리인 듯, 덕혜가 중얼거렸다.

"마마……."

복순은 무슨 말을 해야 할지 몰라 고개를 숙였다.

"추우실 거야. 캄캄하고 차가운 땅속에서 얼마나 추우실까……

내가 곁에 있었다면 더 오래 사셨을 텐데…… 어머닌 외로우셔서 빨리 돌아가신 거야."

덕혜의 웅얼거림이 계속 이어졌다. 누구를 의식하고 하는 이야기가 아니었다.

갑자기 빗소리가 거세어졌다. 정원의 푸른 나무들이 후두둑 후두둑, 빗소리에 젖기 시작했다. 덕혜가 벌떡 일어났다. 눈빛에 강한 열망이 담겨 있었다.

"복순아, 나가자."

복순이 우물쭈물하는 사이, 움켜쥐고 있던 이불을 내던지고 덕혜는 방문을 나섰다. 빗소리가 아우성처럼 들렸다.

"마마, 아니 되옵니다. 옥체미령하시온데……."

복순의 말이 끝나기도 전에 방을 나선 덕혜는 쏜살같이 정원을 가로질러 뛰어가기 시작했다. 순식간의 일이었다. 복순은 신발도 꿰지 못한 채 덕혜를 따라 뛰었다. 얇은 여름옷이 비에 젖자 몸매가 그대로 드러났다.

"마마! 마마!"

빗소리에 목소리가 잠겨들었다. 굵어진 빗줄기 때문에 시야가 흐려 한 치 앞도 제대로 보이지 않았다. 저만치 덕혜의 모습이 뿌옇게 보인다 싶었는데 금세 빗줄기 속으로 사라졌다. 복순은 그만 덕혜를 놓치고 말았다. 아, 이 일을 어쩌나. 복순은 맨발로 정신없이 뛰기 시작했다. 하지만 아무리 헤매고 다녀도 덕혜의 모습은 보

이지 않았다. 복순은 기어코 울음을 터트렸다. 세상의 모든 사물
이 어지럽게 흔들렸다. 앗, 하는 사이 발이 빗길에 미끌렸다. 어디
엔가 머리를 부딪친 듯, 묵직한 통증이 엄습해왔다. 눈앞이 캄캄했
다. 복순은 굴러 떨어지면서 옹주를 생각했다. 아득한 세상 저 너
머에서, 빗소리는 여전히 사나웠다.

"다치지는 않았소?"

기수는 자신과 부딪혀 넘어진 여자를 황급히 일으켜 세웠다. 온
몸은 축축하게 젖어 있었고 머리는 산발한 채였다. 거친 숨을 몰아
쉬고 있었으나 의식이 또렷한 것 같지는 않았다. 갸름한 얼굴이 창
백했다. 조선 여자였다.

그때 저 먼 곳에서 소리를 지르며 달려오는 또 다른 여자가 보였
다. 그녀가 빗길에 미끄러져 하천 아래로 떨어졌다. 기수는 쓰러진
여자를 나무등걸에 잠시 앉혀 두고 이번에는 그쪽으로 뛰어갔다.
여자는 물살에 떠내려 온 나뭇가지를 붙잡고 신음하고 있었다. 일
으켜 세우니 그대로 주저앉았다. 다리를 다친 것 같았다.

"정신을 차리시오."

기수는 여자를 부축하여 일으켰다. 여자는 혼미한 가운데서도
누군가를 간절하게 찾고 있었다.

"마마……, 마마……."

마마? 기수는 얼른 하천 위쪽을 살폈다. 여자는 여전히 나무등

걸 옆에 축 늘어져 있었다. 그때 퍼뜩 떠오르는 풍경이 있었다.

신바시 역!

기수는 기를 쓰고 하천에서 여자를 끌어올리기 시작했다.

"누구 없소? 좀 도와주시오."

하지만 지나가는 사람은 한 명도 없었다. 기수는 여자를 놓아두고 다시 하천 위로 기어올랐다. 이번에는 옹주를 업었다. 축 늘어진 옹주는 생각보다 무거웠다. 옹주의 가늘고 하얀 손이 기수의 눈앞에서 힘없이 흔들거렸다. 그때 부연 빗줄기 속에서 누군가가 나타났다. 박무영이었다.

"이분은 내가 업어 모실 테니 자네는 저 여자를 업고 따르게."

그는 기수의 등에 업힌 옹주를 자신의 등으로 옮겨 업었다.

"아시는 분입니까?"

기수는 일부러 그렇게 물었다.

"자네, 기억 못하는가. 신바시 역에서 뵌 옹주마마 아니신가."

비는 여전히 억수같이 퍼붓고 있었다. 기수가 어물거리는 사이, 옹주를 업은 박무영이 뛰기 시작했다. 그가 그렇게 빨리 움직이는 것을 전에는 본 적이 없었다.

그는 저택의 대문 앞에서 부저를 눌렀다. 하인들이 나오는지 왁자한 소리가 나자 박무영은 축 늘어진 옹주를 조심스럽게 내려놓고 저택 옆으로 난 좁은 길을 따라 슬그머니 사라졌다.

"괜찮으실까요?"

기수가 조심스럽게 입을 열었다. 침통한 표정의 영친왕 내외가 옹주 곁을 지키고 있었다.

"괜찮을 것이네. 수고했네."

한참 만에 대답을 한 건 영친왕이었다. 그는 옹주를 지켜보며 한숨을 내쉬고 있었다. 기수도 불안한 시선을 굴리며 어깨 너머로 옹주를 살펴보았다.

옹주는 잠을 자는 듯 고요했다. 가끔 한숨을 몰아쉬는 것 말고는 표정도 편안해 보였다.

"자네, 수고가 많았네."

영친왕이 기수의 어깨를 다독였다.

"아, 아닙니다. 저는 다만……."

기수는 우물거리며 말을 삼켰다.

"이름이 무언가?"

"기, 기수, 이기수라 합니다. 유학생입니다."

기수는 말을 더듬거리며 머리를 조아렸다.

"고맙네. 혼자서 둘을 구하느라 많이 애썼네."

영친왕이 다시 한 번 기수의 어깨를 다독이며 따뜻한 눈빛을 보냈다.

"아닙니다, 전하."

기수는 황망히 손사래를 쳤다. 불쑥 박무영의 얼굴이 떠올랐다.

"음……."

그때 옹주가 몸을 움직였다.

"정신이 드느냐?"

영친왕이 다급하게 물었다. 눈을 뜬 옹주가 기수 쪽을 돌아보았다. 기수가 고개를 깊이 숙였다.

"너를 구해준 청년이다."

영친왕의 말에 옹주의 시선이 잠시 기수에게 머물렀다. 그러나 곧이어 주변을 두리번거리며 누군가를 찾기 시작했다.

"복순이…… 복순이는 어디 있어요?"

"제 방에 두었다. 그 아이는 하천에 떨어져서 다리를 다쳤느니라."

그 여자의 이름이 복순이로구나, 기수는 그 이름을 귀담아 들었다.

"오늘 고마웠네. 이제 가봐도 될 것 같네. 그리고 오늘 일은 절대 발설하지 말게."

영친왕의 표정이 근엄했다.

"예. 죽는 날까지 함구하겠습니다."

영친왕이 고개를 끄덕였다. 기수는 얼른 일어나 밖으로 나왔다. 가는 길에 다시 한 번 뒤를 돌아보았다. 우울한 표정을 짓고 있던 옹주가 기수와 눈이 마주치자 희미하게나마 미소를 지어 보였다.

"잘 모셨느냐?"

담 모퉁이에서 박무영이 불쑥 나타났다. 빗줄기는 여전했다. 온몸이 흠뻑 젖어 있었다.

"어딜 갔었습니까? 마마를 문 앞까지만 모셔 놓고 사라지더니."

힐난하듯 다그치는 말에 박무영이 쓸쓸하게 웃었다.

"그렇게 됐네. 마마는 괜찮으신가?"

"다행히 바로 정신이 드셨습니다."

"정말 다행이로군."

박무영의 시선이 영친왕 저택에 잠시 동안 머물렀다.

"어서 가서 옷을 갈아입읍시다. 이러다 둘 다 감기 걸리겠어요."

기수의 재촉에 박무영이 그제야 정신이 든 듯 무거운 걸음을 옮겼다.

"우러르는 이가 있느냐?"

그 말을 들었을 때 김장한은 잠시 망설였다.

'우러르는 이?'

장한은 고개를 저었다.

"이루고자 하는 일은 있느냐?"

이어지는 아버지의 준엄한 물음에도 장한은 우물거렸다.

"아직 배움이 일천한지라……."

대답이 흡족하지 않았는지 아버지의 한숨이 깊어졌다. 한참을 침묵하던 아버지가 다시 무겁게 입을 열었다.

"배움을 이야기하는 게 아니다. 네 마음속에 무엇이 있느냐는 말이다."

"……."

장한은 더욱 깊이 고개를 숙였다. 어떤 불호령이 떨어질지 조마조마했다.

"가슴에 품은 뜻이 있어도 이루기 어려운 세상이다. 그런데 뜻조차 세운 것이 없다니……."

긴 침묵이 흘렀다. 바깥에서 들리는 하인들의 수런거림과 멀리서 들려오는 일본 순사들의 호각소리, 그 틈으로 간간히 매운 바람소리가 섞여 들었다.

"이제 나는 죽은 목숨이나 마찬가지다. 숨은 붙어 있다 하나 언제 소리 없이 사라질지 아무도 모르는 일이다. 그래서 하는 말이니 새겨 듣거라."

"…… 네."

"이 나라는 바람 앞의 등불과도 같다. 황제께서도 민망한 일을 당하셨다. 나 또한 파직을 당했다."

목소리는 여전히 나직했다. 날이 서 있지는 않았으나 그보다 더 무서운 슬픔이 서려 있었다.

"지난번 궁궐에 갔던 일을 기억하느냐?"

아버지의 말에 잊고 있었던 기억 하나가 툭, 터졌다. 해맑던 얼굴 하나가 장한의 가슴속을 비집고 들어왔다.

"네."

"헤이그 밀사 사건도 알고 있느냐?"

"네."

"너를 내 양자로 들인 것은…… 폐하께서도 말씀하셨듯이 옹주
마마 때문이었다. 옹주마마는 폐하의 금지옥엽인 따님이시다. 너
는 그분의 약혼자로 내정돼 있었다. 무슨 뜻인지 알겠느냐?"

장한은 고개를 끄덕였다. 황제가 제 몸처럼 아끼는 옹주의 배필
이라면 당연히 여러 조건을 충족시켜야 했다. 장한은 몸을 부르르
떨었다.

"그 간악한 총독과 한창수만 아니었다면 폐하의 복안대로 너는
옹주마마의 지아비가 될 수 있었으리라."

옹주마마의 지아비라는 말이 장한의 가슴을 후벼 팠다.

"그런데 결국 일이 이처럼 어그러지고 말았구나……. 나라가 이
지경이 되니 폐하께 다하지 못한 일이 너무도 많구나. 임시정부에
서도 황족을 구하기 위해 백방으로 애쓰고 있다지만 일단 의친왕
을 구하는 게 급선무라고 생각하고 있는 모양이다."

입궁했던 날 이후로 장한은 밤잠을 제대로 이루지 못했다. 눈만
감으면 옹주의 얼굴이 떠올랐다. 그 아름다운 소녀와 평생을 함께
한다는 생각만 하면 가슴이 벅차올라 심장이 벌렁거렸다. 하지만
시절은 그녀와 장한이 순조롭게 부부의 연을 맺도록 놔두지 않았
다. 옹주가 일본으로 강제유학을 떠나게 된 사실을 누구보다 가슴

아프게 받아들인 이는 장한이었다.

"지금 세상이 어떻게 돌아가는지 알아두어야 한다. 적은 강대하
다. 강대한 적과 맞서 싸워 이기려면 적을 알아야 한다."

잠자코 옆에서 듣고만 있던 장한의 형 김을한이 끼어들었다.

"황제는 대한제국의 중립화를 위해 백방으로 노력하셨다. 미국
정부에도 도움을 요청했고 독일의 환심을 사기 위해 빌헬름 2세에
게 훈장을 수여하기도 하셨다. 그러나 러시아와 일본은 대한제국
의 중립화를 허용하지 않았다. 러시아의 세력이 커지는 것을 우려
한 영국과 미국도 일본에 손을 들어주었다. 독일과 프랑스는 방관
적인 입장을 취했다. 만국평화회의에 밀사를 파견해 을사조약의
무효를 온 세계에 알리려 했지만 그 말을 들어주는 이는 아무도 없
었다. 그러니…… 이제는 우리가 직접 지켜야 할 때다."

아버지가 다시 입을 열었다.

"네 힘이 닿는 데까지 마마를 지키거라."

"마마를 지키라고요?"

장한의 목소리가 가늘게 떨렸다. 김장한은 아버지의 말을 속으
로 되뇌었다.

'마마를 지켜라. 마마를 지켜라.'

장한은 비로소 어떤 의문이 풀리는 듯했다. 옹주의 일본행이 결
정된 뒤 그는 무기력하기 짝이 없었다. 책을 읽어도 눈에 들어오지
않았고 밥을 먹지 않아도 배가 고프지 않았다. 마치 모든 욕망이

순식간에 사라져버린 듯했다. 그런데 이제 왜 그토록 무기력했는지 확실히 깨달았다.

"너는 부마가 될 뻔하였다. 그것만으로도 마마를 지켜야 할 명분이 되지 않겠느냐?"

아버지의 음성은 단호했다. 장한은 힘을 얻었다.

'그래, 마마를 지켜내는 게 내 운명이다!'

장한은 주먹을 꽉 쥐었다.

"네, 아버지, 마마를 지키겠습니다."

아버지의 얼굴에 흡족한 미소가 맴돌았다.

"그래 됐다. 그럼 이제 옹주마마가 계신 곳으로 가거라."

장한은 스스로 다짐하듯 고개를 끄덕였다. 눈빛은 불안했지만 불끈 쥔 두 주먹에 결연한 의지가 드러났다.

장한은 아버지의 명을 받들어 조선을 떠났다. 박무영이라는 새로운 이름으로.

누구도 원치 않았지만

　이왕직 장관 한창수가 영친왕의 저택에 나타난 것은 1930년 봄이었다. 영친왕은 그의 출현이 반갑지 않았다. 하지만 드러내놓고 내색할 수는 없었다. 조선황족에 대한 모든 일은 그의 손을 거쳐야만 진행됐다. 그는 황족에게 주어지는 살림살이 경비까지 집행하고 있었다. 대리석으로 장식된 응접실에 들어서자 한창수는 영친왕을 향해 고개를 숙였다.

　"어쩐 일이오?"

　영친왕은 최대한 건조한 어조로 물었다. 감정을 드러내지 않기 위해서였다.

　"두 분 전하가 잘 계시는지, 불편한 사항은 없으신지 궁금해서 들렀습니다."

"……."

'염탐하러 온 게 아니고?' 이런 말이 입 밖으로 튀어나오려 했으나 영친왕은 간신히 꾹 눌러 참았다.

"전하, 불편한 게 있으시면 언제라도 말씀해주십시오. 부족함이 없도록 잘 일러두겠습니다."

"고맙소. 그런데 그런 일로 들렀다면 괜한 걸음 한 것 같소. 나는 불편한 게 없소이다."

관례적이고 사무적인 일이 아니라면 가급적 한창수와 말을 섞고 싶지 않았다. 하물며 그에게 아쉬운 소리를 한다는 건 있을 수 없는 일이었다.

"아, 다른 일도 좀 있습니다."

영친왕의 눈썹이 꿈틀거렸다.

"무슨 일이오?"

"좋은 일 좀 하려고 들렀습니다."

"지금 좋은 일이라 하였소?"

한창수의 말을 곧이곧대로 믿는 것은 위험했다. 오히려 좋지 못한 일이 기다리고 있다고 생각하는 편이 옳았다.

"아, 그런데 옹주마마는 강령하십니까?"

한창수가 덕혜의 처소가 있는 쪽을 바라보며 느릿하게 말을 꺼냈다.

"덕분에 잘 지내고 있소."

"다행입니다. 마마께서 외로움에 너무 슬퍼하시면 저 또한 몸둘 바를 모를 일 아니겠습니까."

"그렇소……?"

영친왕은 한창수의 웃는 얼굴을 보면서 무슨 이야기를 하기 위해 저리 뜸을 들이나 싶었다.

"옹주마마가 많이 어여뻐지셨다는 소리를 들었습니다. 그래서 제가 마마의 배필을 알아보았습니다."

"뭐라?"

"훌륭한 청년이 있습니다. 도쿄제국대학에 다니는 청년입니다."

아뿔싸. 영친왕은 한창수와의 대면을 피했어야 했다고 한탄했다. 언제까지고 피할 수는 없었겠지만 그래도 지금은 너무 일렀다.

"아니, 아니오. 아직 옹주는 어리오. 아직 혼인을 하기엔……."

하녀가 차를 내왔으나 영친왕은 찻잔도 들지 않았다. 한창수가 그런 영친왕을 흘끔거리며 천천히 커피를 한 모금 마셨다.

"대마도 번주 소 시게모치宗重望의 아들이기도 합니다."

"대마도 번주의 아들?"

한창수의 말에 영친왕의 안색이 더욱 흐려졌다. 일본 황족의 혈통도 아닌 일개 대마도 번주의 아들이라고?

"옹주가 요즘 건강이 좋지 않소. 결혼은 아직 이르오."

한창수의 표정이 순식간에 일그러졌다.

"좀 전의 말씀으로는 잘 지낸다 하지 않으셨습니까?"

"잘 지낸다는 말은 그냥 인사였소. 지금은 건강이 좋지 않소. 결혼 운운할 때가 아니란 말이오."

"그 또한 옹주마마처럼 성년이 되기 전에 양친을 잃고 소[蘇] 가에 들어가 양자가 된 청년입니다. 서로 위로가 될 것입니다."

"지금 양친까지 잃은 대마도주의 양자라고 하였소?"

격이 맞지 않는 결혼이었다.

"그러나 지금은 동경에서 공부를 하고 있는, 아주 훌륭한 청년 백작입니다."

"그만하오."

영친왕의 양미간이 바짝 오그라들었다. 불편한 심기가 그대로 드러났다.

한창수는 그쯤에서 물러서야겠다고 생각했다. 양 귀인이 세상을 떠난 지 아직 일 년도 지나지 않았다. 한창수도 당장 혼인을 추진할 생각은 없었다. 일단 올가미를 던져놓고 기다릴 셈이었다. 때가 되면 자연스레 일이 풀리지 않겠는가.

'내가 하려고만 하면 언제든 못하겠는가.'

한창수는 속으로 회심의 미소를 지으며 영친왕의 의견을 받드는 척 허리를 굽혔다. 영친왕은 더욱 불안했다. 혼사를 꺼내놓고 이처럼 쉽게 물러선다는 건 이미 만반의 준비를 해놓았다는 뜻인지도 몰랐다. 영친왕은 속으로 땅이 꺼져라 한숨을 내쉬었다.

영친왕은 덕혜를 찾았다. 덕혜는 혼자서 무언가를 중얼중얼 외고 있었다.

"…… 깊은 곳에 갇힌 몸이 되어 말할 자유가 없이 금일에까지 이르렀으니 지금 한 병이 위중하니 한마디 말을 하지 않고 짐이 죽어서도 눈을 감지 못하리. 지금 나, 경에게 위탁하노니 경은 이 조칙을 중외에 선포하여 병합이 내가 한 것이 아님을 분명히 알게 하면 이전의 소위 병합 인준과 양국의 조칙은 스스로 파기에 돌아가고 말 것이라. 여러분들이여, 노력하여 광복하라. 짐의 혼백이 명명한 가운데 여러분을 도우리라."

1926년 7월 28일자 신한민보에 실린 순종황제의 말이었다. 영친왕은 못 들은 척 큼큼 기침을 했다. 덕혜가 돌아보았다.

"건강은 좀 어떠하느냐?"

"괜찮습니다. 조금 전에 이왕직 장관이 온 것 같던데……."

덕혜는 바깥을 살피며 조심스럽게 물었다.

"그렇잖아도 그 얘기를 하려고 왔다. 한창수가 네 배필을 천거하겠노라고 왔었다……. 도쿄제국대학에 다니는 아주 훌륭한 청년이라는구나."

그 말이 떨어지기가 무섭게 덕혜의 표정이 싸늘해졌다.

"결혼을 하라니요, 그것도 일본인과. 왜 제 결혼을 그들의 뜻대로 해야 하는 것입니까?"

발끈하는 덕혜의 목소리가 날카로웠다. 영친왕은 덕혜가 완강하게 반대할 것이라 짐작했다. 하지만 생각보다 더 싸늘한 덕혜의 목소리를 들으니 마음이 무거웠다.

"그 말을 받아들이셨습니까? 당장에 거절을 하셨어야지요."

영친왕은 덕혜의 마음을 좀 더 확실히 알아봐야겠다고 생각했다. 그는 일부러 에둘러 물었다.

"물이 깊으면 돌아가는 방법도 있다. 부러지느니 휘어지는 게 나을 때도 있는 법이다."

"왜 하필이면 일본인입니까? 그건 오라버니 하나만으로도 되었어! 난 물이 깊어도 건널 테고 휘어지느니 차라리 부러지고 말겠어요!"

"덕혜야!"

"일본 황족과 결혼하라는 게 어떤 뜻인지 정녕 모르고 하시는 말씀이십니까? 우리 황실의 핏줄을 끊어버리겠다는 뜻이 아닙니까? 그런데 그걸 뻔히 알고도 그들이 시키는 대로 결혼을 해야 합니까? 전 그렇게 할 수 없습니다. 절대로!"

덕혜가 입술을 꽉 깨물었다.

"아직 결정된 건 아니다. 시간을 가지고 생각해보자꾸나."

영친왕의 목소리는 더 낮아졌다.

"오라버니, 전 반드시 창덕궁으로 돌아갈 것입니다. 반드시! 이곳에 강제로 유학을 온 것만으로도 분한데 일본인과의 결혼이라니 있을 수 없는 일입니다. 저는 교사가 되어 조선으로 되돌아갈 것입니다. 내 나라 내 백성들과 함께 살 것입니다. 그러니 오라버니 제발, 제발, 혼사만은 막아주시어요, 네?"

덕혜는 두 주먹을 쥐고 흐느꼈다. 영친왕은 그런 덕혜를 근심 어린 눈으로 바라보다 무겁게 입을 열었다.

"…… 덕혜야, 나도 그리하라 하고 싶다. 창피하고 부끄러운 말이지만 조선의 황족은 이미 힘을 잃었다. 생활비조차 그들에게 받고 있다는 걸 모르느냐. 이 가슴 아픈 현실 앞에서 내가 너에게 해줄 수 있는 게 무엇이 있겠느냐."

덕혜는 그 말을 듣고도 계속 흐느꼈다.

"미안하구나. 이 오라비가 무능하여……."

영친왕은 더 이상 말을 잇지 못했다.

"오라버니를 원망하는 게 아닙니다. 진정 그러한 것은 아닙니다."

덕혜의 목소리도 한껏 젖어 있었다.

"나를 원망하여 해결할 수 있다면 얼마나 좋겠느냐."

그즈음 조선에서도 덕혜의 결혼문제가 거론되기 시작했다. 일본 황족과 조선 귀족 중 적당한 사람을 물색하고 있다느니, 이미 상대가 정해져 있다느니, 구구한 억측들이 나돌았다.

동아일보와 조선일보도 덕혜의 결혼을 기사화했다.

"도대체 나는 뭐란 말인가!"

한창수가 다녀간 후 덕혜는 더욱 얼굴이 어두워졌다. 혼자서 중얼대거나, 울거나, 지쳐 있거나, 낙담해 있거나, 평온한 표정을 짓는 날이 거의 없었다. 때로는 밤이슬을 맞고 사라지는 날도 있었다. 덕혜를 가엾게 여긴 마사코가 정성을 다해도 차도가 없었다. 증세는 점점 더 심해졌다. 한창 신경이 예민할 시기였다. 건강이 안 좋다는 것은 핑계이기 이전에 사실이었다.

영친왕은 덕혜를 정신병원에 데려가보기로 결단을 내렸다. 덕혜는 저항하지 않고 순순히 따랐다.

조발성 치매라는 진단이 내려졌다. 의사는 정양하기를 권했다. 일본 학습원 생활에 대한 부적응과 고국에 대한 향수로 인한 몽유병이 발전한 게 아닌가 싶었으나 영친왕은 오히려 잘된 일일지 모른다고 생각했다. 요양이 필요할 정도로 아프다면 결혼 이야기는 잠시 접어둘 수 있으리라. 그러다 보면 또 다른 방법이 생기겠지.

영친왕은 의사의 권고를 받아들여 덕혜를 오이소 별장으로 보냈다. 쉬지 않으면 안 될 만큼 심신이 허약해져 있다는 말에도 덕혜는 놀라지 않았다. 간호사 한 명과 함께 덕혜는 저택을 떠났다.

"얼른 나아서 돌아오셔요."

마사코는 덕혜의 빠른 쾌유를 빌었다. 하지만 덕혜는 말이 없었다. 복순이 다리를 절뚝거리며 눈물을 찍어댔다. 전 같으면 복순이를 데려가겠다고 고집을 부릴 터인데 그마저도 없었다.

"떨어져 있으면서 마음을 차분하게 가라앉히면 좋아질 것이오. 너무 힘든 일을 많이 겪은 탓일게요. 결혼 문제도 당분간 거론되지 않을 것이고……."

그러나 그것은 착각이었다. 덕혜가 자리를 비운 사이에도 한창
수는 그 문제를 끈질기게 물고 늘어졌다.

"아이가 아프다 하지 않았소! 지금 요양 차 별장에 내려가 있소.
조금 더 기다려 보오!"

영친왕이 전에 없이 화를 내도 한창수는 눈 하나 깜짝하지 않
았다.

"제 결정이 아닙니다. 궁내성의 결정입니다."

한창수의 말은 짧고 간결했다. 예의 바른 몸짓과는 다르게 위압
적인 목소리였다. 영친왕은 깊은 한숨을 내쉬었다. 동생 하나 보호
해줄 힘이 없느냐고 외치는 듯한 덕혜의 얼굴이 가슴 아프게 떠올
랐다.

덕혜와 소 다케유키와의 결혼은 1930년 10월에 결정됐다.

그해 11월 초순 덕혜옹주는 소 다케유키를 처음 만났다. 장소는
혼인의 중매자이자 소 다케유키의 후견인인 구죠^{九條} 공작의 저택
이었다. 구죠는 다이쇼 황후 사다코의 친정오빠였다. 다케유키를
좋게 보고 있던 사다코 황후가 덕혜와 맺어지도록 했다는 말이 돌
았다.

덕혜는 그 소식을 전해 듣고도 아무런 말이 없었다. 별장에서 돌
아온 후에도 정원을 산책하는 일로 하루를 보냈다. 덕혜는 결혼 준

비로 어수선한 집 안을 무심하게 바라봤다. 책 읽는 모습도 전과 다르지 않았다. 그녀는 연암 박지원의 열하일기를 즐겨 읽었다.

어느 날 마사코가 넌지시 물었다.

"마마, 어떤 책이기에 늘 곁에 두고 읽고 계신가요?"

"아바마마가 즐겨 읽으시던 책입니다. 중국을 여행한 이야기가 담겨 있는 열하일기란 책이지요."

그 말을 할 때 덕혜의 표정은 아늑하고 평온했다. 고종황제에 대한 사랑과 그리움이 얼굴에 가득했다.

"이번에 만나실 다케유키 백작도 책을 좋아하는 사람이랍니다."

마사코는 자연스럽게 다케유키 이야기를 꺼냈다.

"마마, 이제 슬픈 일은 잊으시고 좋은 분 만나 행복하게 사셔야지요."

마사코는 진심으로 덕혜의 행복을 빌었다. 그러나 덕혜에게서는 결혼을 앞둔 여자의 설렘과 기대 같은 건 전혀 느껴지지 않았다.

덕혜의 결혼 소식은 경성에도 전해졌다. 그 소식을 들은 궁중에서는 출처를 알 수 없는 소문들이 들끓었다. 주로 소 다케유키에 대한 이야기였다. 도둑놈의 소굴인 대마도 번주의 아들이라는 말에 모두들 소스라치게 놀랐다.

"금지옥엽이신 우리 옹주마마가 그런 도둑놈 소굴로 시집을 가다니."

"듣자 하니 그놈이 곱사등이라던데."

"어쩌다 그런 놈에게……. 이게 다 나라 없는 설움이 아니고 무엇이겠는가."

"성질도 포악하고 얼굴도 아주 못생겼다오."

"대마도 번주의 아들이니 오죽할까. 우리 옹주마마 불쌍해서 어찌하누."

그런 말들이 떠돌아다니면서 눈덩이처럼 커졌다.

결혼을 앞둔 어느 날, 덕혜가 복순을 불렀다.

"내가 결혼을 앞두고 있어. 피해갈 수 없다."

독백 같은 말이었다.

"황공하옵니다."

복순은 납작 엎드렸다. 차마 근심 어린 옹주의 얼굴을 볼 수가 없어서였다.

"전에 아바마마께서 나를 시집보낸다 하셨을 땐 아주 어릴 때였는데도 가슴이 두근거렸다. 어떤 사람일까, 성품은 어떠할까, 다정하시기는 할까…… 그런데 지금은 아무런 생각이 없구나. 아무런 마음도……."

떨잠을 만지고 있는 덕혜의 손이 미세하게 떨렸다.

"마마…… 소 다케유키란 분, 만나보니 어떠하셨습니까?"

복순은 일부러 화제를 돌렸다.

"글쎄…… 잘 보지 않았어. 처음 만난 자리이기도 하고, 관심이 없기도 하고……. 내 뜻과는 상관없이 진행되는 일이니까…….
그 자도 궁내성 내부국 '소우 지츠료우'에 불려가서야 나와의 결혼
을 알았다 하더라. 그런데 그런 것은 왜 묻느냐?"

"좋은 분이면 좋겠다 싶어서요. 그러면 옹주마마가 행복해질 수
도 있지 않을까 싶어서요."

"…… 행복? 그럴 수 있을까?"

"그럼요. 공부도 많이 한 분이라 하니 마마를 행복하게 해주실
수 있을 것 같아요."

복순은 진심으로 그리되기를 빌었다. 어차피 조선의 귀족과 결
혼할 수 없는 운명이라면 성품 좋은 분을 만나 아픈 상처를 다독일
수 있기를 간절히 빌었다.

"제법 철든 소리를 하는구나. 하지만 난 늘 네가 부러웠다. 평범
한 아비를 둔 네가 부러웠단 말이다."

"마마, 누가 듣사옵니다."

복순은 놀란 눈으로 주위를 둘러보며 음성을 낮추었다.

"그때 시종의 조카라는 아이는 지금 어디서 뭘 할까? 김장한이
라고 했지. 어쩌면 내 부군이 되었을지도 모르는데. 지금은 청년이
되었겠지. 어디서 무얼 할까. 나를 기억하고는 있을까? 또 봄이 오
는구나…… 조금 있으면 벚꽃이 피겠지."

덕혜의 목소리가 잠겨들었다. 그녀는 만지작거리던 떨잠을 저
만치 밀쳐두며 방문을 열었다. 알싸한 바람이 코끝에 닿았다. 정원

끝에 있는 작은 연못이 보였다. 겨우내 얼어 있던 연못물이 햇살에 반짝이고 있었다.

"과자 좀 올릴까요?"

"그러려무나. 그리고 화선지를 좀 사다 다오. 화선지가 다 떨어졌어."

복순의 얼굴에 미소가 번졌다. 글씨를 쓰거나 사군자를 그릴 때 옹주의 얼굴은 유난히 차분해졌다. 장 보러 갈 때마다 일본인 하녀 뒤에서 길을 알아둔 게 이럴 때 유용할 줄이야.

'과자를 가져다 드린 후에 화선지를 사러 가야겠다.'

복순은 모처럼 기쁜 마음으로 방문을 나섰다. 복순의 뒷모습을 지켜보던 덕혜는 과자 한 조각을 손에 집었다. 시름을 달래줄 수 있는 건 아무것도 없었다. 고작 한낱 과자에 의지해 설움을 달래야 한다는 사실이 그녀는 못내 서글펐다.

화선지 속에 감춘 것

오랜만에 나온 거리는 봄바람에 일렁이고 있었다. 사람들의 옷
차림도 한결 가벼워 보였다. 종종걸음 치듯 걷는 일본여인들의 기
모노도 부드러운 빛깔을 띠고 있었다.

복순은 숨을 크게 들이마시며 가슴을 활짝 펴보았다. 공기가 달
았다. 창덕궁을 떠난 후로 혼자서 어딜 다녀본 적이 없었다. 저택
은 넓었지만 늘 갑갑했다. 복순은 이렇게 한 번씩 나올 일이 있을
때마다 자신도 모르게 들뜨는 마음을 감출 수 없었다.

오가는 사람들 중엔 조선 사람도 있었다. 아마도 지체 높은 집안
의 하인이거나 유학생일 터였다. 복순은 자신도 모르게 자꾸만 고
개를 두리번거렸다.

그런데 어느 순간부터 누가 뒤따라오는 것 같다는 느낌을 받기 시작했다. 슬쩍 뒤돌아보니 허름한 복장에 벙거지 모자를 푹 눌러쓴 사내였다. 부랑자가 아닐까 싶은 허접한 몰골이었다. 술을 마신 것도 같았다.

저택에서부터 줄곧 따라붙은 것 같은 사내는 복순과의 거리를 좁히지 않았지만 계속해서 그녀 뒤를 쫓았다. 복순은 덜컥 겁이 났다. 조선여자들을 잡아다가 일본군 위안부로 팔아버린다는 소문이 횡횡했다. 복순은 잠시 걸음을 멈추고 뒤를 돌아보았다. 저만치에서 쫓아오던 사내는 복순과 눈이 마주치자 고개를 돌리며 딴청을 부렸다. 오금이 저렸다. 복순은 심호흡을 하고 다시 천천히 걸음을 옮기다가 얼른 근처 가게로 들어섰다. 들어서고 보니 일본인형을 파는 가게였다.

"무엇을 드릴까요?"

일본 여인이 친절한 미소를 지으며 다가왔다.

"아, 미안합니다. 무얼 사려는 건 아니고요, 낯선 사람이 따라와서요. 잠시 있다 갔으면 하는데."

그녀는 더듬더듬 일본어로 말했다. 당황해서인지 말문이 트이지 않았다. 그러자 일본 여인이 표정을 바꾸며 냉정하게 말했다.

"그런 일이라면 도와드릴 수 없습니다. 경찰에게 도움을 청해보시지요."

복순은 입술을 꼭 깨물며 다시 가게를 나왔다. 그의 시선은 여전히 그녀에게 달라붙어 있었다. 그녀는 일부러 느릿느릿 걸었다. 복순이 화방으로 들어서자 그는 그늘진 가게 골목에 서서 담배를 꺼내 물었다. 그녀는 화선지 뭉치를 가슴에 꼭 껴안았다. 숨통이 조여드는 기분이었다.

화방을 나오자마자 그녀는 일부러 사람들이 많이 지나는 길을 택했다. 하지만 영친왕 저택에 가까워오자 인적은 점점 줄어들었다. 복순은 뒤를 돌아보았다. 저 멀리 사내가 보였다. 그녀는 냅다 뛰기 시작했다. 입안이 바짝바짝 타올랐다. 다리가 후들거렸다. 몇 번이나 넘어져 무릎이 까졌다. 멍이 들고 피가 났지만 복순은 다시 일어나 달렸다. 뒤에서 다급하게 쫓아오던 발소리가 잦아들었다.

'아 따돌렸구나.'

복순은 길가의 나무에 기대어 숨을 몰아쉬었다. 이제 저택은 지척이었다. 방금 호랑이 굴에서 뛰쳐나온 듯 심장이 벌렁댔지만 조금은 안심이 되었다. 그러나 그 순간, 나무 뒤에서 갑자기 나타난 사내가 복순의 입을 틀어막았다. 복순은 우악스런 손아귀에 잡혀 나무 뒤쪽으로 끌려갔다. 끌려가지 않으려 발버둥을 치는 바람에 신발이 벗겨졌다. 하지만 사내의 힘을 당해낼 수는 없었다. 복순은 사내의 손아귀 힘이 조금 약해졌다 싶었을 때 다시 한 번 있는 힘껏 몸을 비틀었다. 그때 남자가 나지막한 목소리로 속삭였다.

"조용히 하시오. 옹주마마께 전할 것이 있소."

복순은 부들부들 떨리는 손으로 화선지 뭉치를 꽉 쥐었다. 옹주마마께 전할 게 있다고? 그녀가 진정하는 듯하자 사내가 그녀의 입에서 손을 뗐다. 그러고는 손가락을 자신의 입술에 갖다 댔다.

"조용히 하고 내 말 잘 들으시오. 겁내지 마시오. 우린 대한제국을 위해 일하는 사람들이오. 이걸 옹주님께 꼭 전하시오. 화선지 사이에 끼워 가면 의심받지 않을 것이오. 도처에 옹주마마를 감시하는 눈이 깔려 있으니 각별히 조심하시오."

사내가 넘겨준 것은 작게 접은 종이였다.

"누구신지요? 누구라 알리리까?"

복순은 떨리는 몸을 애써 가누며 겨우 말했다.

"그건 말할 수 없소. 다만 당신의 이름이 복순이라는 것도, 옹주마마를 모시는 사람이란 것도 다 알고 있는 대한제국의 사내요."

얼핏 바라본 사내의 눈빛은 진지하고 깊었다. 어디선가 본 듯하기도 했다. 복순은 그가 내민 종이를 얼른 화선지 속에 감추었다. 사내는 순식간에 사라졌다. 저택 근처에 울창한 숲이 있어서 몸을 숨기기에는 안성맞춤이었다. 사내가 사라지고 나자 복순은 그제야 깊은 숨을 토해냈다. 그녀는 저택 쪽으로 떨리는 발걸음을 옮겼다.

"너, 왜 그러느냐?"

매화를 치고 있던 덕혜가 사색이 되어 들어서는 복순을 보고 눈을 크게 떴다.

"마마……."

복순은 숨이 차서 얼른 말이 나오지 않았다. 그녀는 화선지를 내려놓으며 밭은 숨을 내뱉었다. 얼굴이 벌겋게 달아올라 있었다.

"왜 그리 얼빠진 얼굴이냐? 누가 너를 쫓아오기라도 하더냐?"

"예, 마마."

복순은 여전히 떨리는 손으로 화선지 뭉치에서 편지를 꺼내 덕혜에게 내밀었다. 의아한 눈으로 그것을 받아든 덕혜가 잠시 창밖을 살폈다. 너른 정원 저만치에 허드렛일을 하고 있는 사내가 보였다. 남자는 자신을 살피는 덕혜를 의식했는지 곧 시야에서 사라졌다.

"이게 무어냐? 누가 주었느냐?"

덕혜는 그 사내가 사라지자 창문을 닫으며 다그치듯 복순에게 물었다.

"저도 모릅니다. 아무튼 어떤 사내가 마마께 전해드리라 했습니다. 대한제국을 위해 일하는 자들이라 했습니다."

복순의 목소리가 떨렸다. 편지를 받아든 덕혜는 잠깐 말없이 앉아 있다가 천천히 편지를 펼쳤다. 그러나 거기엔 아무것도 적혀 있지 않았다.

"이게 무어냐? 적힌 게 없지 않으냐?"

덕혜가 의아한 눈으로 복순을 바라봤다.

"그럴 리가 없어요."

그녀는 바싹 다가가 덕혜가 펼쳐들고 있는 종이를 들여다보았다. 빈 종이였다. 복순은 몸 둘 바를 몰랐다. 이게 무슨 조홧속인지. 두 눈을 비비고 들여다봐도 마찬가지였다. 어쩔 줄을 모르고 절절매는 복순을 바라보던 덕혜가 부드럽게 말했다.

"아무리 심심해도 그렇지, 이런 장난을 다하는구나. 내다 버리거라."

덕혜는 종이를 내려놓으며 한 켠에 놓인 화선지를 끌어당겨 살살 문지르기 시작했다. 그렇게 문질러야 종이의 질을 가늠할 수 있었다.

"요즘엔 좋은 화선지를 구하기도 힘이 드는구나."

전쟁 통이었다. 모든 물자가 귀한 세상이었다.

"마마, 이게 아무래도…… 그럴 리가 없는데……."

복순은 고개를 갸웃거리며 아직도 믿을 수 없다는 표정을 지었다.

"정신이 어이된 작자가 아니겠느냐. 요즘 세상이 하 수상하여 이상한 작자도 많다고 들었다. 그만 잊거라."

덕혜의 말을 들으면서도 복순은 무엇엔가 얻어맞은 기분이었다.

"참 이상한 일도 다 있습니다."

덕혜는 새 화선지에다 글씨를 쓸 준비를 하고 있었다. 참을 '인' 자이리라. 복순은 덕혜의 지시대로 방 한 켠에 있는, 파지를 담아두는 통에 그 종이를 구겨 넣었다. 통 속에는 버려진 묵매와 연꽃이 제법 많았다.

"너도 그려보겠느냐?"

복순은 덕혜의 말이 끝나기도 전에 고개를 설레설레 내저었다.

"당치도 않은 말씀이십니다. 먹이나 갈겠나이다."

방 안은 고요했다. 붓을 든 희디흰 손만이 화선지 위아래를 천천히 가로질렀다. 그러다 순간적으로 손이 멈칫했다. 덕혜는 연잎을 치다 말고 붓을 놓았다. 검은 먹물이 번져 연꽃잎에 얼룩이 졌다.

"…… 복순아, 아까 그 종이 좀 다시 가져 오거라."

"네? …… 네, 마마."

복순은 파지 통을 뒤져 종이를 찾아냈다. 덕혜의 눈빛에 긴장감이 감돌았다. 덕혜가 속삭이듯 일렀다.

"이제 초를 가져 오거라, 어서."

복순이 초를 대령했다.

"무얼 하시려고요?"

켜거라, 하는 덕혜의 말에 밀초에 불을 붙이며 복순이 물었다.

"그냥 지켜보아라. 방문 잠그고 이리 와서 보아라."

복순은 방문을 잠그고 촛불 앞으로 다가가 앉았다. 덕혜가 일렁이는 촛불 위에 그 종이를 올리자 아무것도 쓰여 있지 않던 종이에서 갑자기 글자들이 나타났다. 덕혜의 얼굴에 가벼운 경련이 일었다. 복순은 더 바싹 다가앉았다.

"이것 보아라. 여기 글씨가 있어!"

덕혜의 목소리가 몹시 떨리고 있었다. 복순은 잠긴 문을 다시 확인했다. 가슴이 벌벌 떨렸다.

사흘 후 자시, 뻐꾸기 우는 소리가 세 번 나면 저택 뒤에 위치한 솔 숲으로 오시오. ─무영

무영? 암호인가, 이름인가. 아무래도 상관없었다. 덕혜는 잠시 망설이다가 촛불에 그 종이를 태워버렸다. 일단은 흔적을 없애는 게 옳았다.

"무영? 도대체 이걸 누가 보낸 걸까요?"

복순의 말에 덕혜는 혼란스러운 표정을 지었다.

"낸들 어찌 알겠느냐."

"도대체 무슨 일이랍니까. 이 편지는 또 어떻게 한 거랍니까?"

"아마도 화학비사법 같구나. 은밀한 편지를 보낼 때 쓰는 방법이다. 내가 어렸을 때 아바마마도 이런 방법으로 편지를 보시곤 하셨지. 그리고 곧 태워버리셨다."

"네에……."

"무슨 일인지 모르겠지만 누군가가 나를 위해 비밀스런 계획을 세워둔 모양이다."

덕혜는 상기된 표정으로 약간 거칠게 숨을 내쉬었다.

"마마를 지키려는 것일까요?"

"그렇게 믿고 싶구나."

"나가보실 것인가요?"

"못 나갈 이유가 또 뭐가 있겠느냐."

"마마……."

"얼른 치워라. 흔적도 없이."

검은 재가 어지럽게 펄렁펄렁 날아다니고 있었다. 복순은 얼른 방을 치웠다. 말끔하게 치웠다. 아주 작은 실수도 피를 부를 수 있다. 덕혜는 복순에게 오늘 있었던 일을 누구에게도 발설하지 말라고 일렀다. 복순은 입을 다문 채 고개만 끄덕였다. 살얼음 같은 긴 장감이 두 사람을 휘감았다.

사흘 후 자시…… .

결혼식까지는 보름 정도의 시간이 남아 있었다.

그날 덕혜는 일찌감치 불을 껐다. 머리가 아파 일찍 자야겠다고 말해두었다. 숲으로 통하는 뒷문은 복순이 눈치껏 잠금쇠를 헐겁게 해두었다. 처음으로 이런 일을 하려고 보니 가슴이 두근거려서 한자리에 앉아 있기도 힘들었다. 어둠이 깊었다. 복순과 덕혜는 숨을 죽인 채 창밖을 주시하고 있었다. 세상이 적막했다. 가끔씩 바람에 떠는 나뭇잎들만이 이리저리 흔들리다 몸을 접었다.

뎅뎅뎅.

벽에 걸린 괘종시계가 시간을 일깨웠다. 하나, 둘, 셋, 넷……. 열두 번 종이 울리자 기다렸다는 듯 뻐꾸기 소리가 들렸다. 복순이 창밖의 동정을 살폈다. 아무도 없었다. 고요한 정원을 가로질렀다. 뒷문을 소리 없이 따고 둘이 함께 뒷산 솔숲으로 숨어들었다. 무언가가 발목을 낚아채는 듯했지만 덕혜는 상관하지 않았다. 설령 함정이 기다리고 있다 해도 상관없었다. 지금 자신이 처한 상황보다 더 나쁠 일은 없을 테니까. 일본인과의 결혼을 피할 수만 있다면 밤이슬을 맞는 것쯤이야 아무 일도 아니었다. 복순은 덕혜를 놓치지 않기 위해 잰 걸음으로 그녀를 따랐다. 어둠 속에서 두 개의 검은 형상이 불쑥 나타났다. 복순이 '마마' 하고 소리죽여 말했다. 덕혜가 그 자리에 우뚝 섰다. 두 명의 사내였다. 그들은 덕혜를 보자마자 맨바닥에 엎디어 큰절을 올렸다.

"옹주마마, 강녕하셨습니까?"

그 목소리에서 송구함과 죄스러움이 묻어났다. 덕혜는 여전히 긴장을 늦추지 않았다.

"그대들은 누구인가?"

"옹주마마를 구하려는 조선의 청년들입니다."

사물을 겨우 식별할 정도의 어둠 속에서 덕혜는 기수를 알아봤다.

"지난번에 나를 구해준……?"

기수가 고개를 끄덕였다.

"모두 일어나시게."

두 사내가 일어났을 때 어둠 속에서 또 한 명의 사내가 나타났다. 박무영이었다. 무영은 덕혜와의 해후가 어떤 식일지 그동안 머릿속으로 수없이 떠올렸다. 그러나 막상 그녀를 만나고 보니 마음만 더욱 급해질 뿐이었다.

"긴 말씀은 드릴 수 없습니다. 마마를 구출하는 일이 진행되고 있다는 것을 알려드리려고 왔습니다. 앞으로 모든 연락은 복순 씨를 통해 하겠습니다."

"그대는 누군가?"

덕혜가 물었다.

"…… 구국청년단 박무영이라 하옵니다."

잠시 망설이던 박무영이 떨리는 목소리로 대답했다.

"박무영……."

덕혜가 그를 찬찬히 살펴보았다. 박무영은 고개를 깊이 숙였다.

'아아, 옹주마마.'

"대마도주의 아들과 결혼하신다는 이야기를 들었습니다. 저희가 그 전에 마마를 구출하겠습니다. 목숨을 걸고 기필코 결행할 것입니다. 모든 준비가 끝나면 마마를 모시러 오겠습니다."

덕혜는 그 음성을 조용히 듣고 있었다. 박무영은 덕혜를 바라보았다. 단아한 몸매에 결 고운 피부가 흐린 달빛에도 부드럽게 빛났다. 나무들이 몸을 비비는 소리가 들렸다. 바람이 불고 있었다.

"너무 늦은 것 같습니다. 모든 연락은 제가 할 터이니 그리 아십시오. 그럼 이만……."

박무영은 다시 한 번 깊이 고개를 숙였다. 곧이어 그들은 어둠 속으로 몸을 숨겼다.

"마마, 날이 차갑습니다. 어서 안으로 드시지요."

복순이 두 팔로 제 몸을 감싸 안으며 부르르 떨었다.

'아, 이제 이곳을 떠날 수 있겠구나, 창덕궁으로 갈 수 있겠구나.'

덕혜의 마음이 기대로 부풀었다. 하지만 이내 의혹에 사로잡혔다. 그들의 말이 사실일까? 그들은 정말 날 구해낼 수 있을까? 그녀는 박무영이라는 사내를 떠올려보았다. 그의 말을 믿어도 될까? 어쩐지 낯이 익다고 생각했다. 어디에서 보았을까? 떠오르지 않았다. 덕혜는 여러 가지 생각들을 달고 고요한 숲 속을 유령처럼 빠져나왔다. 사락사락 비단옷 스치는 소리가 꼭 눈 내리는 소리 같았다.

그날의 신부는

"잘 잤느냐?"

결혼식 날 아침이 밝자마자 영친왕은 덕혜를 찾았다.

"네, 오라버니."

오늘따라 덕혜의 대답이 순했다. 그것이 영친왕의 마음을 더욱 아프게 했다.

"오늘은 유난히 새들이 곱게 지저귀는구나."

누가 보아도 치욕스러운 결혼이었다. 그렇다 해도 평범하고 행복한 여인으로 살 수 있기를 바라는 마음은 죄가 아닐 것이다.

"오라버니, 아무 걱정 마세요."

오히려 덕혜가 영친왕을 위로했다. 영친왕은 덕혜의 등을 가만히 쓸어주었다.

순백의 실크 원피스가 하얀 피부와 잘 어울렸다. 목에 걸린 영롱한 빛의 진주 목걸이는 더없이 우아했다. 영친왕은 덕혜의 자그마한 손을 따뜻하게 감싸 쥐었다.

"준비되면 나오너라."

영친왕이 방을 나가자 복순이 슬그머니 다가왔다. 복순은 덕혜에게 바투 다가가 귀에 대고 나직이 말했다.

"결혼식이 있기 직전에 거사가 있을 것이라 하옵니다."

은밀하고 낮은 목소리였다. 덕혜가 조용히 고개를 끄덕였다.

"그래, 알았다. 오늘만 잘 견디어내면 되겠구나."

"잘 다녀오십시오."

복순의 눈에 그렁그렁 눈물이 고여 들었다.

덕혜를 만나고 돌아온 구국청년단 단원들은 세워두었던 계획을 다시 한 번 면밀히 점검했다. 만일을 대비해 가짜 덕혜 노릇을 해야 할 수도 있기에 복순이 입을 의복까지 준비해두었다. 그들은 결혼식장을 거사 장소로 삼았다. 사람들의 눈이 많은 곳일수록 오히려 주의가 산만한 법이다. 이동 중에는 경계가 삼엄했고 자칫 옹주를 다치게 할 수도 있었다. 차라리 결혼식장의 혼란을 틈타 조용히 빼내는 게 상책이라 판단했다.

"나 좀 어디 다녀와도 되겠소?"

기수가 박무영에게 물었다. 무영은 촌각을 다투는 이때 웬일이냐는 눈빛으로 그를 바라보았다.

"다녀와서 말씀드리리다."

무영은 기수가 허튼 짓을 할 사람이 아니라는 걸 잘 알았다. 그가 고개를 끄덕이자 기수는 모자를 챙겨들고 단원들의 비밀아지트를 나섰다.

기수는 형을 만나러 가는 길이었다. 일본에 온 뒤 수소문을 해서 형의 행적은 알아냈지만 형을 만날 용기는 없었다. 그토록 보고 싶은 형이었건만 일본군의 앞잡이로 지내는 그를 만났을 때 자신이 어떤 태도를 취할지는 알 수 없었다.

기수는 형이 자주 드나든다는 식당 앞 길목 모퉁이에 자리 잡았다. 조금 뒤 식당을 나서는 무리들에 섞여 형이 모습을 드러냈다. 조금 더 살이 오르긴 했지만 형이 틀림없었다. 기수는 자신도 모르게 나지막한 목소리로 갑수를 불렀다.

"형."

그 소리가 들릴 리 없건만 갑수가 주위를 두리번거렸다. 피는 물보다 진하다던가. 갑수도 동생의 기운을 느꼈는지 모른다. 기수는 갑수 무리를 은밀하게 뒤따랐다. 헌병대 앞에서 갑수는 일행과 헤어져 홀로 걸었다. 기수는 적당한 곳에서 형 앞에 모습을 드러내리라 마음먹었다. 갑수는 기수가 뒤따라오는 걸 아는 것처럼 인적이 드문 곳으로 향했다. 건들건들 걷는 폼이 영락없는 건달이었다. 저렇게 버젓이 활보해도 되는 건지 기수는 의문스러웠다. 갑수의 전력을 아는 유학생들이나 구국청년단원들이 그의 목숨을 노리고 있을 터인데. 손을 봐주겠다며 벼르고 있다는 걸 갑수가 모를 리 없을 터인데.

갑수는 인적이 드문 골목으로 들어갔다. 그때 기수는 자신처럼 누군가가 갑수 뒤를 쫓고 있다는 걸 깨달았다. 모자를 깊이 눌러쓴 두 명의 사내가 골목 끝에서 서성이고 있었다. 뒤를 돌아보니 역시나 모자를 깊이 눌러쓴 두 명의 사내가 이쪽을 노려보고 있었다. 기수는 온몸에 소름이 돋았다. 갑수는 이미 그 사실을 알고 있는 것 같았다.

'미행 당하고 있다는 걸 알고 있었구나. 형은 내가 저들과 한패인 줄 알겠지?'

기수는 잠시 고민했다. 저들을 가로막아 형이 도망칠 틈을 마련해줄 것인지 아니면 이대로 모른 척할 것인지. 잠시 고민하던 기수는 곧 고개를 저었다. 친형이었다. 모른 척할 수 없었다. 하지만 갑수를 노리는 사람들이라면 동지가 분명하다. 그렇다면 그들을 해코지하는 척할 수도 없었다. 진퇴양난이었다.

그때 갑수가 옆으로 난 골목으로 꺾어져 들어갔다. 그러자 기다렸다는 듯 어둠 속에 몸을 숨기고 있던 사내들이 달려갔다. 기수 뒤쪽에서 따라오던 사내들이 기수를 밀치고 달려갔다. 기수도 그들을 뒤따랐다. 그들이 품에서 권총을 꺼냈다. 기수는 마음이 급했다.

기수는 갈림길에서 멈췄다. 앞서 달려갔던 사내들이 되돌아오고 있었다. 갑수는 보이지 않았다. 영리하게도 사내들을 따돌린 듯했다. 사내들의 얼굴에 당황하는 표정이 역력했다. 불쾌한 표정도 그대로 드러났다. 기수는 고개를 숙였다. 사내들은 품에서 꺼내들었던 권총을 넣고 다시 두 패로 나뉘어 흩어졌다.

기수는 형이 사라진 골목을 바라보았다. 옆 담장은 쉽게 뛰어넘을 수 없을 만큼 높았다. 설령 그 담을 넘었다 해도 사내들의 시야에서 벗어날 수는 없었으리라. 골목 끝은 막다른 곳이었다. 사내들은 막다른 골목이기에 반대편으로 넘어갔을 거라 추측한 것 같았다. 하지만 기수는 갑수가 골목 어딘가에 숨어 있는 게 분명하다고 생각했다. 직감이었다. 그는 천천히 골목 안으로 들어갔다. 어딘가에서 갑수가 자신을 노려보고 있을 것만 같았다. 그는 품속으로 손을 집어넣었다. 권총의 차가운 감촉이 느껴졌다.

기수는 골목 끝까지 갔다. 그러나 형이 숨어 있을 만한 곳을 찾을 수는 없었다. 그가 되돌아 나오려 할 때 그의 관자놀이에 차가운 총구가 느껴졌다.

"나를 노리는 놈이렸다!"

기수는 가슴이 떨렸다. 얼마 만에 들어보는 형의 목소리인가. 기수는 조그만 목소리로 말했다.

"형, 나 기수야."

기수는 관자놀이에서 총구가 슬며시 떨어져나가는 걸 느꼈다.

"고개를 돌려라."

눈앞에 있는 사람이 동생이 맞다는 걸 확인한 갑수가 한 걸음 뒤로 물러섰다. 갑수의 얼굴에 분노가 떠올랐다.

"너도 나를 죽이러 온 거냐?"

기수가 힘없이 고개를 저었다.

"아니야. 그자들은 나도 모르는 사람들이야. 난 그저 형을 만나보고 싶었을 뿐이야. 공교롭게도 비슷한 때에 그자들과 마주쳤던 것뿐이야."

갑수가 총 든 손을 내려놓더니 비웃음을 흘렸다.

"일본까지 와서 총을 지니고 다니는 걸 보니 독립운동 운운하는 녀석들과 한패인 게 분명하구나. 어리석은 놈. 네가 어쩌다 여기까지 왔는지 모르겠지만 어서 돌아가라."

"형, 우리 거의 십 년만이야. 그런데 할 수 있는 말이 겨우 그것뿐이야? ……보고 싶었어."

"흥, 날 죽이러 온 게 아니라면 나를 설득하러 온 거겠지. 나는 설득 당할 사람이 아니다. 내가 말하지 않았더냐. 한번 떵떵거리며 살아보겠다고. 진득하게 조선에 붙어 있을 것이지 왜 여기까지 온 거냐?"

기수는 마음이 아팠다. 다투기 위해 만나려고 했던 게 아니다.

하지만 오랜 세월 목숨의 위협을 받아온 탓인지 형은 쉽게 경계심을 풀지 않았다. 어차피 마지막일지도 모르는 만남이었다. 기수는 형에게 사실대로 말하기로 마음먹었다.

"형, 나 내일이면 죽을지도 몰라. 내일이면 이 세상에 없을지도 몰라. 그래서 형을 만나러 온 거야. 형이 어떻게 사는지는 오래 전부터 알고 있었어. 하지만 형을 만날 용기가 나지 않았어. 그런데 죽음을 눈앞에 두고 있다고 생각하니 꼭 만나고 싶어지더군."

갑수의 눈빛이 잠깐이나마 흔들렸다. 하지만 여전히 비웃음을 거두지 않았다.

"천황 암살이라도 계획한 게냐? 내 장담하건대 반드시 개죽음을 당할 것이다. 포기해라."

기수가 고개를 저었다.

"우리는 옹주마마를 구출할 생각이야. 결혼식장에서. 모든 계획을 세웠고 준비도 마쳤어. 조금 뒤면 거사가 시작될 거야. 시간이 별로 없어."

갑수의 눈빛이 조금 더 흔들렸다. 기수의 말이 진실이라는 걸 깨달은 듯했다.

"넌 어렸을 때나 자라서나 어리석은 건 똑같구나. 덕혜옹주? 그 여자가 대체 뭐길래 목숨을 건다는 거냐?"

"그렇게 말하지 마. 형이 아무리 일본인 행세를 해도 형의 몸속에 흐르는 피는 조선인의 것이야. 우리 부모님도, 할머니 할아버지도 그 피를 타고 태어났어. 조선인이라면 마땅히 독립을 위해 일해야 해. 옹주마마는 황족이야. 황족을 구출하는 건 일본놈들 아래서 고통 받는 민족의 사기를 높이는 일이야. 일본놈과의 혼사는 옹주마마만의 수치가 아니라 우리 모두의 수치이기도 하니까."

"포기해라."

"아니, 못해."

"포기해!"

"내 목숨이 안타까워서 그렇게 말하는 거지? 형을 만나러 오길 잘했네."

"개자식!"

갑수는 으르렁대듯 한마디를 내뱉은 뒤 뒤돌아섰다. 기수는 허탈했다. 얼마나 오랫동안 별러왔던 만남인가. 그런데 정작 하고 싶은 말은 하지 못한 채 조직의 비밀만 누설해버렸다. 하지만 이게 운명이라면 어쩔 수 없는 노릇이었다. 기수는 갑수의 등에 대고 손을 흔들었다.

'잘 가, 형.'

그때였다. 총소리가 한적한 골목을 울렸다. 앞서 가던 갑수가 허수아비처럼 쓰러졌다. 골목 모퉁이에서 차례로 사내들이 등장했다. 그들은 쓰러진 갑수에게 다가가 발로 툭툭 쳐보더니 총구를 쓰러진 갑수의 머리에 겨누어 확인사살을 했다. 한 방, 두 방, 세 방, 네 방. 처음 한 발까지 포함해 모두 다섯 발의 총탄이 갑수의 몸 여기저기에 박혔다. 기수는 본능적으로 몸을 숨겼다. 그는 꼼짝도 못한 채 형이 죽는 모습을 바라보았다. 사내들은 기수가 숨어 있는 쪽을 한번 쳐다본 뒤 다급하게 사라졌다.

멍하니 섰던 기수가 뒤늦게 형의 이름을 부르며 달려갔다. 형이 쓰러진 자리 주위로 피가 흥건하게 고였다. 몸 여기저기에서 피가 쿨럭쿨럭 흘러나왔다. 눈을 허옇게 뒤집고 죽어가는 갑수의 몰골은 처참했다. 기수는 피투성이가 된 갑수를 끌어안았다.

"형, 형! 눈을 떠! 눈을 뜨란 말이야!"

갑수가 경련을 일으켰다. 무언가를 말하기 위해 안간힘을 쓰는 듯했다.

"바보 같은 자식! 이렇게 죽을 거면서 왜 그랬어? 응? 왜 그랬냐구! 일본놈들에게 빌붙었으면 오래오래 명줄이나 길게 호의호식하며 살아야지 왜 이렇게, 왜……."

기수는 더 이상 말을 잇지 못했다. 그때 갑수의 희미한 목소리가 들려왔다. 갑수의 피 묻은 입술이 혼신의 힘을 다해 어떤 말을 하려 하고 있었다.

"기수, 내 동생, 기수, 옹주의, 결혼식은, 호텔이 아니라, 다케유키의 저택, 기수야, 꼭, 너만은, 살아서, 조선으로 돌아가라."

힘겹게 말을 내뱉은 갑수의 고개가 툭 꺾였다. 기수는 형의 이름을 목 놓아 불렀다. 어디선가 아련하게 호루라기 소리가 들려왔다. 기수는 벌떡 일어났다. 그 자리를 떠날 때 기수는 한사코 뒤를 돌아보았다. 갑수가, 그의 형이 외롭고 쓸쓸한 주검이 되어 골목 안쪽에 누워 있었다.

덕혜는 소 다케유키의 저택으로 이동했다. 미우라 공사가 동승하고, 한 조선국 장관과 죠다 차관, 사무관 등이 다른 차로 그 뒤를 따랐다. 11시 20분. 마침내 옹주일행이 백작의 저택에 도착했다. 구죠 공작 부부의 영접을 받고 나서야 덕혜는 결혼예복을 입은 소 다케유키와 마주했다. 그때가 11시 25분. 그는 덕혜를 향해 어색하고 엷은 웃음을 지어 보였다.

잠시 침묵이 흐르고 난 후 한창수가 들어왔다. 은회색 양복 차림이었다.

"이제 시간이 다 되었습니다. 준비하십시오."

시계는 12시를 가리키고 있었다.

"준비라니요?"

덕혜의 말에 한창수가 짤막하게 대답했다.

"결혼식장이 변경되었습니다. 옹주마마의 안전을 위해서 취한 조치입니다."

덕혜는 자신도 모르게 두 주먹을 꼭 쥐었다.

"장소를…… 바꿨다고요? 호텔에서 한다고 하지 않았나요?"

"그랬습니다. 그런데 결혼식을 방해하는 세력이 있다 하여 갑자기 변경하게 되었습니다. 마마의 결혼식은 여기서 할 것입니다. 다케유키의 저택에서."

갑자기 눈앞이 새하얘졌다. 덕혜는 순간적으로 휘청거렸다.

'그들이 이 소식을 알고 있을까? 정말 날 구해낼 수 있을까?'

덕혜는 식장을 드나드는 사람들의 표정을 유심히 살폈다. 음식을 나르는 사람들도 주의 깊게 보았다. 하지만 그날 솔숲에서 마주했던 사람들의 모습은 어디에서도 볼 수 없었다. 복순은 동경을 빠져나간 후 조선행 밀항선을 타는 것까지 세세히, 면밀히, 차질 없이 준비해두었다는 말을 전해주었다. 최악의 경우 신부를 바꾸는 방법까지 생각해두었다 했다. 복순이 식장으로 들어가고 복순의 옷을 입은 덕혜가 식장을 빠져나오고. 그 말을 들었을 때 덕혜는 '이제는 되었다'라고 생각했다. 그런데 지금은 알 수 없는 불안감이 스물 스물 온몸을 타고 올라오고 있었다.

결혼식은 화려하지 않았다. 다케유키와 덕혜, 모두 부모를 잃은 상태였기 때문에 결혼식장엔 쓸쓸한 분위기마저 감돌았다. 가까운 친족 50여 명이 함께했지만 모두 얼굴에 수심이 가득했다. 이민족과의 결혼이라고 수군거리는 사람도 있었다. 대한제국 황실의 가족과 친척들은 초대받지도 못했다. 이왕직고등관들도 정식 통보를 받지 못했고 옹주의 양육을 담당했던 여관^{女官}들도 결혼식에 대해 아는 바가 없었다. 덕혜의 학습원 동기들은 조선왕조의 오얏꽃 문장이 새겨진 그릇을 선물로 보냈을 뿐, 아무도 참석하지 않았다.

다케유키가 먼저 입장했다. 덕혜는 일본인 하녀의 부축을 받으며 겨우 걸음을 옮겼다. 다리가 후들거렸다. 덕혜는 주위를 살펴보았다. 화려한 기모노를 입은 여인들이 보이고 잔뜩 멋을 낸 신사들도 보였다. 저들 중에 나를 구해줄 사람은 누구인가. 그들은 지금 어디 있는가. 경비를 담당한 제복 입은 남자들이 매서운 눈으로 주위를 지키고 있었다. 주변은 고요했다. 그 고요함이 덕혜의 숨통을 옥죄었다.

피투성이가 된 기수가 아지트로 돌아왔을 때 단원들은 거사를 실행하기 위해 막 움직이려던 참이었다.

"기수, 도대체 어찌 된 거야!"

박무영이 고함을 질렀다. 기수는 피 묻은 옷을 벗어버리면서 재빨리 말했다.

"결혼식장이 바뀌었어요! 호텔을 정탐 중인 동지들을 빨리 불러와야 합니다. 결혼식장은 다케유키의 저택이에요."

박무영이 의아한 얼굴로 바라봤다.

"다케유키의 집은 예의상 들러서 오는 게 아니었나……?"

그새 옷을 갈아입은 기수가 완강히 고개를 저었다.

"저들은 우리의 계획을 알고 있는지도 몰라요. 서둘러야 합니다. 확실한 정보예요."

박무영이 주위의 단원들을 둘러보며 말했다.

"모두 잘 들었지? 이러고 있을 때가 아니다. 빨리 다케유키의 집으로 간다!"

박무영은 입술을 꼭 깨물었다. 큰일을 도모하면서 그들의 미끼를 의심 없이 덥석 문 꼴이었다. 그렇게 틈을 보였다니, 그렇게 허술하게 생각했다니. 무영은 돌을 들어 자신의 머리를 찧고 싶은 심정이었다. 옹주의 결혼식장이라고 알려졌던 호텔의 경비는 그 어느 곳보다 삼엄했다. 그것이 사람들의 눈을 교란시키기 위한 한창수의 계략이었다는 것을 무영은 미처 알지 못했다. 이미 동지들의 대부분이 그 호텔로 이동한 상태였다.

'마마⋯⋯!'

"다케유키 저택 근처에도 우리 동지들이 매복하고 있소. 일단은 그곳으로 빨리 가십시다!"

동지의 말에 무영은 정신이 번쩍 들었다. 거리는 멀지 않다.

'일단은 그곳으로 간다!'

복순은 초조했다. 손바닥에서 땀이 솟았다. 흰 드레스 옷자락이 자꾸만 두 다리에 감겼다. 최악의 경우, 옹주마마 대신 결혼식장에 들어서야 했다. 결혼식은 1시였다. 시각은 이미 12시 30분을 가리키고 있었다.

'별 일 없는 것일까.'

복순은 좋은 쪽으로 생각해보았다. 생각보다 일이 쉽게 풀려서 자신이 나설 필요도 없는 게 아닐까. 그러나 자꾸만 불안감이 엄습했다. 명색이 황녀의 결혼식인데 주변이 너무나도 조용했다.

'이게 어찌된 것일까. 마마는 괜찮으실까.'

복순은 방문에 귀를 갖다대보았다. 알 수 있는 것은 없었다. 그녀는 자꾸만 입술을 쥐어뜯으며 답답한 호텔방을 이리저리 서성거렸다.

교활한 놈들!

무영은 차를 몰아 다케유키 집으로 향했다. 경비가 삼엄했다. 높게 둘러친 담장 주위로 일본 경찰들이 빽빽하게 서 있었다. 근접조차 할 수 없었다. 결혼식 며칠 전부터 매복을 하고 만반의 준비를 했지만 장소가 바뀌는 바람에 모두 무용지물이 되고 말았다.

결혼식은 이미 진행 중이었다. 무영은 분노에 찬 표정으로 하늘을 올려다봤다.

"동지, 여기서 포기하면 안 되오. 매복해 있던 동지들이 은밀한 길을 알아뒀다 하오. 그곳을 통해 들어갈 수 있을 것 같소."

"정말인가? 어서 가봅시다."

무영은 걸음을 재게 놀렸다. 어쩌면, 이라는 희망이 다시금 가슴속에 차올랐다. 그만큼 두려움도 극심해졌다. 무영은 터질 듯 벌떡거리는 심장을 온몸으로 느끼며 뛰다시피 걸었다. 이번 일은 마마를 위해서도, 동지들을 위해서도, 대한제국을 위해서도 꼭 성사시켜야 한다.

"탕!"

그때 한 발의 총성이 메마른 공기를 찢었다. 경찰들이 우르르 안으로 몰려 들어갔다.

무영은 얼굴을 숙이며 불안한 눈길로 경찰 무리를 좇았다.

"무슨 일인가."

곁에 서 있던 기수에게 속삭였다.

"아무래도 일을 그르친 것 같아요. 먼저 잠입하려던 동지가 꼬리를 밟힌 것 같아요."

무영은 입술을 깨물었다.

"탕!"

그때 또 한 발의 총성이 푸른 하늘 높이 울려 퍼졌다.

갑자기 바깥이 소란스러워지는가 싶더니 식장 안에 있던 경찰들이 우르르 몰려나갔다. 모두들 웅성거리며 자리에서 일어나 뒤쪽을 기웃거렸다. 덕혜는 두 주먹을 꼭 쥐었다.

'그들이 온 것인가!'

한창수가 들어와 빠른 목소리로 말했다.

"결혼식을 계속 진행하시오."

"무슨 일인가요? 밖이 시끄러운 것 같은데……."

덕혜가 초조한 마음을 감추려고 목소리를 억누르며 물었다.

"마마께서 아실 일이 아닙니다. 어서 서두르십시오."

영친왕의 얼굴에도 수심이 가득했다.

"탕!"

별안간 거친 총소리가 장내를 뒤흔들었다. 덕혜가 공포에 질려 두 눈을 커다랗게 떴다.

"이…… 이것은 총소리가 아닌가요? 도대체 무슨 일이…… 나가봐야겠어요."

"별 일 아니니 마음 쓰지 마십시오. 미꾸라지 몇 마리가 흙바람을 일으키는 것뿐입니다. 정리되고 있는 중이니 좋은 날 그늘을 만들지 마십시오."

"그래도……."

"마마!"

한창수가 매서운 눈길을 던지며 덕혜의 손목을 꼭 그러쥐었다.

"마마, 계속 결혼식을 진행하겠습니다!"

한창수는 낮지만 으르렁거리는 목소리로 한 자 한 자 내뱉었다. 덕혜는 잡힌 손을 빼내려 힘을 써보았지만 그럴수록 그의 손은 더 단단하게 그녀의 손목을 옥죄고 들어왔다. 덕혜는 그에게 이끌려 식장 가운데로 나아갔다.

결혼식은 이이바다시 대신궁과 구조의 축사, 신전에 바치는 제례 순서로 계속 진행됐다. 덕혜는 극심한 불안감으로 쓰러질 것만 같았다.

'총소리가 먼저 났다는 것은…… 일을 그르친 것인가. 도대체 어찌된 일인가.'

자꾸만 다리가 떨려서 곧 주저앉을 것만 같았다. 속이 울렁거리고 눈앞이 어찔했다. 지금이라도 저 문을 박차고 뛰어나갈 수만 있다면. 차라리 총에 맞기라도 하면 좋으련만. 덕혜는 고종을 떠올렸다. 그리움과 설움이 견딜 수 없이 밀려들었다.

"탕!"

그때 또 한 발의 총성이 공기를 차갑게 갈랐다. 덕혜는 얼른 고개를 돌렸다. 나무 그늘이 우거진 창밖으로 교전을 벌이는 구국청년단원들의 모습이 보였다. 그들이 하나 둘 쓰러졌다. 그들 가운데 그 사내도 있을 것만 같았다. 덕혜의 두 눈에서 눈물이 주르륵 흘러내렸다.

박무영 일행은 소리 나는 쪽을 응시했다. 무영은 총을 꺼내 들고 안으로 쏟아져 들어가는 경찰 무리의 뒤를 쫓아 달려가려 했다. 그때 누군가가 강하게 무영의 팔을 붙들었다. 기수였다.

"여기서 돌아가야 합니다. 이번 일은 이미 글렀어요."

"비켜!"

박무영이 절규하듯 소리쳤다.

"형님, 안 됩니다. 지금 갔다가는 모두 개죽음이오."

일경의 호루라기 소리가 가까워오자 기수는 발버둥치는 무영을 끌다시피 하며 서둘러 몸을 피했다.

한 달 넘게 계획한 거사는 수포로 돌아가고 말았다. 잠입에 앞장 섰던 동지는 정원으로 들어가는 순간 발각됐고, 곧바로 자결을 택 했다고 나중에야 전해졌다. 무영은 주저앉아 두 주먹으로 땅을 쳤 다. 무엇이 문제였을까, 분노가 앞서 눈이 흐려졌던 것일까. 무영 은 벽에다 이마를 세게 들이받았다. 벌건 피가 이마를 타고 흘러내 렸다.

1931년 5월 8일. 덕혜는 대마도 번주의 아들 소 다케유키의 아 내가 되었다. 그 소식을 전하는 전문이 그날 오후 2시쯤 창덕궁 낙 선재에 도착했다.

말하라, 이 여자는 누구인가

나는 일본인이에요.

아니, 아니란다.

아니에요, 이제부터 날 마사에라고 불러요

불행한 만남

소 다케유키는 고개 숙인 덕혜를 바라보았다. 그가 불렀음에도 불구하고 덕혜는 좀처럼 고개를 들려하지 않았다. 결혼식 내내 굳은 얼굴로 일관했던 그녀였다.

"우리 마음과는 상관없이 맺어졌으나 어쨌든 우리는 이제부터 부부요."

덕혜는 다케유키의 목소리가 낯설었다. 지금 자신 앞에서 말하고 있는 이 자와 부부의 연을 맺었다는 게 실감이 나지 않았다. 남자와 여자가 만나 부부가 된다는 건 일생을 두고 가장 큰일 가운데 하나가 아닌가. 기뻐해야 마땅하고 다른 이들의 축복을 받아야 마땅할 일인데 덕혜는 그렇지 못했다. 살아가면서 겪을 수 있는 일

가운데 가장 큰 환난을 겪은 듯 참담했다. 다케유키가 계속 말을 걸어도 덕혜는 입을 다물고만 있었다. 덕혜의 기분을 헤아리는 듯 다케유키의 목소리가 아주 조심스러웠다.

"고귀한 그대가 일개 대마도 번주의 아들에게 시집온 것이 얼마나 힘든지 아오. 하지만 어쩌겠소. 그것이 우리의 운명인 것을."

"……."

"나 역시 황실의 부름을 받았을 뿐이오. ……그대에겐 부당하게 들릴지 모르겠지만 나 역시 피해자요."

피해자. 덕혜는 입술을 깨물었다. 스스로를 피해자로 여기고 있구나. 그녀는 몹시 불쾌했다.

"피해자라고요? 피해자?"

고개를 숙이고 있던 덕혜가 고개를 들고 반문했다.

"그렇소. 다른 게 있다면 나는 지배국의 백성이고 그대는 속국의 황녀라는 차이뿐이오."

"그렇게 말하지 말아요!"

덕혜의 목소리가 높아졌다. 차마 내뱉지 못한 말들이 가슴속에 그득하게 차올랐다.

'당신은 일본인이고 나는 조선인이야. 그게 무얼 의미하는지 모르겠어? 그게 얼마나 엄청난 차이인지 모르겠냐고. 지배국의 백성과 속국의 황녀가 그처럼 간단히 섞일 줄 알아?'

하지만 덕혜는 그런 생각들을 입 밖으로 내뱉지 않았다. 다케유키는 한낱 개인일 뿐이었다. 그에게 항의한다고 상황이 달라질 리 없었다. 결혼을 없던 일로 치부할 수도 없는 노릇이었다. 덕혜는 다케유키를 쏘아보던 눈길을 거두었다. 다케유키는 그런 덕혜가 안쓰러웠다. 가엾은 사람. 다케유키는 덕혜 쪽으로 다가앉았다. 덕혜가 흠칫 놀라 뒤로 물러났다. 다케유키가 다정한 목소리로 말했다.

"알겠소. 당신이 듣기 싫어하는 소리는 이제 하지 않겠소. 그러니 이제 긴장을 풀었으면 좋겠소. 따뜻한 피가 흐르는 인간으로서 서로에게 충실하자는 말이오."

다케유키는 진심으로 덕혜와 잘 지내고 싶었다. 그 자신도 순탄한 길을 걸어온 것은 아니었다.

그는 원래 구로다 다케유키였다. 구로다는 치바 현에 있는 구루리 번의 번주 집안이었다. 어머니 레이코는 친오빠가 은거한 후 집안의 뒤를 이었는데, 대마도 번주인 소 시게마사의 친동생 요리유키와 결혼했다. 구로다 요리유키는 나가사키 법원에서 근무하다 요코하마로 자리를 옮겼지만 다케유키가 태어날 무렵엔 도쿄에서 살았다. 중의원을 지낸 것 외에는 조용하고 평범한 삶을 지향하는 사람이었다. 그러나 레이코와 구로다 모두 일찍 생을 마감했다. 그 후로 다케유키는 대마도 번주 소 시게모치의 양자가 되었다. 그 때문에 대마도에 정착했는데 양부모 역시 두 달 사이에 잇달아 타계하는 바람에 다케유키는 본인의 의사와는 관계없이 가문과 작위를 승계 받게 됐다. 그럼으로써 역사의 소용돌이 속에 휘말리게 된 것이다.

덕혜는 자세를 고쳐 앉았다. 온몸이 쑤시고 저렸다. 결혼식 내내 기대와 절망에 휩싸여 기력을 소모했던 탓이다. 가슴속에는 수치스러움과 분노가 부글거렸다. 그런 덕혜에 비해 다케유키의 태도는 비교적 평온했다. 마치 십수 년 함께 산 부인을 대하기라도 하듯 허물없는 태도를 취했다. 덕혜는 그것마저 역겨웠다. 그가 덕혜에게 호의를 보이면 보일수록 불편하기만 했다. 시혜자의 위치에 선 자는 그걸 받아들여야 하는 사람의 심정을 모르기 마련이다.

"피곤한데 그만 잡시다. 우리 사이의 벽은 천천히 허물도록 하지요."

다케유키가 불을 끄려고 했다. 덕혜는 그와 단 둘이 어둠 속에 있을 자신이 없었다.

"덴끼오 케사나이!"

다케유키는 불을 끄려다 말고 덕혜의 얼굴을 돌아봤다. 그녀의 창백한 볼 위로 눈물이 흘러내리고 있었다. 꼭 다문 입술에서 경계심이 그대로 드러났다.

"왜 그러오? 자지 않으려오?"

"덴키오 케사나이데 쿠다사이."

목소리가 심하게 떨고 있었다.

"무섭소?"

"⋯⋯."

"아무 염려 말아요. 손끝도 대지 않으리라."

덕혜는 다케유키의 말을 들으며 눈을 감았다. 손끝이 아니라 그의 목소리도, 아니 숨소리조차 듣고 싶지 않았다.

"결혼식 내내 모른 척하더군요. 총소리가 나는데도. 그래요, 그들은 나를 구하기 위해 왔던 사람들이에요. 나는 이미 알고 있었어요."

"⋯⋯ 나도 알고 있었소. 믿지 못하겠지만 나는 결혼식 내내 당신을 응원했소. 그자들이 성공하기를 바랐소."

덕혜는 뜻밖의 말에 눈을 떴다.

"나 역시 피해자 가운데 한 사람이오. 나는 영문학도요. 세상을 편협하게 보지 않으려 애쓰는 사람이오. 당신이 어떤 기분일지, 이 결혼을 어떻게 받아들일지 짐작도 못할 만큼 덜 떨어진 녀석은 아니라는 뜻이오. 그래서 당신이 탈출에 성공하면 흔쾌히 받아들일 수 있었소. 하지만 결국 실패하고 말았소. 결혼식은 끝났고 당신이 원하지는 않았지만 우리는 부부가 되었소. ⋯⋯ 부부의 연은 맺기도 어렵지만 한번 맺고 나면 끊기는 더 어려운 것이라 생각하오. 그러기에 나는 당신에게 최선을 다하려는 것이오. 우리는 이미 부부의 연을 맺은 것이오."

"⋯⋯."

"당신이 마음을 열 때까지 기다리겠소. 그러니 너무 걱정하지 마시오. 내가 다른 방으로 가면 괜찮겠소? ……하긴 첫날밤에 신랑이 쫓겨났다 하면 말 많은 사람들 입에 오르내릴 것이오. 무턱대고 당신에게 비난을 쏟아낼 거요."

다케유키는 덕혜를 한참 바라보다 불을 껐다. 덕혜는 두 눈을 꼭 감고서 여전히 그 자리에 붙박힌 듯 앉아 있었다.

"그렇게 앉아서 밤을 샐 참이오?"

어둠을 밀어내듯 넌지시 말했으나 덕혜는 대답이 없었다. 울고 있을지도 모른다. 다케유키는 마음이 아팠다. 하지만 도와줄 방법이 없었다. 상처 난 마음을 어떻게 다독거려야 하는지 그는 알 수 없었다.

"먼저 자겠소. 그만 잠을 청해보시오."

다케유키는 눈을 감았다. 그녀는 아직도 꼿꼿한 자세로 앉아 있는 듯했다. 침묵이 흘렀다. 그는 어머니 레이코를 떠올렸다. 단아한 모습이 덕혜와 닮았다고 생각했다.

"당신은 내 어머니를 참 많이 닮았소."

"……."

"아주 다정하고 섬세한 분이셨지. 그분이 있는 곳은 언제나 평온하고 아늑했소. 요츠야에서 살 때가 생각나는구려. 꽤 넓은 집이었소. 마당에는 벚나무가 다섯 그루나 있었다오. 봄이 되면 벚꽃이 화사한 나무 아래서 어머니와 함께 차를 마셨소. 벚꽃이 지는 풍경이 특히 아름다웠지. 흩날리는 꽃잎을 보며 어머니는 눈물을 흘리시기도 하셨소."

덕혜는 여전히 어둠 속에서 웅크린 채 말이 없었지만 다케유키는 조용한 목소리로 말을 이었다.

"정원 가운데는 연못도 있었다오. 그 곁에는 아주 오래된 노송이 멋진 자태를 뽐내며 서 있었지. 나는 그 노송 밑에서 어머니와 이야기하는 걸 아주 좋아했소."

"……"

덕혜는 여전히 말이 없었다. 어둠 속에서 다케유키는 쓸쓸하고 허전한 감정에 휩싸였다.

"나도 그렇게 행복한 가정을 꾸리고 싶었소."

그 말을 듣고 있을까. 다케유키는 일부러 눈을 뜨지 않았다. 덕혜가 어찌 받아들일지 알 수 없었으나 서두르지 않을 생각이었다. 그녀가 스스로 마음을 열 때까지 기다려야 한다고 생각했다. 급하게 서두르면 탈이 나게 마련이다.

덕혜는 분명 버거운 여인이었다. 하지만 노력해보리라. 그녀의 사나워진 마음이 누그러지고 평온해질 때까지 기다리며 애써보리라.

다케유키가 덕혜와의 관계를 낙관적으로 생각하고 있는 동안에도 덕혜는 여전히 긴장을 풀지 않았다. 다리가 저렸지만 자세를 고치지 않았다. 의식적으로 등을 꼿꼿이 세웠다. 그렇게 해서라도 자신을 지키고 싶었다.

탈출에 대한 기대감이 사라지자 높은 곳에서 굴러떨어진 것처럼 몸과 마음이 욱신거렸다. 온 마음을 다해 결사단의 결행을 기다리고, 그녀를 구하러 오는 사람들을 생각하며 전에 없이 설레던 때가 아직도 생생했다. 계획이 불발로 끝났을 때 뱃속에서부터 밀려오던 지극한 고통 역시 여전히 생생했다.

덕혜는 자신 앞에 누워 있는 남자를 내려다봤다. 이제 자신은 이 자의 여자가 되었다. 일본인의 아내가 된 조선의 황녀. 그것이 무엇을 뜻하는가. 눈물이 볼을 타고 흘렀다. 덕혜는 두 손으로 입을 틀어막고 흐느꼈다.

'내게도 아름다운 정원이 있었습니다. 다정한 어머니, 자애로운 아바마마. 아름다운 꽃이 피는 정원을 거닐며 행복하던 시절이 있었습니다. 아름드리 향나무도 있었습니다. 당신을 만나기 전에는 나 역시 부러울 것 없이 행복하였습니다. 그 아름다운 땅을 떠나왔으나 나는 그곳을 잊지 않을 것입니다. 망국의 서러움도 잊지 않을 것입니다. 조선의 황녀로서의 기품 또한 잃지 않을 것입니다.'

어디선가 새소리가 들렸다. 창덕궁 후원일까?

덕혜는 그런 생각을 하다가 화들짝 놀라 눈을 떴다. 지난밤 쪼그리고 앉아서 날밤을 샐 작정이었는데, 새벽녘 그대로 쓰러져 잠이

든 모양이었다. 다케유키는 보이지 않았다. 어깨에서 흘러내린 이불자락이 발치쯤으로 밀려나 있었다. 그는 생각했던 것보다 훨씬 속이 깊었다. 옷도 벗지 않은 채 웅크리고 자는 게 측은했던지 슬며시 이불을 덮어두고 나간 모양이었다.

새소리가 청량하게 들렸다. 방 안으로 비껴든 햇살로 보아 늦잠을 잔 것 같았다.

"고젠사마, 세숫물을 대령할까요?"

그녀가 깬 기척을 느꼈는지 문밖을 지키고 있던 하인이 나긋하게 물었다.

"그리하여라."

덕혜는 흐트러진 머리를 매만지며 방 안을 살폈다. 그가 허물 벗듯 빠져나간 이부자리가 낯설었다.

"백작께선 후원을 산책하고 계십니다. 마님 기침하시면 그리 오시라 하셨습니다."

세숫물을 가져온 하인이 묻지도 않은 말을 했다. 덕혜는 그 말을 들은 듯 만 듯 세숫물만 바라보았다. 따듯하게 데워진 물이 까칠해진 피부에 닿자 마음이 한결 평안해졌다. 덕혜는 정성들여 세수를 했다. 의식을 치루는 것처럼 경건하게. 새로운 날들에 대한 준비처럼. 세수가 끝나자 하인이 대야를 들고 나갔다. 하지만 그 후로도 덕혜는 후원으로 나가지 않았다. 그도 이미 예상하고 있었을 것이다. 부부라는 이름으로 묶이기는 했지만 그들은 아직 서로에게 낯선 사람들일 뿐이었다.

방 윗목에 옷이 얌전하게 개켜져 있었다. 기모노였다.

"누가 이 옷을 여기다 갖다 놨느냐?"

덕혜의 목소리에 분노가 스며들었다.

"제가 가져다 두었습니다만…… 주인님께서 그리하라 하셨습니다."

하인이 머리를 조아린 채 대답했다.

'그렇겠지. 밖에는 게다가 있을 테고.'

연한 살굿빛이 도는 고급 기모노였다. 기품 어린 은은한 광택이 무척 아름다웠다. 다케유키가 그녀를 위해 특별히 신경 써서 준비해둔 것임에 분명했다. 그러나 입고 싶은 생각은 결코 없었다. 덕혜는 한숨을 내쉬며 저만치 옷을 밀어냈다.

"아침식사를 준비해 올리겠습니다."

문밖에서 울리는 목소리는 여전히 단정하고 예의 발랐다.

"복순이는 어디 갔느냐?"

"복순 상은 아침 일찍 영친왕 전하 댁에 갔습니다."

"내 허락도 없이 그 아일 누가 보냈어?"

목소리가 조금 높아졌다.

"주인님께서 어제 못 가져오신 짐을 가져오라고 보내셨습니다."

하인이 여전한 목소리로 또박또박 대답했다. 그 또한 다케유키가 특별히 지시해두었을 것이다. 빈속이 좀 쓰렸다. 하지만 밥을 먹을 생각은 없었다. 보나마나 싱거운 일본음식일 터. 차라리 안 먹는 게 나았다.

"고젠사마, 오늘 아침 메뉴는 조선식입니다. 복순 상이 도와주고 갔습니다."

덕혜의 마음을 꿰뚫어 본 듯 하녀가 단정하게 말했다. 그 역시 다케유키의 배려일 것이다.

덕혜는 윗목에 있는 기모노를 조금 더 멀리 밀쳐두고 물색 실크 원피스를 꺼내 입었다. 집 안에서 입기에는 불편한 양장이었지만 마르고 살 없는 덕혜에겐 아주 잘 어울렸다. 일본인의 아내가 되었다고 기모노를 입고 싶은 생각은 조금도 없었다.

덕혜는 정장차림으로 식당으로 나갔다. 하까마를 입고 창밖을 바라보며 차를 마시던 다케유키가 덕혜의 옷차림을 보며 고개를 갸웃거렸다. 하지만 곧 이해하겠다는 듯 고개를 끄덕였다.

"미안하오. 내가 제대로 배려하지 못한 것 같소. 하지만 이제는 기모노에 익숙해져야 하지 않겠소?"

수저를 들던 덕혜의 미간이 좁아졌다. 손이 파르르 떨렸다.

"보기보다는 이 옷이 편하다오. 집에서 그런 차림으로 지내기는 불편하지 않겠소?"

다케유키의 말에 덕혜는 말없이 수저를 놓았다. 그는 어쩔 수 없는 일본인이었다. 다케유키가 당혹스러운 눈빛으로 덕혜를 바라봤다.

"그렇다고 식사를 안 하면 어쩌려고. 조금이라도 들어요."

다케유키는 낯선 조선식 상차림을 보다가 고개를 들어 덕혜를 응시했다. 그녀를 위해 일부러 첫 아침은 조선식으로 하라 일렀다. 맑은 무국, 너비아니구이, 식욕을 돋우는 맛깔스런 김치, 구운 김, 하얀 쌀밥. 애써 준비한 조선식 아침을 덕혜는 한술도 뜨지 않았다. 마음이 상했다는 뜻이었다. 하지만 이제 그녀는 자신의 아내가 아닌가. 조선의 황녀지만 언제까지 그런 식으로 살 수는 없었다.

"앞으로 옷은 기모노를 입도록 해요."

다케유키 역시 호락호락한 남자는 아니었다. 부드럽고 온화한 미소를 띠고는 있지만 자신의 주장을 굽히지 않는 사람이었다.

덕혜는 갑자기 자리에서 일어섰다. 기모노. 새삼스럽게 그 옷이 낯설고 불편했다. 처음 입는 옷도 아니다. 히노데 소학교에 다닐 때도 입었고 일본에 와서도 입었던 옷이다. 하지만 지금은 입을 수 없다. 일본 백작의 아내가 되었기 때문에 더 이상 입을 수 없다. 만약 그 옷을 입는다면 그대로 무너져 내릴 것만 같았다.

덕혜는 방으로 돌아와 기모노를 집어 들었다. 방을 두리번거리며 무언가를 열심히 찾았다. 자신의 방이었지만 물건들이 어디에 어떻게 놓여 있는지 도통 알 수 없었다. 그녀는 가위를 찾고 있었다. 하지만 어디에서도 그 물건은 보이지 않았다. 덕혜는 기모노의 옷깃을 단단히 그러잡았다. 그리고 있는 힘을 다해 찢기 시작했다. 자잘한 꽃무늬가 예쁘게 수놓인 부드러운 비단은 생각보다 질겼다. 덕혜는 안간힘을 썼다.

"마님!"

뒤쫓아 온 하인이 놀라서 소리쳤다.

"나는 이 옷 안 입을 것이다!"

덕혜는 하인을 노려보며 소리쳤다. 하녀의 뒤에 다케유키가 서 있었다. 그는 놀란 눈빛을 감추며 덤덤한 표정을 지으려고 애쓰고 있었다.

"누구도 내게 이 옷을 입으라 강요할 수 없다!"

덕혜가 감추어두었던 분노를 여과 없이 드러냈다. 다케유키의 표정은 암담했다. 그는 덕혜가 쥐고 있는 기모노를 붙잡았다.

"그렇다고 해서 찢을 것까진 없지 않소? 이리 주시오."

빼앗으려는 자와 빼앗기지 않으려는 자 사이에 잠시 실랑이가 벌어졌다.

"화를 내려면 내게 내시오. 왜 멀쩡한 옷을 찢으려고 하시오!"

덕혜가 그 말에 코웃음을 쳤다.

"그렇다고 해서 내가 그대를 이 옷처럼 갈기갈기 찢을 수는 없는 노릇 아니더이까?"

다케유키는 기가 막히다는 듯 입을 벌린 채 아무 말도 하지 못했다. 덕혜가 느끼는 분노는 상상 이상이었다. 이해해야 한다, 받아들여야 한다, 다케유키는 스스로를 달랬다. 그녀는 마음에도 없는 결혼을 한 조선의 황녀가 아니던가.

"우리는 부부요. 그까짓 기모노 안 입는다고 해서 내가 당신을 어쩌겠소? 하지만 지금 그 말은 나를 모욕하는 거요."

"모욕이라고요? 모욕이 무엇인지나 아나요? 그대의 나라에 짓 밟힌 우리만이 그 말을 쓸 수 있습니다. 할 수만 있다면 이 옷이 아니라 이 나라, 일본이라는 이 나라를 갈기갈기 찢어버리고 싶습 니다."

덕혜는 한마디도 더듬지 않고 또박또박 내뱉었다. 말이 끝나자 마자 움켜쥐고 있던 기모노를 내던졌다. 다케유키는 찢어진 기모 노를 주웠다. 기우고 꿰매도 원래의 상태로는 되돌아갈 수 없는 옷. 다케유키는 한숨을 내쉬었다. 이제부터가 시작이었다.

그들은 사사건건 부딪쳤다. 덕혜는 자기주장이 강했고 다케유키 는 부드러워 보이지만 고집이 셌다.

기모노 사건 이후 덕혜는 일부러 그러는 것처럼 조선의 물건들 을 방에다 늘어놓기 시작했다. 떨잠, 조선의 궁에서 입었다는 궁중 의상, 초록 당의와 붉은 댕기, 조선의 글자가 빼곡한 서책도 일부 러 펼쳐서 늘어놓았다. 발 디딜 틈이 없었다.

"도대체 왜 이러오?"

다케유키의 말에도 그녀는 대답하지 않았다. 소통의 기미가 보 이지 않는 덕혜를 볼 때마다 다케유키는 벽을 떠올렸다. 다케유키 는 웃음을 잃지 않으려 노력했지만 무표정한 덕혜를 볼 때마다 숨이 막혔다.

"도대체 왜 이러느냔 말이오?"

평화로워야 할 집 안이 답답하게 느껴지기 시작했다.

"여긴 내 방이에요. 내 물건을 내 방에 늘어놓는 게 뭐가 나빠요? 난 저 물건들을 보면서 조선을 생각해요. 그러지 말아야 할 이유라도 있나요?"

절망. 앞으로 얼마나 더 큰 절망이 기다리고 있을 것인가. 덕혜와 살려면 앞으로 얼마나 더 많은 걸 감내해야 할까. 불현듯 그의 가슴이 답답해졌다.

해빙

술 생각이 난 것은 그즈음이었다. 마음 터놓는 일에 익숙지 않은 그가 친구를 찾은 것은 그만큼 절박하다는 것을 의미했다.

"무슨 일 있는가?"

다케유키가 먼저 술을 청하다니. 그의 성품을 아는 친구가 염려 섞인 인사를 했다.

"술 한 잔 같이 할까 싶어서 왔네. 허전할 땐 친구가 최고 아닌가."

사 들고 간 술병을 따며 다케유키가 쓸쓸하게 웃었다.

"이 사람, 신혼의 재미에 푹 빠져 있을 사람이 그 무슨 소린가."

"신혼? 그렇지, 신혼이지."

"무슨 문제라도 있는가?"

"그 사람을 마음으로 품을 수가 없네."

다케유키의 눈앞으로 얼음장 같은 덕혜의 얼굴이 스쳐지나갔다.

"조선의 황녀를 아내로 맞는 일이 어디 쉬운 일이겠는가? 우선 술이나 한 잔 하세."

친구가 일말의 부러움을 섞어 말했다. 다케유키는 친구의 얼굴을 빤히 바라보았다. 그는 오히려 친구가 부러웠다. 일본의 사내로 태어나 일본 여자와 결혼한 친구의 평범한 삶이 자신은 결코 이룰 수 없는 행복한 삶인 것만 같았다.

"조선의 황녀? 그런 게 어디 있나? 지금 조선이라는 나라가 있긴 하나?"

"그렇긴 하지. 조선은 개명되어야 하네. 우리 도움이 없었다면 중국의 속국 신세를 영영 벗어나지 못했겠지. 이제 그들도 우리처럼 살아야 하네."

술기운이 오르자 다케유키는 점점 대담하게 말을 내뱉었다. 친구의 말에 맞장구를 치며 모처럼 답답한 마음을 벗어던졌다. 속이 다 후련했다. 그러나 술자리가 무르익을수록, 술기운이 더할수록, 그의 가슴은 다시금 텅 빈 들판처럼 황량해졌다.

"잘해주려고 노력하는데도 도무지 마음을 열지 않으니 어찌해야 좋을지 모르겠어."

다케유키는 지끈거리는 머리를 두 손으로 지그시 누르며 고개를 흔들었다. 친구가 슬며시 웃었다.

"예상했던 일 아닌가. 이것 하나만 기억하면 되지 싶네."

"무엇을?"

"우리는 승자일세. 승자는 너그러워야 하네."

다케유키는 술잔을 들었다가 다시 놓았다. 우리가 승자인가? 승자의 영광 같은 거 느껴본 적 없지만 듣고 보니 그럴싸했다. 그렇지 않다면 이 모든 일들을 견뎌낼 재간이 없었다. 집으로 가야지. 다케유키는 말없이 몸을 일으켰다. 그는 웅크린 채 분노를 삼키고 있을 덕혜를 떠올렸다. 이해해야지. 자신을 달래듯 그 말을 계속 입속에서 되뇌었다. 그는 비칠거리는 걸음을 재촉했다. 불빛 따스한 집들이 저만치 옹기종기 모여 있었다. 그는 서둘러 집으로 향했다.

집에 도착하자마자 그는 덕혜의 방문 앞에 섰다. 취한 터라 용기가 생겼다. 그는 벌컥 방문을 열었다. 방 한가운데 앉아 있던 그녀가 놀라 벌떡 일어났다. 어머니 레이코가 웃고 있었다. 그는 자신의 눈을 손바닥으로 문질렀다. 자꾸만 어머니가 겹쳐 보였다. 머리가 어질어질했다. 그는 뭐든 말하고 싶었다. 자신의 진정을 알아주기를. 그녀가 황녀든 아니든, 조선인이든 일본인이든 그런 것은 상관없었다. 부부의 연을 맺은 이상 보통의 평범한 부부처럼 행복해지고 싶은 마음이 앞섰다. 그녀가 따스한 가슴을 열어 자신을 안아주기를 바랐다. 그러나 혀가 꼬인 그는 해독할 수 없는 신음 같은 말만 쏟아내었을 뿐, 정작 하고 싶은 말은 제대로 하지 못했다.

그는 까무룩 잦아드는 정신을 가다듬으려 애썼다. 덕혜의 성난 마음을 달래주기 위해 찾아왔다가 오히려 그녀에게 추태만 부린 꼴이 될 것 같아 걱정스러웠다.

무릎이 꺾이고 걸음이 휘청거렸다. 그는 덕혜의 얼굴을 바라봤다. 그녀가 그를 바라보고 있었다. 그 얼굴이 가뭇가뭇 흔들렸다.

"당신은 내 아내요……."

그 말을 어렵사리 내뱉고는 그가 방 한가운데에 푹 고꾸라졌다.

다음날 아침 다케유키는 자신의 방에서 눈을 떴다. 목이 탔다. 여태 그렇게 술을 마셔본 적이 없었다. 누구보다 그 자신이 당황했다. 그는 머리맡에 놓인 주전자로 손을 뻗었다. 연거푸 서너 잔의 물을 마시자 정신이 들었다.

그는 간밤의 일을 곰곰이 떠올려보았다. 친구와 늦도록 술잔을 기울이고 집을 찾아 돌아온 것까지는 기억이 났다. 하지만 집에 돌아와서 어떻게 자신의 방에 누워 잠이 들었는지는 떠오르지 않았다. 혹여 덕혜에게 무슨 실수를 한 건 아닐까? 그는 얼굴이 화끈 달아올랐다.

정성을 다해도 부족할 시기인데 술 마시고 추태나 부렸다면. 여느 부부처럼 친밀하고 다정한 사이가 된다는 건 더 요원한 일이 되어버릴 것이다. 자리에서 일어난 뒤에도 그는 안절부절못했다. 아무 말도 없는 게 더 걱정스러웠다.

'얼마나 화가 났으면 아예 얼굴도 비치지 않는 걸까.'

상심한 그는 오전 내내 덕혜를 찾을 생각조차 하지 못했다. 그는 점심 약속마저 취소한 채 집에 칩거했다. 부끄럽고 또 부끄러웠다. 하인을 불러 간밤에 어떤 추태를 부렸는지 몰래 알아보고 싶었지만, 체면이 그걸 허락하지 않았다.

그는 오후가 되자 가슴이 답답해 미칠 지경이었다. 어차피 맞아야 할 매라면 빨리 맞는 게 낫겠다 싶었다. 그는 조심스럽게 덕혜의 방으로 갔다. 방문 앞에서 헛기침을 한번 했다. 안에서는 아무런 기척이 들리지 않았다. 그는 떨리는 손으로 문을 잡고 열었다.

그녀는 햇살이 잘 드는 방 안 한구석에 웅크리고 앉아 있었다. 전장에 나와 있는 것처럼 온몸을 웅크린 채 경계의 빛을 늦추지 않는 그녀를 보자 다케유키는 더욱 부끄러웠다. 저 가련한 여자에게 내가 대체 무슨 짓을 한 것인가. 그녀가 더욱 측은해졌다.

"무얼 하고 있소?"

덕혜가 돌아보았다. 창백한 낯빛이 전에 없이 가여웠다. 그 순간 그는 불현듯 이 여자를 위해 더 노력하리라고 다짐했다. 기모노를 고집하지 않겠다. 복순과의 시간을 방해하지 않겠다. 그리운 조선의 음식을 마음껏 먹을 수 있도록 하겠다.

"이걸 먹어보오. 당신이 좋아한다고 들었소."

그의 손에 덕혜가 좋아하는 과자 봉지가 들려 있었다. 덕혜가 고개를 들어 무심한 눈으로 그것을 보았다. 복순이나 하녀를 시켜 가져다주면 될 것을, 하는 눈빛이었다.

"당신을 보려고 일부러 내가 가지고 온 것이오. 왜 싫소?"

다케유키가 애써 환한 미소를 지으며 덕혜를 바라봤다.

"…… 일부러 그러실 필요는 없어요."

덕혜는 여전히 경계태세를 풀지 않았다. 방 벽에 덕혜가 조선에서 입었다던 초록색 당의가 걸려 있었다. 조선에서 가져온 궤짝 위에는 서책이 놓여 있었다.

"당신과 빨리 친해지고 싶어 그러오. 내 마음을 좀 알아주구려. 그나저나 간밤에는 미안했소."

덕혜가 다케유키를 빤히 바라보았다. 그는 그녀의 눈빛에서 질책의 기미를 찾아내려 애썼다. 어차피 겪어야 할 일이 아니던가. 하지만 그녀의 눈빛은 외려 그를 안쓰럽게 여기는 듯하였다.

"술이 좀 과하셨어요."

"그랬지. 미안하오. 집에 돌아온 것까지는 기억이 나는데 그 뒤의 일이 기억이 나지 않소이다. 내가 실수를 했더라도 너그러이 용서해주시오."

"그럼 간밤에 하신 말씀도 모두 술기운에 하신 건가요?"

다케유키는 얼굴이 더욱 붉게 달아올랐다. 무슨 말을 했는지 알수 없기에 더욱 그러했다.

"무슨 말이오?"

"전혀 기억이 나지 않나요?"

"그, 그렇소. 미안하오."

"아니에요. 상관없어요. 어쨌든 간밤에 하신 말씀을 듣고 저도 고민이 많아졌어요. 진심이 무언지도 알겠고."

다케유키는 그녀의 말투가 한결 부드러워졌다는 걸 느꼈다. 간밤에 그가 술주정을 부렸던 게 오히려 좋은 효과를 불러왔는지도 모른다. 무슨 말을 했던 걸까? 알 수 없었지만 어쨌든 그 말들이 덕혜의 얼음장처럼 차갑던 가슴을 조금은 흔들었던 모양이다.

다케유키는 용기를 내어 덕혜의 옆으로 다가가 앉았다. 덕혜가 몸을 움직여 피했다. 다케유키는 머뭇거리지 않고 조금 더 다가가 앉았다. 그녀의 손을 잡았다. 차가웠다. 그 손에 떨잠이 쥐어져 있었다.

"이런, 손이 왜 이렇게 차오?"

덕혜는 잠시 다케유키를 바라보다 입을 열었다.

"조금 전에 밖에 나갔다 와서 그럴 거예요."

그녀는 슬그머니 손을 뺐다.

"겨울이 아닌데도 이리 차다니…… 몸이 많이 안 좋은 모양이오. 의원을 불러 좋은 약을 지어야겠소."

"아니에요. 그럴 필요는……."

다케유키는 그윽한 눈으로 덕혜를 바라보았다. 작은 여자. 찬바람이 부는 나뭇가지에 불안하게 앉아 있는 작은 새 같은 여자. 다케유키는 덕혜의 어깨를 아주 조심스럽게 끌어안았다. 그녀의 몸이 움찔했다.

"내가 당신 마음을 헤아리지 못했소. 어쩌면 앞으로도 그럴지 모르지만…… 노력하겠소."

"……."

"내가 더 노력하겠소."

"……."

덕혜는 여전히 말이 없었다. 하지만 몸을 빼지는 않았다. 다케유키는 덕혜를 안았던 손을 풀고 더 가까이 다가앉았다. 덕혜가 쥐고 있던 떨잠을 조심스럽게 쓰다듬었다.

"조선의 장인들은 참 뛰어나오. 여인들 뒤꽂이 하나도 이리 섬세하고 아름답게 만들 수 있다니."

덕혜가 다케유키를 물끄러미 바라봤다.

"이리 섬세한 장신구는 처음 본다오.…… 꼭 당신 같구려."

"……."

덕혜의 눈동자에 잔잔한 물결이 일었다.

"아리따에 다완을 잘 만드는 조선 도공이 있다 하오. 아마도 그 다완에는 조선에 대한 그리움이 잔뜩 묻어 있겠지. 언젠가 그것을 당신에게 사다주겠소."

"다완을요……?"

"조선의 향취가 묻어 있는 그릇에 차를 마시면 마음이 그만큼 평온해질 거요."

"……."

"사람의 마음을 억지로 살 수는 없소. 물길이 만나는 것처럼 자
연스러워야지. 기다리겠소, 당신이 마음을 열 때까지."

덕혜는 그를 지그시 바라보았다. 거짓말을 하는 것 같지는 않았
다. 지난 밤 그는 술에 취해 덕혜의 방에 들어와서 지금처럼 하소
연을 했다. 당신을 진심으로 이해한다, 그러나 나를 이해해다오,
나는 행복한 가정을 이룰 자신이 있다, 일본이든 조선이든 우리는
상관하지 말자, 나부터 노력하겠다, 이런 말들을 두서없이 떠들어
댔다. 정신을 잃을 지경으로 취해서도 그런 말을 하는 걸 보면 진
심이라는 걸 알 수 있었다. 하지만 선뜻 그가 내미는 손을 잡을 수
는 없었다.

다케유키는 한결 환해진 얼굴로 덕혜의 방을 나섰다. 그녀는 착
잡한 심정으로 그의 뒷모습을 바라보았다.

부부의 연을 맺었으니 그를 지아비로 인정해야 한단 말인가. 그
게 내 운명이란 말인가. 차라리 저 사람이 모질고 독한 남자였다면
좋았으련만. 성정이 곱고 부드러워서 나를 이리도 힘들게 하는구
나. 그녀는 한숨을 푹 내쉬었다.

세월은 무심히 흘러갔다. 봄날의 순수한 푸른빛이 갈색으로 떨
어져 내렸다.

덕혜는 거울 앞에 서 있었다. 연한 갈색 실크 모자를 썼다가 다시 연보라색 모자로 바꾸어 쓰고 있었다. 다케유키는 시계를 보며 그녀를 기다렸다. 덕혜는 외출할 때 시간을 오래 끌었다. 마침내 덕혜가 갈색 실크 모자를 선택하고는 살며시 웃었다. 당당하고 단정한 황녀의 모습. 오랜만에 보는 편안한 모습이었다.

선선한 가을바람이 옷자락을 살랑살랑 흔들었다. 말쑥한 양복차림의 다케유키는 덕혜의 작은 손을 잡고 정원을 가로질렀다. 성큼성큼 걷는 그가 덕혜를 배려해 보폭을 줄였다.

신혼여행을 겸한 대마도 방문이었다. 운전수가 시동을 걸자 복순이 고개를 숙여 인사했다. 며칠 동안 떨어져 있는 게 아쉬운 눈치였으나 덕혜는 전처럼 크게 안타까워하지 않았다.

"잘 다녀올게."

"마마, 편히 다녀오소서."

덕혜가 작은 손을 내밀어 복순의 볼을 쓸었다. 복순이 황망해하며 덕혜의 손을 살짝 밀어냈다. 신분의 차이만 아니라면 두 여자는 꼭 자매 같았다.

"대마도에 대해서 들어본 적 있소?"

"당신에게서 처음 들었어요."

그녀가 스스럼없이 '당신'이라는 말을 썼다.

"사실은 나도 낯설다오. 하지만 이제는 내 고향이오. 대마도엔 만송원이 있는데 그곳이 소가 문중의 선산인 셈이지. 우리도 이번에 가서 예를 갖추어야 하오."

덕혜가 조용히 고개를 끄덕였다. 그녀가 갑자기 다케유키 쪽으로 돌아앉으며 빠르게 말했다.

"난 당신이 정말 꼽추인 줄 알았어요. 성질도 고약하고 못생긴 추남인 줄 알았어요."

"그게 무슨 소리요?"

"그런 소문이 나돌았으니까요."

"허허, 고약하게 누가 그런 말을? 그래 실제로 보니 어떠합디까?"

다케유키가 짐짓 장난스러운 표정으로 그녀 앞으로 자신의 얼굴을 들이밀었다. 덕혜가 살짝 물러나며 수줍게 웃었다.

"왜 말을 아니 하오?"

"추남은 아니다 싶던걸요."

"허허, 그 정도면 아주 후한 점수를 준 거요. 황공하옵니다, 마마."

누렇게 물들어가는 평야가 차창 밖으로 휙휙 지나갔다. 그는 어린 시절 이야기를 늘어놓기 시작했다.

"나는 열한 살 때 대마도로 건너갔소. 부모님이 돌아가셨기 때문이었지. 그곳에서 키비하라 소학교에 다녔소. 그 전에는 도쿄의 세이비 학교에 다녔는데 그 후로도 늘 그곳이 그리웠소. 단풍나무와 벚꽃이 무척 아름다운 곳이었지. 돌다리를 건너면 잔잔한 호수가 있고 야트막한 언덕길을 오르면 솔밭 사이로 교장선생님의 목조사택이 보였소. 그 옆에 기숙사가 있었고……."

다케유키는 추억에 잠긴 듯 아련한 눈빛으로 하늘을 우러러보았다. 쓸쓸할 때마다 하는 행동이었다.

도쿄 근교의 풍요로운 자연 속에 위치한 세이비 학교는 학생 전원이 기숙사생활을 했다. 다케유키는 유독 그곳을 그리워했다. 부모님과의 추억이 서려 있는 풍경이었기 때문이다. 그에 비해 대마도는 늘 쓸쓸한 곳이었다. 백작의 아들로 부러움 없이 살기는 했지만 몸에 밴 진한 추억이 없었다. 그를 지탱해준 것은 어머니가 남겨놓은 아버지의 글이었다.

성실이란 모든 것의 시작이며 끝이요, 성실하지 않으면 되는 일이 없다.

다케유키는 늘 그 말을 품고 살았다.

"나는 대마도에서 7년을 보냈소. 소학교 땐 강마르고 자세가 좋지 못해서 선생님의 꾸중을 자주 들었소. 똑바로 앉으라고 말이오. 친구들은 나를 눈에도 휠 것 같은 대나무 같다고 놀렸지."

덕혜가 쿡쿡대고 웃었다.

"하지만 공부는 아주 잘했다오."

"그래서 대마도 번주의 양자가 되었나 봐요."

"그런가……. 하지만 공부를 즐겨하진 않았소. 오히려 시를 쓰거나 문학작품 읽는 것을 즐겼지."

그 말에 덕혜가 눈을 빛냈다.

"저도 시 짓는 것을 아주 좋아해요. 한때는 선생님이 되고 싶었지요."

"드디어 우리도 함께할 수 있는 무언가가 생긴 거로군. 혹시 지은 시 중에 기억하는 거라도 있소?"

"히노데 소학교 다닐 때 지었던 게 있지요."

덕혜가 조금은 우울한 표정을 지으며 대꾸했다.

"얼른 읊어보오."

덕혜가 천천히 고개를 가로저었다.

남쪽에서 날아온 커다란 비행기

삐라를 잔뜩 뿌리고 있네

금빛 삐라, 은빛 삐라

나는 그것을 잡고 싶지만

바람의 신이 데려가버리네

어디로 날아갔는지 바라보니

솔개가 있는 곳에서 놀고 있네

덕혜는 잠깐 시를 떠올렸다. 이제는 읊을 수 없는 시였다. 비행기에서 떨어진 삐라가 조국의 젊은이들을 얼마나 많이 희생시켰는지 알기 때문이었다. 하늘에서 빙글빙글 떨어지는 삐라가 신기해

보였던 건 정말 철없던 어린 시절 때뿐이었다.

"아무것도 모르던 시절에 지은 부끄러운 시였어요. 너무 유치하고, 아주 어렸을 때라 더러 잊은 부분도 있어요."

덕혜가 적당히 둘러댔다. 그가 짐짓 서운한 표정을 지었다.

"당신이 쓴 시를 읊어주세요."

덕혜가 다케유키를 올려다보며 말했다.

"허허, 나도 부끄러워서 외울 수가 없소."

다케유키는 쑥스러운지 수줍은 소년처럼 웃었다.

"그래도 한번 읊어보아요."

우울함을 떨쳐버리려는 듯 덕혜가 어리광을 담아 말했다. 다케유키는 목청을 가다듬고 시를 읊기 시작했다.

"제목은 '내 꿈은 대마도로 이어진다' 라오. 음…… 안개가 걷히는 아소만의 포구. 고기잡이 어선들이 돌아오고 있다. 새벽하늘은 장밋빛, 시라다게 산을 물들이고 있다. 내 꿈은 대마도로 이어진다. 남풍에 실려 온 쿠로시오의 큰 파도소리……."

다케유키는 시를 외우다 말고 머리를 긁적거렸다. 어린 시절 쓸쓸함을 달래기 위해 지은 시였다.

"그만하려오. 부끄러워서 더 욀 수가 없소."

"부끄럽다고요? 남자들도 부끄러움을 아나요?"

덕혜가 경계를 푼 얼굴로 그를 올려다보았다. 다케유키가 그 말간 얼굴을 조용히 내려다보고 있었다.

초여름에는 이팝나무가 하얗게 꽃을 피우고, 깊고 푸른 바다가 햇살 아래 반짝거리는, 맑은 날에는 조선이 보인다는 대마도. 그곳에서 덕혜는 부러울 것이 없어 보였다. 이즈하라 항에 모인 사람들은 백작부부를 열렬히 환영했고 특히나 백작부인이 조선의 황녀라는 것에 대해 큰 관심을 보였다. 그들은 정중하고 친절했다. 다케유키는 대마도 여학교에서 연설을 했고 덕혜는 기념식수를 했다. 잘생긴 오엽송이었다. 다케유키는 그 나무가 잘 자라도록 마음속으로 빌었다.

그들은 함께 이야기를 나누고 산책을 했다.

"오늘은 만송원에 들러서 오미구찌 점도 보고 와타츠미 신사에도 가봅시다."

책을 뒤적이던 다케유키가 덕혜의 손을 잡으며 말했다.

"오미구찌 점이 뭐예요?"

"오 엔짜리 동전으로 보는 심심풀이 점이라오. 일본말로 고엔은 인연이라는 뜻이오. 오 엔과 발음이 비슷하다하여 오 엔짜리 동전을 놓고 행운점을 보는 거지요."

"점이 맞나요?"

"글쎄……. 맞기도 하고 안 맞기도 하고."

"무슨 대답이 그래요?"

"점괘가 다 좋게 쓰여 있으니까. 좋은 말을 들으면 모두 잘될 거라는 희망을 품게 되잖소."

바람은 알맞게 불고 날씨는 적당히 맑았다.

"자, 갑시다."

덕혜는 차양이 넓은 모자를 썼다. 그들은 자연스럽게 손을 맞잡았다. 만송원에 들러 오는 길에는 오미구찌 점을 보았다.

'동방의 귀인을 만나 부자가 될 것이며 대성할 것이로다. 자손이 번성하여 만대에 영화를 누릴 것이며 장수복락하리라.'

덕혜가 다케유키의 팔짱을 끼며 살포시 웃었다. 다케유키가 그 손을 꼭 쥐었다. 그들은 다시 와타츠미 신사로 향했다. 바다 저 멀리 점점이 세워진 솟대 위에 새 모양의 나무토막이 얹혀 있었다.

"저게 뭐죠?"

덕혜가 솟대 위를 가리키며 물었다.

"토리이라고 하오. 인간과 신의 매개로 새를 이용하는 거지요. 인간의 소원을 새가 신에게 전달한다고 믿는 거요."

"아."

"이 신사엔 특별한 전설이 있소. 일본 고사서에 나오는 이야기지. 토요타마히메와 호호데미의 사랑 이야기라오."

"호호데미?"

"호호데미는 해신의 딸 토요타마히메를 사랑했던 인물이오."

"아름다운 이야긴가요?"

"나중에 이야기해주리다. 제법 기니까. 동자가 용을 타고 이곳으로 왔다는 전설도 있소. 동자가 온 곳을 조선으로 여기는 사람들도 있지."

그들 말고는 방문객이 없었다. 신사 앞에서 다케유키는 공손하게 절을 했다. 덕혜는 허리를 굽히지 않았다. 다케유키가 그 모습을 물끄러미 바라보다가 다시 고개를 숙였다.

"아까 해신의 딸 이야기 좀 해주면 안 돼요?"

갑자기 덕혜가 토요타마히메의 이야기를 꺼냈다.

"나중에 우리가 아주 많이 늙었을 때 하지요. 사랑이란 감정이 아무렇지도 않게 느껴질 때 말이오. 그럴 때 어울리는 이야기라오."

해풍이 두 사람을 훑듯이 지나갔다. 다케유키는 덕혜의 손을 잡고 잘생긴 소나무 앞으로 걸어갔다. 뿌리가 기형적으로 자라고 있었다. 땅 밖으로 기어 나온 뿌리가 소나무보다 더 길게 뻗어 있었다.

"이것 좀 보세요. 어쩌다 이렇게 됐을까."

덕혜는 땅 밖으로 뻗은 뿌리를 찬찬히 살폈다.

"다 저렇게 환경에 적응하며 살아가는 것이지. 어떤 악조건에서도 나름대로 살아가는 방법을 터득한 것이 아니겠소."

"그렇군요……."

덕혜의 얼굴에 잠시 그늘이 드리웠다. 나는 저리 살 수 있을까……. 덕혜는 스스로 대답을 마련하지 못했다. 누구나 할 수 있는 일은 아니었다.

덕혜는 주위를 둘러보았다. 낯익은 식물들이 드문드문 보였다.

들국화, 코스모스, 동백, 남천, 대나무······.

"조선에 와 있는 것 같아요. 이 나무들, 이 꽃들······ 다 조선에
서 보던 것들이에요."

"부산에서 해류를 타고 자연스럽게 대마도로 흘러온 것들이오.
우리 정원에도 동백과 남천을 심어보려오?"

두 사람 사이에서 가을이 소리 없이 깊어가고 있었다.

두려운 날들

덕혜는 겨울 동안 조용히 지냈다. 책을 읽거나 매화와 연꽃을 치거나 일기를 썼다. 시간은 느리게 흘렀다. 다케유키에 대한 경계도 조금씩 허물어지고 있었다. 덕혜는 그런 조용한 시간들이 언제까지나 이어지기를 바랐다. 물론 삶은 그리 호락호락하지 않았다.

헛구역질. 그것이 신호였다. 처음엔 소화불량이려거니 했다. 늘 명치끝이 답답했으므로 그러려니 했다. 그러나 뱃속이 모든 음식을 거부하자 더 이상 위장 핑계를 댈 수 없었다.

'아이라니…….'

덕혜는 아랫배를 쓰다듬으며 고개를 저었다. 생각지도 못한 일이었다. 다케유키와의 사이가 아직 혼란스러운데, 아이라니. 덕혜는 그 사실을 알릴 마음이 나지 않았다. 아이에 대한 확신도 없었다. 덕혜는 혼자서만 비밀을 간직했다. 가능하면 다케유키와 마주앉는 일도 피했다. 하지만 식사 때마다 올라오는 헛구역질을 감출수는 없었다.

모처럼 다케유키와 마주앉은 자리에서 덕혜는 또 헛구역질을 하고 말았다. 입을 막고 있는 손끝이 가늘게 떨렸다. 다케유키가 눈을 동그랗게 떴다.

"무슨 일이오? 어디 아프오?"

"속이 좀."

말을 채 끝맺기도 전에 또다시 구역질이 터져 나왔다.

"괜찮소? 당신 혹시……?"

원래 무딘 남자가 아니었다. 그는 눈을 빛내며 조심스럽게 물었다. 덕혜는 한동안 말을 않고 있다가 마침내 절망하듯 고개를 끄덕였다. 그의 표정이 단박에 밝아졌다.

"그걸 왜 이제야 알게 하오? 우리의 첫아이를!"

그는 기쁜 표정을 감추지 않았다. 감격에 겨워 목소리까지 떨고있었다.

"우리의…… 첫아이?"

덕혜는 자신의 뱃속에서 생명이 자라고 있다는 게 낯설었다. 두렵고 무서웠다. 세상에서 아이가 겪게 될 고통과 슬픔을 생각하면 혼란스럽기도 했다. 덕혜의 뜨악한 목소리를 듣고 다케유키가 되물었다.

"기쁘지 않소? 임신한 것이?"

덕혜는 애매한 표정으로 웃었다. 긍정도 부정도 아니었다. 아, 어머니. 덕혜는 불현듯 양 귀인을 떠올렸다. 코끝이 시큰해졌다. 아랫배를 만져보았다. 포닝에 싸인 채 세상에 대한 기대를 잔뜩 안고 있을 어린것. 자신과 탯줄로 연결돼 있을 생명에 생각이 미치자 가슴 한구석에 파도가 밀려왔다.

'어머니도 나를 가지셨을 때 이러하셨겠구나……'

가슴 저 밑바닥에서 아련함이 차올랐다. 눈시울이 젖어들었다.

어머니가 된다는 건 어떤 것일까. 덕혜는 배에다 댄 손에 힘을 주었다. 아직 아무것도 느껴지지 않았다. 덕혜는 아주 조심스럽게 배를 쓰다듬었다.

"어떻소? 힘들지는 않아요?"

다케유키가 부드럽고 자상하게 말을 건넸다. 그는 덕혜의 임신 소식에 벌어진 입을 다물 줄 몰랐다. 배에다 손을 얹고 귀를 기울여보기도 하고 가급적 덕혜와 함께 있으려 애썼다. 혈액순환에 좋다며 따뜻한 물로 손발을 닦아주는 일도 서슴지 않았다.

그러나 다케유키의 헌신에도 불구하고 덕혜는 여전히 혼란스러웠다. 태동이 느껴지면서부터 두려움은 더욱 심해졌다. 탯줄을 통해 전해지는 아이와의 교감은 분명 기쁘고 즐거운 것이었다. 하지만 동시에 알 수 없는 불안감과 두려움이 덕혜를 괴롭혔다. 우울한 기분이 전신을 감쌌다. 환희에 차 있다가도 하루에도 몇 번씩 나락으로 떨어졌다. 울음이 절로 터졌다.

'이 아이를 낳아도 될까?'

덕혜는 배를 쓰다듬으며 거듭 갈등했다. 그런 마음을 아는지 모르는지 복순이 곁에서 종알거렸다.

"마마, 아기씨를 낳으시면 제가 키우겠습니다."

"시집도 안 가본 것이 어찌 아이를 키운단 말이냐?"

"아이를 키우는 데 그게 무슨 대수입니까? 튼튼하고 건강하게 잘 키워드릴 터이니 마음 편히 가지시고 순산하셔야 합니다."

복순은 바빠졌다. 시장에 가서 천을 끊어다 배냇저고리와 아기 이불, 속싸개를 만드느라 하루해가 모자랐다. 덕혜는 복잡한 표정으로 그 모습을 바라보았다.

어느 날 복순은 작은 배냇저고리를 덕혜의 코앞에다 디밀었다.

"보셔요, 아기씨가 이 세상에 나오시면 제일 먼저 입혀드릴 옷이랍니다."

"애썼구나."

덕혜는 덤덤하게 대꾸했다.

"제가 만든 옷을 제일 먼저 입으신다니 너무 벅찹니다. …… 그런데 마마는 기쁘지 않으세요? 왜 우울한 얼굴을 하고 계세요?"

"나는 모르겠다. 지금 내 마음이 어떤지 잘 모르겠어."

덕혜는 복순이 내민 배냇저고리를 만지작거리다 고개를 저었다.

"마마, 마음을 다잡으세요. 아기씨는 분명 축복 받은 분이시옵
니다."

"……"

"그렇게 생각하셔야 합니다."

복순의 말은 전에 없이 단호했다.

"알았다. 나도 그리 생각하려고 애쓰고 있다."

덕혜는 쓸쓸하게 말했다. 그러는 사이 뱃속의 아이는 쑥쑥 자
랐다.

태동이 전에 없이 강하게 느껴지던 날, 덕혜는 지필묵을 갖다 놓
고 한참 동안 눈을 감은 채 앉아 있었다. 마음을 다스리려고 애쓰
는 모습이 역력했다. 잠시 후 마침내 눈을 뜨고 먹을 갈기 시작했
다. 사그락 사그락, 먹 가는 소리가 낮고 부드러운 음악처럼 방 안
에 퍼졌다. 그 소리가 오래도록 방 안을 맴돌았다. 덕혜는 먹 갈기
를 멈추고 호흡을 가다듬고 조용히 눈을 감았다. 손을 천천히 들어
불룩한 배에 얹었다. 미세하게, 간헐적인 태동이 느껴졌다. 덕혜의
볼이 발그레해졌다. 그녀는 다시금 눈을 떴다. 결의에 찬 표정으로
천천히 붓을 들었다. 진하고 윤기 나는 먹물을 듬뿍 찍어 차분한
마음으로 글자를 써내려갔다.

'順命.'

운명에 거역하지 않고 순응하겠노라는, 스스로에 대한, 아니 뱃

속의 아이에 대한 맹서였다.

"순명이라……. 순명……."

마치 스스로에게 암시를 걸듯 덕혜는 글씨를 바라보며 입속으로
그 말을 되뇌었다.

"순명……."

덕혜의 목소리에 울음이 차고 눈가에 설핏 이슬이 맺혔다. 덕혜
는 다시 한 번 자신의 배에다 조심스럽게 손을 얹었다.

배가 불러오자 덕혜는 점점 거동이 불편해졌다. 그즈음 다케유
키는 주로 서재에서 시간을 보냈다. 불만 섞인 덕혜의 눈길을 마주
할 때마다 그는 변명하듯 이렇게 말했다.

"부끄러운 아버지가 되지는 말아야지. 지금 자랑스러운 아버지
가 되는 준비를 하고 있소."

실제로 그는 강의준비로, 히로이케 선생에게 도덕과학 연구를
사사하느라고 정신이 없었다. 그의 말에 따르면 아이가 생긴 후부
터 좋은 일들이 줄줄이 이어져서라 했다.

덕혜는 다다미방을 지나는 동안 그를 떠올렸다. 그의 표정을 상
상했다. 섬세하고 부드러운 목소리. 침착하면서도 온화한 눈빛. 봄
날의 정원 같은 사람이라고 생각했다. 하지만 그 정원은 온전한 덕
혜의 것이 아니었다. 채워지고 있다고 생각할 즈음 그녀의 마음은
다시 텅 비어버리곤 했다. 우울증은 오래된 친구처럼 그녀 곁에 들

러붙어 있었다. 아기를 가진 후로 감정의 기복은 더 심해졌다. 기쁨도 커졌지만 동시에 외로움도 커졌다. 조선에 대한 그리움이 사무쳤다.

'그를 불러볼까?'

자연스럽게 서재로 들어가 무슨 책을 읽고 있는지 무슨 일을 하고 있는지 물어봐도 좋을 것이다. 진심 어린 대답은 하지 못하더라도 그는 깊은 애정을 가지고 관심을 기울일 것이었다. 그는 스스로의 무례함을 견디지 못하는 사람이었다.

하지만 덕혜는 이번에도 서재를 지나쳐 2층으로 올라갔다. 자신이 그를 먼저 찾아간다는 것은 조선의 황녀로서도, 여성으로서도 용납할 수 없는 일이었다. 하지만 그를 지나쳐갈 때의 마음은 말할 수 없이 쓸쓸했다. 하인들이 열심히 닦아 놓은 반들반들한 계단을 올라가는 발걸음이 위태롭게 흔들렸다.

"고젠사마, 목욕물을 받을까요?"

어느새 미요가 나타나 물었다. 그들은 그녀를 '고젠사마'라 불렀다. '고젠'이란 옛날 여성에게 붙이던 경어였다. 다케유키의 지시였을 것이다.

덕혜는 천천히 고개를 저었다. 그때 1층 서재 문이 열리더니 다케유키가 그녀를 불렀다.

"아니, 여기까지 왔다가 왜 그냥 가오?"

불빛에 드러난 다케유키의 얼굴이 몹시 피곤해 보였다.

"아니에요. 나는 일찍 자겠어요."

말은 그리 했지만 견딜 수 없는 허전함이 물밀듯 밀려왔다.

두 칸을 이어 붙인 2층의 침실은 꽤 넓었다. 덕혜는 휑한 방으로 들어가 하녀가 펴놓은 잠자리에 들었다. 까닭 없이 눈물이 났다. 봄날이라 하지만 몸으로 느끼는 날씨는 쌀쌀했다. 어머니가 가슴에이도록 그리웠다. 그녀는 이불을 머리끝까지 끌어올렸다.

"어디가 아픈 게요? 의사를 부르리까?"

덕혜의 뒤를 따라온 다케유키가 근심스러운 목소리로 물었다.

"아프지 않아요, 조금 피곤할 뿐이에요."

덕혜는 두 눈을 감았다. 저만치서 달려오는 유모와 궁녀들, 환하고 어진 미소를 짓던 어머니, 아름다운 부용정……

그의 손이 슬그머니 이불 속으로 들어와 덕혜의 부푼 배를 어루만졌다. 덕혜는 얼른 다케유키의 손을 떼어냈다.

"많이 피곤한 모양이구려. 그럼 먼저 자도록 해요."

그는 덕혜의 손을 쥐고 차분한 목소리로 말했다. 덕혜는 그 손역시 떼어냈다.

"화를 내면 태아에게 좋지 않아요. 내 물러가리다. 푹 쉬고 내일 아침에 봅시다."

그는 어디로 가는 것일까? 서재로 가서 늦은 시간까지 무엇을 할까? 그가 내려간 후 사위는 다시금 고요해졌다. 시간은 느리게, 조용히 흘렀다. 잠시 시간이 흐른 뒤 미요가 따뜻한 차를 담은 다완을 들고 들어왔다.

"마님, 마음을 진정시키는 효과가 있는 차입니다. 주인님께서 차를 드시고 주무시라 하십니다."

다완의 깊은 비색이 처연하게 고왔다.

'당신을 위해 아주 귀한 걸 구했소.'

처음 그 다완을 들고 오던 다케유키의 상기된 표정이 떠올랐다.

"두고 나가거라."

덕혜는 여전히 이불을 뒤집어 쓴 채 말했다. 미요는 한동안 머뭇거리며 나가지 않았다. 뭔가 할 말이 더 있는 듯한 표정이었다.

"왜 그러고 있느냐?"

덕혜는 이불을 걷고 하녀를 바라보았다.

"목욕물을 덥힐까요?"

"그럴 필요 없다."

덕혜는 고개를 돌려 눈을 감았다. 녹차 향기가 은은하게 콧속으로 스며들었다. 조용히 문을 여는 소리가 나더니 곧이어 하녀의 발소리가 멀어져 갔다.

그는 덕혜를 위해 시를 쓰고 있다고 했다.

"제목은 '사미시라'라고 해두었소."

"사미시라……."

"사람 마음속으로 들어와서 오랫동안 나가지 않는 존재를 뜻한

다오. 영혼처럼 사람의 숨결을 타고 와서 머무는 존재요."

덕혜는 어둠 속에서 쓸쓸하게 미소 지었다. 다케유키와 자신이 서로에게 '사미시라'가 될 수 있을까. 서로를 인정하고 보듬는 시간이 길어진다 해도 그들의 마음은 좀처럼 서로에게 가닿지 않았다. 깊은 감정을 공유할 순 없었다. 덕혜는 그것이 절망스러웠다.

어디선가 물소리가 들렸다. 마음이 추우니 몸이라도 따뜻하게 해야 할까. 갑자기 목욕 생각이 간절해졌다. 덕혜는 다시 하녀를 불렀다. 물에 젖은 손을 닦으며 미요가 들어섰다.

"목욕을 할 수 있겠느냐?"

하녀가 잠시 난처한 표정으로 서 있다가 정중한 태도로 답했다.

"지금 주인님께서 목욕하고 계십니다. 주인님 나오신 후에 준비하겠습니다."

미요는 고개를 숙인 채 양손을 모으고 서 있었다.

"그럼 되었다. 가서 일 보거라."

덕혜는 짐짓 태연한 척하며 그녀를 내보냈다. 희미하게 복도를 울리는 그의 노랫소리가 화선지에 먹물 스미듯 마음속으로 스며들었다. 어머니가 그리울 때 부르는 노래였다. 그는 지금 어머니가 그리운 모양이다. 그러나 나만큼 어머니가 그리울까, 덕혜의 눈에서 눈물이 주르륵 흘렀다.

그때였다.

"마마."

복순이었다.

"목욕하소서. 헛간에 있던 목욕통을 깨끗이 닦아 작은 목욕탕에 갖다 두었습니다. 미요가 종알대는 소리를 들었습니다. 목욕하랄 때는 안 하신다더니, 백작께서 하신다니까 목욕하려고 떼를 쓰신다고. 그래서 제가 따귀를 한 대 올려붙이고 마마를 위해 따뜻한 물을 준비해두었습니다. 어서 나오시지요."

복순이 덕혜의 두 손을 꼭 잡았다. 따스했다. 덕혜는 다케유키의 노랫소리가 들리는 목욕칸 옆을 지나 작은 목욕칸으로 걸음을 옮겼다. 좁지만 훈기가 도는 목욕탕 안에는 복순이 가져다 둔 작은 화로가 있었다.

"목욕하시면서 차를 드십시오. 제가 마마를 씻겨 드리겠습니다."

"…… 고맙구나."

덕혜는 아픔을 걷어내듯 옷을 훌훌 벗었다. 편백나무로 만든 적갈색 욕조에서 따뜻한 김이 피어올랐다. 부드러운 물이 피부에 닿자 곤두서 있던 신경들이 스르르 풀렸다. 덕혜는 몸을 물속 깊이 담갔다.

"뜨겁지는 않사옵니까?"

복순이 따뜻한 물을 계속 끼얹으며 물었다.

"…… 네가 준비해둔 것이라 그런지 딱 좋구나."

덕혜는 복순의 손을 다시 한 번 꼭 잡았다.

사라지는 자와 태어나는 자

덕혜는 아침 식탁에서 수저를 들다 말았다.

"음식이 입맛에 안 맞아 그러오?"

"복순이가 없으니 여러 가지로 불편합니다. 다시 데려다주세요."

덕혜는 그 말을 하고 식탁에서 일어섰다. 기분이 좋지 않았다.
며칠째 몸도 편치 않았다. 미요와 와다, 하녀 둘이 번갈아 덕혜의
시중을 들었지만 복순이 같지는 않았다. 눈빛만으로 덕혜의 의중
을 읽고 입안의 혀처럼 시중을 드는 이는 복순이뿐이었다.

한 달 전 한창수는 다케유키를 찾아왔다.

"영친왕 저택에 일손이 부족합니다. 복순이를 당분간만 그곳에
머물도록 하게 하시지요."

다케유키는 별 말이 없었다. 덕혜가 의아한 표정으로 되물었다.

"하필 왜 그 아이를?"

한창수가 예의 바른 표정으로 대답했다.

"한국음식을 만들던 찬모가 병이 났다 합니다."

"당분간이라 하면 며칠 동안을 말하는 것이오?"

"보름을 넘지 않을 것입니다."

내키지는 않았지만 거절할 명분이 없었다. 그러나 한 달이 넘도록 복순은 돌아오지 않았다.

"복순이를 데려와요!"

덕혜는 식당에서 나가다 말고 감정이 폭발한 듯 소리를 질렀다. 다케유키가 놀란 눈으로 덕혜를 올려다보았다. 덕혜의 입 꼬리가 부들부들 떨렸다.

"갑자기 왜 그러오? 하인들이 뭘 잘못했소?"

다케유키가 몸을 일으켰다. 덕혜의 뒤에서 미요가 허리를 잔뜩 꺾은 채 읍소하고 있었다.

"영친왕 저택에도 없다 하고, 어디로 갔는지도 모른다 하고, 복순을 그리로 보냈던 한창수도 모른다 하고…… 그 아이를 어디로 빼돌렸습니까, 어디로!"

"내가 알 리 없지 않소!"

"복순이를 데려다줘요……."

서슬 퍼렇던 덕혜의 표정이 서서히 허물어져 내렸다.

"도대체 왜 이러시오?"

"난 그 애 없이는 아이를 낳을 수 없어요."

"그 무슨 말이오? 하녀들이 무얼 잘못했소?"

"그들이 잘못한 건 없어요. 하지만 난 불안해서 아무것도 할 수 없어요. 제발 복순이를 데려다줘요."

"당신이 해야 할 건 아무것도 없소. 그냥 쉬면서 몸을 잘 보살피시오."

"그럼 날 조선에 다녀오도록 해줘요. 아이 낳기 전에."

"안 될 말이오. 해산을 앞둔 산모가 여행이라니!"

"제발 나를······."

덕혜의 목소리가 흐느낌으로 바뀌었다. 다케유키가 덕혜를 일으켰다.

"요즘 신경이 예민해진 것 같소. 따뜻한 물에 목욕을 해봐요. 진정될 것이오."

다케유키가 눈짓을 하자 미요가 다가와 덕혜를 부축했다. 끌려가듯이 사라지는 덕혜의 뒤에서 다케유키가 낮은 목소리로 다시 한 번 당부했다.

"마님 모시는 데 한시도 눈을 떼어서는 안 된다."

그러자 덕혜를 잡고 있던 미요의 팔에 힘이 실렸다.

"고젠사마, 자꾸 이러시면 저희가 곤란해져요. 제발 그만하시어요. 번번이······."

그 말이 끝나기도 전에 덕혜의 깡마른 손이 미요의 뺨을 후려
쳤다.

"무엄하다! 어디다 대고……."

덕혜의 고함에 미요가 몸을 움찔했다. 미요는 덕혜를 2층 방에
데려다놓고 곧 자리를 떴다. 맞은 것이 억울한 듯 눈도 맞추지 않
고 사라졌다. 다른 하녀가 차를 달여 내오고 다시 나갔다. 고요가
방 안 가득 내려앉았다.

덕혜는 찻잔을 밀쳐냈다. 가슴을 쓸어내리며 진정하고자 애썼다.

방 안 한구석에 두었던 벼루를 꺼내어 먹을 갈았다. 연적에서
떨어진 맑은 물에 먹이 번지면서 조금씩 검은빛을 띄기 시작했다.
서서히 먹빛이 짙어졌다. 먹빛이 더할 수 없이 짙어졌을 때에야
마음이 조금 가라앉았다. 그녀는 화선지를 끌어와 순명이라고 쓰
기 시작했다. 서너 장을 정성 들여 쓰고 나자 표정이 조금 더 차분
해졌다.

의지대로 할 수 있는 건 아무것도 없었다. 고작 차를 마시거나
마시지 않거나, 매화를 치거나 치지 않거나 하는 정도였다.

덕혜는 낯선 이를 보듯 자신의 배를 내려다보았다. 이 아이도 데
려가지 않을까, 이 아이도 소리 없이 내 곁에서 사라지지 않을까.
덕혜는 불안했다.

그 시간 후로 덕혜는 잠시 열었던 마음의 문을 다시 닫았다. 다
케유키는 여전히 다정하고 자상했지만 그녀는 더 이상 그를 보지

않았다. 다케유키는 저녁이 되면 덕혜를 위해 마음을 진정시키는 차를 계속해서 달여 내도록 지시했다.

나무가 무성하게 짙푸르러질 즈음, 덕혜는 딸을 낳았다. 그녀는 진통이 올 때마다 눈물을 쏟았다. 외롭고 두려웠다. 어머니가 있었다면, 복순이 있었다면.

"힘을 더 주세요!"

일본인 산파는 무조건 힘을 주라고 재촉했다. 덕혜는 지쳤다. 그때 어디선가 구수한 미역국 냄새가 코끝을 자극했다.

"조금만 더 힘을 주소서."

분명 산파가 말하고 있는데 덕혜의 귀에는 복순의 목소리로 들렸다. 덕혜는 견디기 힘든 고통 속에서도 있는 힘껏 용을 썼다. 온몸이 땀으로 젖었다. 이를 악물고 고통을 견뎠다. 삶도 이처럼 고통스러운 것이려니. 아가야, 세상에 나오면 고통을 인내할 줄도 알아야 한단다. 덕혜는 힘을 쓰다가 어느 순간, 혼절하고 말았다. 혼몽한 의식 갈피갈피 사이로 아이의 울음소리가 희미하게 울렸다.

"백작님, 어여쁘신 따님입니다."

산파의 목소리에 이어 다케유키의 흐뭇한 웃음소리가 들렸다.

"아주 수고했소, 아주 예쁜 여자아이구려."

다케유키는 기쁨을 감추지 않았다. 덕혜는 곁에 뉘어진 아기를 바라보았다. 고물고물 움직이는 생명을 보자 가슴이 벅차올랐다.

'이 어린 것이 내 핏줄이구나.'

그러나 그도 잠시, 기쁨보다 더 깊은 슬픔이 밀려왔다. 일본인일
수도, 조선인일 수도 없는 아이를 생각하니 가슴이 먹먹해졌다.

어느 순간, 덕혜는 혼절하듯 잠들었다. 다케유키는 그 곁에 앉았
다. 가녀린 손을 만지작거리며 고통으로 얼룩진 덕혜의 얼굴을 들
여다봤다. 전에 없이 고결해 보였다. 생명을 잉태하는 자, 그 충만
한 풍요의 존재. 고마운 마음과 측은한 마음이 교차했다. 다케유키
는 마음을 담아 덕혜의 손에 입술을 갖다 댔다. 낯설고도 가까운
존재. 바로 자신의 여자였다. 다케유키는 덕혜의 헝클어진 머리칼
을 쓸어 올렸다. 잠든 덕혜의 모습이 순한 양처럼 고요했다. 그 속
에 억겁 같은 분노를 쌓고 있으리라고는 상상도 할 수 없었다.

"고맙소."

다케유키는 다시 한 번 덕혜의 얼굴을 조심스럽게 어루만졌다.

얼마 후 덕혜가 눈을 떴다. 다케유키는 그때까지 곁에 앉아 있었
다. 그녀는 그가 안고 있는 자신의 딸을 보았다. 다케유키가 덕혜
쪽으로 아이를 돌리며 말했다.

"정말 수고했소. 당신을 닮은 것 같구려."

덕혜는 자신도 모르게 고개를 돌렸다. 아이가 세상 밖으로 나오
자 알 수 없는 상실감이 전신을 휘감았다. 다케유키를 바라보는 것
도 전에 없이 힘들었다. 고개를 외로 꼬고 눈조차 마주치려 하지

않았지만 다케유키는 곁을 떠나지 않았다. 손을 만져주기도 하고 시중을 들기도 했다. 들뜬 것 같기도 하고 걱정스러운 것 같기도 했다.

"아기를 안아 보오."

다케유키가 덕혜의 곁에 아기를 눕혔다. 하지만 덕혜는 서먹한 눈으로 아이를 바라보았다. 그는 덕혜의 쓸쓸한 눈빛을 놓치지 않았다. 그는 가슴 한구석이 서늘해졌다. 아무리 그래도 그렇지. 아이에게 무슨 죄가 있단 말인가. 나를 미워하는 건 상관없지만 아이에게까지 그럴 필요는 없지 않은가. 제 뱃속으로 아이를 낳고서도 저렇게 무덤덤한 눈빛을 보일 여자가 또 있을까. 그는 자신도 모르게 진저리를 쳤다. 그러나 아이를 보면서 힘겹게 최면을 걸었다.

'지금은 몹시 피곤해서 그럴 것이다. 차차 좋아질 것이다.'

그는 이 아이가 자신들을 더 견고하게 묶어줄 거라고 기대했다.

하녀가 미역국을 끓여서 가져왔다. 조선식이었다. 덕혜는 눈물을 섞어 뜨거운 국물을 훌훌 마셨다. 또다시 어머니가 사무치게 그리웠다.

"많이 먹고 몸을 추슬러서 아이를 잘 키워봅시다."

다케유키가 부드러운 목소리로 말했다. 덕혜가 몸을 돌려 아기를 바라보았다. 꼼지락거리는 작은 손이 앙증맞았다. 덕혜는 그 작은 손에 자신의 손을 살짝 얹었다. 따스하고 부드러웠다. 쓸쓸한 마음이 순식간에 봄눈 녹듯 녹았다. 덕혜가 몸을 일으키려 하자 다케유키가 재빨리 딸을 건네주었다. 덕혜는 아기를 보듬어 안았다.

"허허허, 그래야지. 이 아이가 바로 우리의 아이요. 이 아이는 부족한 게 없게 키울 것이오. 조선 황실의 피를 이어받은 아이요. 당신만큼 귀하게 여길 것이오."

다케유키는 평소답지 않게 수다스러웠다. 덕혜는 아무 말이 없었다. 조용히 아이를 안고 그 말간 눈을 뚫어지게 들여다보고 있을 뿐이었다. 그러나 내부에서는 격렬한 감정이 소용돌이치고 있었다. 이 아이는 내게 어떤 존재인 걸까. 핏줄? 운명? 대체 어떤 핏줄이며 어떤 운명이란 말인가. 조선여인과 일본사내 사이에서 태어난 이 아이는.

"정말 수고했소. 이름은 무엇이 좋을까…… 마사에, 마사에가 좋겠소. 조선이름으로는 정혜, 당신의 이름자 하나를 따고 바르게 자라라고 정혜. 어떻소?"

다케유키가 들뜬 목소리로 말했다. 마치 오래 전부터 고민해온 문제의 답을 방금 생각해낸 학생처럼 즐거워했다. 덕혜는 조용히 고개를 끄덕이는 걸로 대답을 대신했다. 그녀는 혼잣말처럼 아이의 이름을 읊조렸다.

"정혜……."

"그렇소 정혜. 자 이제 내게 맡기고 당신은 좀 쉬어요."

다케유키가 정혜를 안기 위해 팔을 내밀었다. 그러나 덕혜는 꼼짝도 하지 않았다. 그 바람에 다케유키가 딸의 팔을 세게 잡아당긴

꼴이 되고 말았다. 아이가 울음을 터뜨렸다. 심장이 벌렁거렸다. 어떻게 해야 할지 몰라 당황스러웠다.

"왜 그러오? 내게 맡기시오."

다케유키가 그녀를 채근했다. 덕혜의 눈동자가 불안하게 흔들렸다. 건네주기 싫다. 이 아이는 내 아이다. 그러나 다케유키는 아기를 빼앗듯이 데려가 자신의·품에 안았다. 텅 빈 품 안으로 찬바람이 몰아쳤다. 다케유키는 능숙한 보모처럼 아기를 얼렀다. 아기가 방싯방싯 웃었다. 다케유키도 흡족한 표정이 되었다. 덕혜만 타인인 것 같았다.

'아, 어쩌다 나는 이 아이를 낳게 되었나.'

그녀의 눈가로 눈물이 주르륵 흘러내렸다.

아이가 태어나자 다케유키의 저택에도 생기가 돌았다. 아기 울음소리, 아기를 어르는 소리들이 어우러져 웃음소리도 높았다. 기저귀가 햇볕 아래서 눈부시게 나부꼈다.

하지만 아기를 낳은 후 덕혜의 몸은 갈수록 쇠약해졌다. 다케유키는 지압 마사지사 노인을 집으로 불러들였다. 노인이 다녀간 날이면 덕혜는 헐렁한 잠옷에 가운을 걸친 채로 지냈다. 그럴 땐 정신을 놓은 사람처럼 보였다.

그즈음 덕혜는 아기의 울음소리에만 반응을 보였다. 아기가 울면 멍하던 시선을 거두고 아래층으로 서둘러 걸음을 옮겼다. 정혜를 보는 순간만큼은 덕혜의 얼굴에도 엷은 미소가 감돌았다.

"고젠사마, 아기씨 이름이 뭐죠?"

가끔씩 미요가 물으면 덕혜는 조용히 "정혜"라고 대답했다. 아기를 만지는 덕혜의 손길이 조심스러웠다. 가만가만 어루만지는 손길에 두려움이 담겨 있었다.

정혜 혹은 마사에

덕혜는 2층 방 창문으로 연못을 내려다봤다. 겨울 햇살은 따뜻
하지 않다. 햇살이 쏟아지는 날에도 연못 속의 물고기는 고개조차
내밀지 않는다.

어느 날, 모처럼 집에 있게 된 다케유키가 덕혜를 정원으로 불러
냈다.

"햇볕이 아주 좋구려. 햇볕을 쬐면 마음이 밝아진다오. 마사에
를 데리고 정원을 돌아봅시다. 걸음마도 가르칠 겸."

흰색 모자에 앙증맞은 스웨터를 입은 정혜가 방긋방긋 웃었다.

"오늘은 마사에 얼굴도 그려줘야겠네."

다케유키가 정혜를 번쩍 안아 올렸다. 정혜의 해맑은 웃음소리

가 햇살처럼 흩어졌다.

"정혜를 그린다구요?"

"그래요, 내가 그림에도 제법 소질이 있다오. 왜, 당신도 한 장 그려줄까?"

덕혜가 서둘러 고개를 저었다.

"당신이 마사에를 안고 저 나무의자에 앉으면 좋겠는데."

덕혜는 또다시 고개를 저었다.

"그러지 말고 아이와 함께 저기 벤치에 앉아요. 내, 당신도 어여쁘게 그려주리다."

그는 덕혜의 손목을 잡고 벤치로 이끌었다. 그곳은 너무 밝았다. 덕혜는 눈을 뜰 수가 없었다. 늘 방 안에서만 지내온 덕혜에게는 겨울 햇살도 너무 강했다.

"나는 나중에 그려주세요. 햇살이 강하지 않은 날."

덕혜는 부드러운 양털로 짠 정혜의 스웨터를 찬찬히 여민 후에 일어섰다.

그는 잠시 얼굴을 찌푸렸다가 할 수 없다는 듯 정혜를 그리기 시작했다. 그림 그리는 틈틈이 손차양을 하면서 싱긋이 웃었다. 행복한 표정이었다.

며칠 후 그는 정혜의 초상화를 덕혜 앞에 내밀었다.

"어떻소?"

덕혜가 얼굴을 찡그렸다.

"너무 못나게 그렸어요."

"하하하, 우리 예쁜 공주를 밉게 그렸단 말이지? 내 솜씨가 시원찮은 모양이군. 조금 더 크면 다시 예쁘게 그리지 뭐. 잘 그려보려고 자꾸 덧칠을 했더니 그런가보오."

덕혜가 재차 얼굴을 찡그렸다.

"좀 예쁘게 그리지 그랬어요."

그녀는 그림이 마음에 들지 않았다. 그림 속의 정혜는 자신의 딸이 아니었다. 그 아이는 다케유키의 마사에였다. 그녀가 알고 있는 정혜는 부드러운 얼굴선과 총기 어린 눈을 지닌 단아한 여자아이였다. 하지만 그림 속 정혜는 틈 없이 단정하고 깍듯하기만 했다. 그녀의 생각을 알 턱 없는 다케유키는 흡족한 듯 그림을 서재에 걸어두었다.

"제목은 '마사에'라고 하겠소. 다음에 다시 그린 그림은 당신 방에 두리다."

덕혜는 마지못해 고개를 끄덕였다. 다케유키가 흐뭇한 미소를 지었다.

그는 다음 해에도, 그 다음 해에도 마사에를 그렸다. 해마다 자라는 모습을 그림으로 남겼다. 아버지의 정이었다. 덕혜는 그의 그림을 볼 때마다 자신이 직접 그려보겠노라 마음먹었다. 하지만 막상 정혜를 앞에 두고 붓을 들면 손이 떨렸다. 딸을 그림으로 그리는 순간 눈앞의 딸을 잃어버릴 것 같은 막연한 불안감이 엄습했다.

"아, 정혜야……."

덕혜는 가끔 정혜를 안고 멍하니 서 있곤 했다. 이 사랑스러운 아이를 어찌해야 좋을까. 기쁘면서 불안했고, 가슴이 벅차오르면서 슬펐다.

"마님, 마마가 아주 영특하십니다. 오늘은 노래도 배운 걸요."

목욕을 막 끝낸 비누거품 같은 아이를 안고 미요가 들어설 때면 덕혜는 세상을 다 얻은 듯 감격한 눈으로 정혜를 바라봤다. 정혜는 귀엽고 싹싹했다. 감성도 풍부했다.

"정혜는 엄마 딸."

덕혜는 때때로 딸아이를 꼭 끌어안고 속삭이듯 말했다.

"엄마 딸이야, 누가 뭐래도."

정혜는 밝고 명랑했지만 덕혜를 닮아 몸이 허약했다. 그것이 마음에 걸린다고 말할 때마다 다케유키의 표정은 신경질적으로 변했다. 그는 덕혜를 탓하고 있었다. 덕혜가 미열에 시달리거나 감기를 앓을 때도 짜증 섞인 눈빛을 드러냈다.

다케유키는 화가 나면 서재에 틀어박혀 나오지 않았다. 일에 골몰해 있을 때나 덕혜의 신경이 예민해져 있을 때도 그 방으로 숨었다.

'우리는 행복한 부부요.'

그는 혼잣말처럼 중얼거렸다. 일종의 자기최면이었다. 다케유키와 덕혜가 공유할 수 있는 기쁨은 정혜가 유일했다.

　다케유키는 정혜를 자주 사진에 담았다. 신식 카메라를 구입해서 틈만 나면 정혜의 모습을 찍었다. 사진을 찍을 때마다 정혜는 크는 것 같았다. 자박자박 걷기 시작하는가 싶었는데 금세 뛰어다니고, 어느새 한 뼘이나 자라 있곤 했다. 말도 무척 빨리 배웠다. 덕혜는 틈날 때마다 한글을 가르쳤고 다케유키는 일본말을 가르쳤다. 두 나라 말을 동시에 배우는 아이. 얼마지 않아 아이가 혼란스러워할 게 분명했다.

　'안 돼. 그냥 두어선 안 돼.'

　덕혜는 정혜를 볼 때마다 고개를 가로저었다.

　"마님은 마사에 마마를 볼 때마다 고개를 절레절레 젓는다네. 왜 그러실까?"

　"병이 더 깊어지시는 게지."

　"어떨 때 보면 멀쩡하신 것 같기도 한데."

　"오락가락하시는 게야."

　하인들은 다케유키의 눈을 피해 그런 말들을 쑥덕거렸다. 그 말은 덕혜의 귀에도 흘러들었다. 하지만 상관없었다. 덕혜는 타인의 시선 따위에는 아무 관심도 없었다. 덕혜는 저 혼자 깊어가는 강물이었다.

정혜는 덕혜 앞에선 제법 의젓하게 행동했다. 그동안 훌쩍 큰 아이는 어머니에 대한 예법이 남달랐다.

"어머니는 조선의 황녀이시니까요."

정혜는 그렇게 말했다. 덕혜는 그 말이 기특해서 간직하고 있던 장신구 중 하나를 내어주었다.

"어여뻐요. 어디에 쓰는 거예요?"

정혜의 눈이 휘둥그레졌다.

"궁중여인들이 머리 장식할 때 쓰는 거란다. 지금은 머리를 짧게 잘라서 할 수 없지만……."

덕혜는 자신의 깡총한 머리채를 두 손으로 감싸 쥐었다. 허전하고 민망했다. 그러나 정혜는 어머니에 대한 존경심을 담아 덕혜를 올려다봤다. 그래, 모든 세상이 몰라준다 해도 내 혈육만 알아주고 사랑해준다면 천애고아 같은 마음은 차츰 사라질 것이다.

"아, 고귀하신 우리 어머니."

정혜가 감격한 목소리로 말했다.

"조선에서 태어났다면 너는 나보다 훨씬 더 고귀한 존재란다. 네 아버지는 백작의 칭호를 갖고 있지만 너는 그 호칭보다 훨씬 더 존귀한 신분을 갖고 태어났단다."

덕혜의 눈빛이 오랜만에 평온해졌다.

"아아, 저도 어머니의 나라에 가보고 싶어요."

정혜의 맑은 두 눈에 한 번도 가본 적 없는 어머니의 나라가 꽉 차올랐다.

"반드시 돌아갈 거야. 조금만 기다려. 내가 너를 데리고 갈 거야."

덕혜의 의지는 점점 더 굳어졌다. 아직 어린 정혜는 덕혜의 속마음은 모른 채 그저 어머니가 좋아 고개를 끄덕였다. 하지만 그녀는 아직 사리판단이 서툰 어린아이다. 덕혜는 그 사실이 늘 두려웠다.

'내가 조센징이란 말이에요? 어머니의 피가 싫어요. 난 일본인이어요.'

그런 시간이 온다면 도대체 어떻게 해야 하나. 그 생각만 하면 온몸이 바들바들 떨렸다. 그 전에 일을 서둘러야 한다. 덕혜의 마음이 조바심을 쳤다.

"무슨 일이든 그 일이 닥치기 전에 미리 걱정하지 말아요. 때가 되면 그것에 맞는 적응방법이 나올 것이오."

속 모르는 다케유키가 덕혜의 앞지른 걱정을 일축했다. 어떻게 해서든지 잘 살아보겠다는 그의 의지가 그대로 드러났다. 그러나 덕혜의 세상은 여전히 어지러웠다. 아무리 발버둥 쳐도 회색 같은 세상을 벗어날 수 없었다. 절망스러웠다. 그럴 때마다 덕혜는 정혜를 떠올렸다.

차오르는 욕심을 드러내지 않기 위해 그녀는 조용히 책을 읽고 말을 줄였다. 바깥출입도 하지 않았다. 그저 책장을 뒤적이고 책을 읽고 또 사색에 잠겼다. 일본으로 끌려온 조선의 황녀는 그렇게 세상 속에서 잊혀져갔다. 실제로 세상은 더 이상 그녀를 주목하지 않았다. 어디에 사는지, 어떻게 사는지 그 누구도 관심을 갖지 않았다. 끝없이 관심을 가지고 지켜보는 이는 오직 이왕직 장관 한창수뿐이었다.

그는 잊을 만하면 나타나 다케유키를 만나고 갔다. 만나서 무슨 이야기를 하는지는 알 수 없었다. 덕혜도 묻지 않았다. 가능하면 그와 마주치고 싶지 않았다.

중일전쟁이 터진 직후였다. 전쟁에 모든 물자를 동원한 일본은 금세 궁색해졌다. 사람들의 마음도 날카로워졌다. 물자가 귀해졌고 사람들의 살림살이는 빈궁해졌다. 아끼던 옷을 내다 팔고 금붙이를 내다 팔아 연명하는 사람들이 늘어났다. 일본의 경제사정은 갈수록 엉망이 됐다. 다케유키의 사정도 크게 다르지 않았다.

다케유키가 옹주를 데리고 사는 조건으로 한창수에게 돈을 요구한다는 말도 들리고, 가계 빚을 갚아달라고 청한다는 말도 들렸지만 덕혜는 사실을 확인하고 싶지 않았다. 덕혜가 해결할 수 있는 일은 없었다. 조선에서 잡아온 황족들에게도 예우를 갖추지 않을 때였다.

그런 중에도 다케유키를 찾아오는 손님은 끊이지 않았다. 시를 쓰거나 그림을 그리는 사람들, 학교에서 같이 일하는 교수들이 대부분이었다. 그들은 용건 없이 찾아와서 그림과 난초 이야기를 하다가 차나 마시고 돌아갔다. 전보다 어려워지긴 했지만 아직 그곳은 전쟁과는 무관했다.

덕혜는 다케유키 몰래 정혜를 불러 앉혀 놓고 황실 예법을 가르쳤다. 정혜는 곧잘 따랐다. 다케유키는 정혜가 자신 앞에서 조선말을 쓰거나 조선인의 관습을 보이면 불편한 기색을 감추지 않았다.

정혜는 총명한 아이였다. 아버지가 그런 눈치를 보이면 금세 언제 그랬냐는 듯 재롱을 피웠다. 덕혜는 딸의 그런 조숙함이 마음 아팠다. 다른 집의 아이였다면 부모의 눈치를 보는 것 따위는 배우지 않았으리라.

그러나 덕혜는 정혜에게 조선말과 조선식 예법을 가르치는 걸 그만둘 수 없었다. 정혜는 그녀의 딸이었다. 반쯤 일본인의 피가 섞였다지만, 여기 일본에서 끈질기게 살아남은 자신을 증명하는 유일한 혈육이었다. 아버지도 잃고 어머니도 잃은 덕혜의 유일한 등불이었다.

바람 앞에 스러지지만 않으면 반드시 살아날 수 있다.

덕혜는 주문처럼 중얼거렸다.

악몽

학교에서 돌아온 정혜가 덕혜가 있는 2층으로 올라왔다. 덕혜는 평소처럼 정혜를 맞았다. 그런데 정혜는 달랐다. 가방을 그대로 멘 채 석고상처럼 하얗게 질린 얼굴로 덕혜를 노려보았다. 불길한 예감이 들었다.

"학교에서 무슨 일이라도 있었느냐?"

정혜는 금방 울음이라도 터뜨릴 것처럼 얼굴을 씰룩거렸다. 덕혜는 정혜에게 다가갔다. 그러자 정혜가 한 걸음 뒤로 물러섰다. 덕혜가 딸에게로 손을 뻗었다. 정혜가 소리쳤다.

"엄마, 나는 일본인이에요!"

딸을 잡으려던 팔이 허공에서 멈추었다. 정혜의 날카로운 목소리가 심장을 찢었다. 방 안에 고여 있던 공기가 파르르 떨렸다.

"정혜야…… 그게 무슨 소리냐?"

정혜의 눈이 붉게 충혈돼 있었다. 울다가 온 얼굴이었다.

"나를 정혜라고 부르지 말아요. 나는 마사에, 소 마사에란 말이
에요!"

기어코! 덕혜는 그 자리에 풀썩 주저앉았다. 정혜는 와락 눈물
을 터뜨렸다. 덕혜의 마음이 아득해졌다. 기어코 염려하던 일이 터
지고 말았다.

'아아, 정혜야.'

덕혜는 떨리는 손으로 정혜를 보듬어 안았다. 하지만 정혜는 냉
정했다. 마치 징그러운 벌레를 떼어내듯 신경질적으로 몸을 떨었
다. 얼마나 울었던 걸까.

'아아, 정혜야. 일본인이라니, 정혜라고 부르지 말라니. 안 된다,
애야. 너는 내 딸이다. 너는 조선인이다. 너의 이름은 정혜야.'

그 말은 덕혜의 입안에서만 맴돌았다.

한바탕 소동을 떤 정혜는 몸을 돌려 아래층으로 후다닥 뛰어갔
다. 학습원에 입학했을 때부터 이런 일이 벌어질까봐 항상 마음을
졸였다. 조센징의 피가 섞였다고 일본인들의 표적이 되지 않을까
늘 염려했다.

난징 대학살과 제2차 세계대전이 일어난 때였다. 태평양전쟁이
발발한 시점이었다. 천황에 대한 충성과 일본인의 긍지가 하늘을

찌를 때였다. 조센징은 파리보다 못한 존재였다. 정혜가 방을 나간 후 덕혜는 떨리는 손으로 가슴을 움켜쥐었다.

정혜는 다케유키의 서재에 있었다.

"마사에, 울지 마라. 그런 일에 울면 안 돼. 네 어머니는 조센징이 아니라 조선의 고귀한 황녀란다."

정혜를 달래는 다케유키의 음성도 흔들리고 있었다.

"그래도 싫어! 애들이 조센징이라고 놀린단 말이야."

정혜는 다케유키의 품에 안겨 울고 있었다. 아래층으로 내려온 덕혜가 정혜를 불렀다.

"정혜야……."

"그렇게 부르지 말아! 난 정혜라는 이름이 싫어. 엄마도 싫어!"

정혜가 발작하듯 소리쳤다.

"정혜야…… 네 이름은 정혜야."

덕혜는 한없이 나락으로 떨어지는 자신을 추스르며 또박또박 아이의 이름을 힘주어 말했다. 정혜가 진저리를 치며 몸을 떨었다. 두 손 사이에 깊숙이 얼굴을 파묻었다. 울음소리가 그 사이로 새어 나왔다. 정혜의 하얀 목덜미가 파르르 떨렸다. 그리고 선명하게 가로로 그어진 상처.

다케유키가 화들짝 놀라며 소리쳤다.

"마사에, 목 뒤의 이 상처는 뭐지?"

정혜가 고개를 들었다. 황급히 머리카락으로 상처를 덮었다.

"당신은 저 상처에 대해 알고 있었소?"

덕혜는 고개를 저었다. 그가 한심하다는 눈빛으로 덕혜를 보더니 이내 고개를 돌렸다.

"마사에, 어떻게 된 거야, 응?"

그러자 정혜가 다시 울음을 터뜨렸다.

"애들이 놀리기만 하는 게 아니라 못 살게 군단 말야. 이것도 애들이 나한테 못된 장난을 쳐서 생긴 거란 말야."

덕혜는 숨이 막혔다. 불현듯 자신의 학교생활이 떠올랐다. 얼마나 외로웠던가. 얼마나 많은 무시와 경멸 어린 시선을 견뎌야 했던가. 황녀라는 신분을 갖고도 그런 일들을 참아내야 했는데 정혜는 얼마나 더 심한 일들을 참아내야 했을까. 덕혜는 상처를 면밀히 살폈다. 이미 아물어 희미한 상처로만 남아 있었다. 생긴 지 며칠이 지났다는 뜻이리라.

"정혜야……!"

다케유키가 입술을 바르르 떨었다. 그는 거칠고 빠른 목소리로 덕혜에게 으름장을 놓았다.

"마사에라 부르시오. 아이가 싫다 하지 않소."

딸을 감싸 안으며 차갑게 내뱉는 말이 화살처럼 가슴에 박혔다. 그러나 덕혜는 다시 한 번 딸의 이름을 소리 높여 불렀다.

"정혜야!"

가슴이 아파도 조선의 피를 부정하게 내버려둘 수는 없었다.

"엄마 따라 조선에 가고 싶다고 했잖아. 너는 엄마 딸이야."

"조선은 이제 없어! 망해서 없어진 나라라고! 대일본 제국의 식민지란 말이야!"

정혜가 매섭게 대꾸했다. 그때까지 견디어 왔던 굴욕의 시간들이 거대한 파도처럼 밀려왔다. 아, 누가 저런 말을 가르쳐줬단 말인가. 온몸에 힘이 빠져 금방이라도 쓰러질 것만 같았다. 덕혜는 후들거리는 손으로 문지방을 붙들었다. 그녀는 아이의 얼굴을 멀거니 바라봤다.

저것이 내 굴욕의 마지막 징표다. 저것을 내 뱃속으로 낳았다. 저것이 외치는 저 소리, 내 삶의 뿌리까지 뒤흔드는 저 소리, 조선의 존귀함조차 부정하는 야멸친 저 소리. 저것을 내가 낳았다. 덕혜는 부들부들 떨리는 몸을 겨우 지탱한 채 정혜 앞으로 다가갔다.

"이리 와 정혜야. 내가 엄마야. 내가 너를 낳았어."

덕혜는 흐르는 눈물을 닦지도 않은 채 정혜의 손을 잡았다.

"싫어, 엄마가 싫어. 나는 아빠가 더 좋단 말이야."

정혜는 덕혜의 손을 야멸치게 뿌리쳤다. 덕혜는 무참하게 무너졌다. 둔중한 것으로 머리를 얻어맞은 듯 정신이 아득해졌고 눈앞에서 세상이 빙글빙글 돌았다.

"아이가 싫어하는 것은 하지 말아요. 당신도 이제는 일본사람으로 살아야 하지 않소? 당신은 일본인의 아내요. 더 이상 유령 같은 조선 황족 타령은 그만하시오. 들을 만큼 들었소. 마사에 때문에 많이 놀랐을 테니 2층으로 올라가서 쉬어요."

그는 냉정했다. 아이 곁에 접근하는 걸 허락하지 않았다. 덕혜는 잠시나마 그에게 마음을 얹으려 했다는 사실이 부끄러워졌다. 그와 덕혜는 결코 같아질 수 없었다.

"미요, 마님 모셔라."

명령이 떨어지기를 기다렸다는 듯 미요가 나타났다.

그림자. 그래, 저것들은 그림자야. 종이인형이야. 표정도 없고 생각도 없어. 덕혜는 머릿속이 뱅뱅 도는 듯했다. 어지러웠다. 다케유키가 종이인형을 조종한다. 점잖고 예의 바른 저 남자의 차가운 얼굴. 그는 덕혜가 2층으로 올라가고 나면 정혜를 타이를 것이다. 이성적인 언변으로 차근차근. 그는 정혜를 계속 마사에라고 부를 것이다. 조선의 황녀를 존중할 만한 예의를 지니고 있다고 해도 그는 앞으로도 계속 정혜를 마사에라고 부를 것이다.

미요가 덕혜를 부축했다. 덕혜는 앞이 보이지 않는 사람처럼 허둥댔다. 허공을 휘저어 미요의 손을 잡았다. 앞이 보이지 않았다. 뿌옇기만 했다. 모든 것이 멈추었다. 소리도, 바람도, 사람도, 세상도. 그저 먹먹하기만 했다.

"조심하세요, 계단이에요."

2층. 나의 지옥. 나는 그곳으로 끌려간다. 잠시 열리는 듯했던 세상이 다시 닫힌다. 아, 소란스러운 세상. 쓸 데 없는 말들이 너무도 많아 아무 소리도 들을 수 없다……

미요는 덕혜를 눕히고 이불을 덮어주었다. 그녀는 나가면서 다시 한 번 그녀를 돌아보았다.

'꽃이 진다면 저렇게 지겠지.'

덕혜는 역사의 책갈피 속에서 숨도 제대로 쉬지 못한 채 말라가는 작은 꽃잎이었다.

그즈음 덕혜의 정신상태가 온전치 못하다는 소문이 하녀들 사이에서 번졌다. 그 얘기는 덕혜의 귀에까지 들어갔다. 하지만 덕혜는 아무 말도 하지 않았다. 자신이 미치지 않았다는 건 자신이 제일 잘 알고 있었다. 혼자만의 성에 스스로를 가두고 혹독하게 담금질하고 있을 뿐이었다.

미친 척하는 건 여러모로 유용했다. 사람들은 덕혜 앞에서는 말을 아끼고 시선을 돌리고 행동을 조심했다. 오히려 다행스러운 일이었다. 덕혜는 남들과 어울리고 말을 주고받는 대신 자신과 대화했다. 잊지 말아야 할 것을 되뇌고, 준비해야 할 것들을 생각했다.

새벽에 정원을 돌아다니기도 했다. 정원 뒤쪽으로 나 있는 길을 따라 솔숲을 혼자 거닐었다. 새벽녘 잠이 덜 깬 채로 화장실에 가던 하녀들은 헐렁한 흰옷을 입고 헤매는 덕혜의 모습을 볼 때마다 기겁을 했다. 퀭한 눈, 거칠한 피부. 덕혜는 나날이 수척해져갔다.

"오늘도 숲으로 들어가시는군."

일본인 하녀 미요가 정원을 지나 솔숲으로 들어가는 덕혜를 보고 수군거렸다.

"하루 이틀 일도 아닌데 뭐. 신경 쓰지 말아요."

곁에 있던 하녀가 대수롭지 않게 말했다. 땅거미가 지는 시각이었다. 미쳤다는 소문이 돈 지 오래라 그녀가 숲 속을 돌아다녀도 눈여겨보는 이는 아무도 없었다.

"저렇게 숲으로 들어가시면 귀신 꼴을 해가지고 나오시지. 손톱밑에 흙 때가 묻어 있을 때도 있고 나뭇잎을 씹었는지 입 주위가 시퍼럴 때도 있어. 옷은 온통 흙구덩이에 뒹군 듯이 엉망이고."

"그래도 백작님께서 나무라지 않으시니 다행이지요."

덕혜는 그들이 하는 말을 다 듣고도 들은 척하지 않았다. 서늘한 바람이 얇게 입은 옷 속으로 파고들었다. 숲 속은 언제나 고요했다. 달이 뜨지 않은 날은 더 교교했다. 땅거미가 지고 나면 어둠이 내리는 것은 순식간이다. 하늘이 보이지 않게 울울창창한 숲은 항상 서늘하고 축축한 기운을 품고 있었다.

복순은 이제 의지할 곳이 아무 데도 없었다. 삶에서 자신의 의지로 할 수 있는 일이 얼마나 될까? 마마는 잘 지내실까? 사무치게 그리웠지만 이제는 갈 수가 없다.

"영친왕 저택에 다녀오게."

그날 아침, 백작은 그렇게 말했었다.

"그 댁 찬모가 병이 들었으니 보름 정도 거기서 일손을 거들어주고 오게."

복순은 옷가지를 몇 개 넣은 보퉁이를 손에 든 채 집을 나섰다. 영친왕 저택에 가면 조선의 소식을 들을 수 있을지도 모른다는 생각에 기분이 좋기까지 했다. 하늘은 맑고 바람은 상쾌했다. 복순의 발걸음은 가벼웠다. 옹주마마를 며칠 보지 못한다는 게 마음에 걸렸지만 그곳에 갔다 오면 이것저것 소식을 전할 수 있을 거라는 생각에 걱정은 금세 사라졌다.

백작의 저택을 나와 얼마쯤 걸었을 때였다.

갑자기 두 명의 사내가 복순의 앞을 다짜고짜 가로막았다. 모자를 깊이 눌러써서 얼굴은 보이지 않았다. 그들이 복순의 팔을 거칠게 붙잡았다.

"누구세요? 왜 이러는 거예요?"

그들은 이유를 묻는 복순의 뺨을 거세게 후려쳤다. 낡은 트럭에 밀어 넣었다. 그녀는 겁에 질렸다. 어디로 가는지, 왜 끌려가는지도 알 수 없었다. 사람들은 그들의 모습을 멀뚱히 보기만 했다.

"나를 어디로 끌고 가는 거예요!"

"알 것 없어! 목숨이라도 건지고 싶으면 가만히 있어!"

그들의 눈매에 살기가 어렸다. 차는 인적이 드문 산길로 들어서고 있었다. 두려워서 이가 덜덜 떨렸지만 복순은 이를 악물고 주위를 살폈다. 한참을 달리던 차가 으슥한 곳에서 멈추어 섰다. 운전을 하던 사내가 차를 세우고 저만치로 가서 오줌을 누었다. 다른 사내도 내려 바지춤을 끌렀다. 담배를 태워 물고 다시 차에 오르던 사내의 눈빛이 복순의 가슴께에 머물렀다. 찢긴 윗옷 사이로 가슴 골짜기가 그대로 드러나 있었다. 그들의 눈빛에 야수가 숨어들기 시작했다. 사내 하나가 끈적끈적한 시선으로 복순의 가슴께를 더듬었다.

"고것, 제법 통통하네. 흐흐흐."

복순은 앙칼지게 반항했다. 오히려 그 모습에 욕정이 끓어오른 사내가 천천히 복순에게 다가섰다. 다른 사내가 거들었다.

"여기서 이러지 말고 산 속으로 끌고 가자."

그들은 복순을 거칠게 끌어내렸다. 그녀의 손을 뒤로 묶은 채 축축한 숲 속으로 끌고 들어갔다. 복순은 이를 악물었다. 사내는 둘. 도망칠 수 있을까. 억센 손아귀에 잡힌 몸은 꿈쩍도 하지 않았다.

"제법 반반한 걸? 흐흐흐."

사내 하나가 허리춤에 차고 있던 칼을 꺼내 복순의 얼굴에 갖다 댔다. 번뜩이는 칼날에 오금이 저렸다.

"죽고 싶지는 않겠지? 가만히 있으면 목숨은 살려주마."

사내 하나가 복순의 귀에 대고 속삭이듯 말했다. 복순은 이를 악물고 으르렁거렸지만 그들은 복순의 목덜미를 어루만지고 가슴을 헤쳤다. 사내가 칼을 접으면서 허리춤을 풀었다. 사내 하나는 저만치 떨어져 망을 보았다. 복순은 몸을 뒤틀면서 반항했다. 사내의 억센 손바닥이 복순의 뺨을 쳤다. 눈앞이 아찔했다.

"너 같은 년 하나 없애는 건 일도 아니야. 그러니 가만히 있어. 목숨은 살려줄 테니."

사내는 바지춤을 풀었다. 복순의 치마를 사정없이 걷어 올렸다. 복순의 허연 속살을 본 사내는 눈이 뒤집혀 마구잡이로 그녀를 짓이겼다. 하늘은 야속하게 맑았다. 바람소리도 무심했다. 잔인하게 쏟아지는 햇살 아래 복순을 가려줄 수 있는 것은 아무것도 없었다.

욕심을 채운 사내가 일어나자 또 다른 사내가 복순의 가랑이를 타고 앉았다. 묶인 두 손이 사내의 몸무게에 짓눌려 허옇게 질렸다. 눈물도 나지 않았다. 앙다문 입술에 피가 맺혔다. 사내들은 그런 것에는 관심도 없었다. 오직 한 가지, 복순의 아랫도리를 훔치는 일에만 몰두하고 있었다. 피를 빠는 거머리처럼, 그들은 욕심을 채우고 나서야 복순의 몸에서 떨어졌다. 아랫도리가 얼얼했다. 차라리 악몽이었다면.

"하, 고년. 쓸 만한 걸."

사내가 침을 퉤, 하고 뱉으며 복순을 돌아봤다. 그 말을 듣자 형연할 수 없는 분노가 치솟았다. 복순은 벌떡 일어나 바지춤을 추스르고 있는 사내를 향해 달려갔다. 그의 팔뚝을 힘껏 물어뜯었다. 어디에서 그런 힘이 나는지 알 수 없었다. 당황한 사내가 소리를 지르며 버둥거렸다.

"이 년이 뭐하는 짓이야?"

저만치 떨어져 있던 사내 하나가 다급하게 달려왔다. 그의 손에

서 칼날이 번뜩였다. 그가 복순의 얼굴에 칼을 휘둘렀다. 갑자기
견디기 힘든 통증과 함께 비릿한 피 냄새가 코를 찔렀다. 팔을 물
린 사내가 씩씩거리며 복순의 머리채를 휘어잡았다.

"사내가 처음이라 곱게 봐줬더니 이런 독한 년."

그는 복순의 머리채를 잡고 뒤흔들었다. 하늘이 빙빙 돌았다.

"괜히 일 키우지 말고 그만 가자. 계집 얼굴에 칼자국이 깊으니
살아 있어도 산목숨이 아니야."

"하긴. 자, 얼른 이 년을 처리하고 가자고."

사내들이 다가와 복순의 두 팔과 다리를 묶었다. 그런 후에 질질
끌어다 숲 속에 내동댕이쳤다.

"지나가는 사람이 있으면 살려달라고 해봐."

차에 올라 탄 그들은 서둘러 사라져갔다. 풀밭에 버려진 복순은
멍하니 하늘을 올려다봤다. 무심하게 푸르렀다. 아, 어머니. 눈물
이 주르르 흘렀다.

"다시는 백작 집에 얼씬대지 마라. 만약 잡히면 그때는 죽여버
린다."

운전대에 앉은 사내가 험악한 눈빛으로 복순을 쏘아보며 내뱉은
말이 이명처럼 웅웅거렸다. 복순은 집을 나설 때 옹주가 손에 쥐어
주던 나비떨잠을 떠올렸다.

마마, 이럴 줄 예감하셨던 것이옵니까, 마마.

살아야 하는 이유

삶은 원칙도 없고 배려도 없다. 사납게 휘두르는 운명의 갈퀴를 막을 힘이 그녀에게는 없었다.

복순은 죽은 듯이 누워 있었다. 정지된 세상에 아무 의미 없이 널브러져 있었다. 손의 결박은 단단했고 버려진 몸뚱이는 상처투성이였다. 가시에 긁히고 찢기고 유린 당한 몸뚱이는 휴지조각처럼 구겨져 있었다. 어둠이 몰려올 때까지 복순은 그렇게 버려져 있었다.

복순을 구한 건 초로의 농부였다. 미동 없이 누워 있는 복순을 보고서도 농부는 선뜻 다가오지 않았다.

"…… 거기 누구요."

목소리가 아주 조심스러웠다. 그 음성이 복순의 귀에 스며들었다. 그 순간 정지되어 있던 시간이 다시 흐르기 시작했다. 복순은 억지로 몸을 일으켰다. 그제야 놀란 농부가 뛰어와 복순의 손과 다리를 자유롭게 풀어주었다. 밧줄로 묶여 있던 부분에 시퍼렇게 피멍이 들어 있었다. 복순은 고개를 떨군 채 찢긴 치마폭으로 입술을 닦았다. 아무렇게나 헤쳐진 옷을 여미고 농부를 쳐다보았다. 얼굴이 잘 보이지 않았다.

"우선 우리 집에 가서 좀 씻어야겠소."

야수만도 못한 놈들에게 당했다 해도 죽을 수는 없었다. 얼굴에 칼자국이 깊게 났다 해도 죽을 수는 없었다. 복순은 한 손으로 상처를 가렸다. 눈물과 핏물이 뒤엉긴 채 얼굴 위로 흘러내렸다. 복순은 겨우 몸을 추슬러 저만치 뒹굴고 있는 보퉁이를 움켜쥐었다.

그녀는 무작정 농부의 뒤를 따라 걸었다. 걸을 때마다 온몸이 찢겨 나갈 듯이 고통스러웠지만 이를 악물었다.

집 앞에 작은 등불이 걸려 있었다. 소담한 정원, 자그마한 꽃 화분. 구수한 된장국 냄새도 났다. 그 냄새를 맡자 살아야 한다는 생각이 더욱 강하게 밀려들었다. 그러나 그녀는 집에 들어서자마자 까무룩 정신을 잃고 말았다.

복순은 며칠을 시체처럼 누워 있었다. 농부의 아내가 그녀를 간호했다. 복순이 눈을 뜨자 그녀가 안도의 숨을 내쉬었다.

"큰일 나는 줄 알았습니다."

복순은 몸을 일으켰다. 그 순간 세상이 빙그르르 돌았다.

다다미방 윗목에 복순의 보따리가 얌전하게 놓여 있었다.

"고맙습니다. 이 은혜를 어찌 갚아야 할지요."

복순의 말에 농부의 아내가 수줍게 손사래를 쳤다. 그러나 복순은 그녀의 눈빛에 은근슬쩍 어리는 호기심을 놓치지 않았다. 지난 악몽을 다시 떠올리고 싶지 않았다. 그녀는 밤이 되기를 기다려 그 집을 빠져나왔다. 인사도 없이 떠나는 게 미안했지만 알 수 없는 불안감이 그녀의 발을 재촉했다. 마을에서 멀어질수록 악몽 같은 기억에서 멀어지는 길이라 생각했다.

터널 같은 어둠을 지나 아침 해가 떠오를 때까지 정처 없이 걸었다. 몸이 아직도 후들후들 떨렸다. 제대로 치료하지 않은 상처에서 진물이 흘렀다. 쉴 곳을 찾아 몸을 편안하게 누이고 싶었다. 그러나 갈 만한 곳은 없었다. 복순은 이를 악물고 걸었다. 조선이 사무치게 그리웠다.

어머니!

복순은 울음을 토하듯 어머니를 불렀다.

정처 없이 걷는 사이, 하루가 지났다. 한적했던 길이 사람들로 웅성거릴 때쯤 복순은 정신을 차리고 주위를 둘러보았다. 도시였다.

복순은 조그만 음식가게로 들어섰다. 한 손으로 얼굴을 가리고 고개를 숙였다.

"쇼꾸오모토메떼이마스."

정중한 목소리로 일자리를 얻을 수 없겠느냐고 물었으나 일본인들은 복순의 몰골을 보고는 고개를 저었다. 이 가게 저 가게 기웃거리기를 반나절. 그제야 복순은 그곳이 도쿄라는 걸 알았다. 의식이 또렷해짐에 따라 미친 듯이 배가 고프기 시작했다. 그렇게 험한 일을 당하고도 배가 고프다는 사실이 경멸스러웠다. 살고자 하는 끈질긴 본능에 복순은 울컥 눈물이 솟았다.

패망이 눈앞이라는 이야기가 공공연하게 나돌 때였다. 거리의 분위기는 극도로 뒤숭숭했다. 패망의 조짐은 일본인들의 표정에서도 읽을 수 있었다. 사람들의 눈빛에서 날카로운 살기가 번뜩였다. 먹을 것을 구하기 위해 헤매는 자들이 부지기수였다. 구석에 거지처럼 웅크리고 앉아 있는 이들도 많았다. 곳곳에서 조선인 남자들의 시체가 발견되는가 하면 위안부를 하다 도망 나온 만신창이 여자들도 심심찮게 보였다. 그런 여자들을 본 일본군들은 야수처럼 날뛰었다. 여자들은 굶주림과 공포, 언제 험한 일을 당할지 모른다는 두려움에 젖어 거리를 떠돌았다. 일본군은 독이 오를 대로 올라 있었다. 불안한 시대를 독기로 견뎌내고 있었다. 그들의 공포는 폭력으로 드러났다. 사람을 죽이고 여자를 겁탈하고 물건을 탈취하는 일이 다반사였다. 거리마다 광기가 흘렀다.

복순은 골목으로 숨어들었다. 지난 악몽이 방금 꾼 꿈처럼 선명했다. 온몸에 소름이 돋았다. 다시는 생각하고 싶지도 않은 일을 또 당할지 모른다는 두려움에 복순은 고양이처럼 발소리를 죽였다. 저녁에는 가정집 추녀 끝에서 몸을 웅크리고 잤다.

거리의 사람들은 다른 이들에겐 아무 관심도 없었다. 모두 제 앞가림에 급급했다. 복순의 행색은 날이 갈수록 더 추레해졌다. 그녀는 그런 모습으로 가게를 전전했다. 여전히 일을 주겠다는 사람은 없었다. 전쟁통이라 모든 물자가 귀했고 사람들의 마음도 강퍅했다. 다섯 끼를 굶자 눈앞에서 실지렁이들이 고물거렸다. 그즈음 복순은 음식점 쓰레기통을 흘끔거리기 시작했다.

저녁이 되자 가로등이 하나둘 불을 밝혔다. 허기진 배를 움켜쥐고 복순은 어둑한 골목 어귀에 쭈그리고 앉았다. 가게의 불빛이 희미하게 비추는 자리라 오고가는 사람들이 많았다.

"카미카제로 출격했던 사토의 동생이 죽었다는군."

"그뿐이면. 야마토 군함이 침몰하면서 200명이 넘는 젊은이가 죽었다네."

"이러다 젊은이들 씨가 마르겠네……."

어둠은 더 짙어졌다. 이제 가게의 불빛이 하나둘 꺼지기 시작했다. 복순은 어떻게든 그날의 잠자리를 구해야 했다. 하지만 몸을 움직일 수 없었다. 그때였다. 어둠 속에서 긴 그림자가 불쑥 다가섰다.

"거기 뭐야! 거기 누구야!"

복순은 잔뜩 긴장했다. 몸을 한껏 움츠리고 상대를 바라봤다. 불빛을 등지고 있어서인지 얼굴이 보이지 않았다.

그가 한 발 더 다가왔다. 덩치가 산만 한 남자였다. 복순은 눈을 질끈 감고 몸을 더욱 웅크렸다. 그는 한 손에 커다란 쓰레기봉투를 들고 있었다. 거기에서 고소한 닭튀김 냄새가 흘러나왔다. 빈 뱃속이 울렁거렸다. 복순은 후들거리는 다리에 힘을 주며 일어섰다.

"밥 좀 주세요."

고소한 밥 냄새가 빈속을 휘저었다. 눈앞에 허연 쌀밥이 어른거렸다. 복순은 '밥'이라는 말을 끝으로 그만 정신을 잃었다.

"이런, 여자잖아."

쓰레기봉투를 쥐고 있던 남자의 당황한 목소리가 골목에 길게 울려 퍼졌다.

어수선한 도시의 뒷골목으로 부랑자들이 점차 모여들었다. 여자, 아이 할 것 없이 갈 곳 없는 목숨들이 거리를 배회했다. 복순이 조그만 음식점에 몸을 의탁하게 된 것은 불행 중 다행이었다.

쓰레기봉투를 들고 있던 남자의 이름은 카토 츠루마츠였다. 그는 언제나 똑같은 시간에 일어나 움직였다. 말이 없고 무표정했다. 석 달 동안 복순은 그가 웃는 모습을 단 한 번도 본 적이 없었다. 그러나 가게에 딸린 그의 방에서 처음 눈을 떴을 때, 그는 걱정스러운 눈빛으로 그녀를 내려다보고 있었다.

"괜찮아요?"

복순은 본능적으로 몸을 움츠렸다. 빈속이 쓰리고 아렸다. 배를 움켜쥐고 일어나니 심한 현기증에 천장이 빙그르르 돌았다. 조그만 알전구 하나가 좁은 방을 밝히고 있었다.

"괜찮아요?"

복순이 이번에는 고개를 끄덕였다. 그가 두툼한 손을 저으며 안심하라는 표정을 지었다. 그가 상처를 치료해주었다. 볼이 움푹 패일 정도로 상처는 깊었다. 복순이 세상에서 받은 상처 중에 가장 크고 깊은 것이었다.

그는 상처를 소독한 후 서둘러 방을 나갔다. 뒤이어 잔잔한 도마 소리가 났고 무엇인가가 보글보글 끓는 소리가 들렸다. 허기가 빈속을 할퀴었다. 그는 잠시 후 김이 오르는 따뜻한 죽 한 그릇을 들고 다시 들어왔다. 눈물이 저절로 흘러내렸다.

"감사합니다. 감사합니다."

복순은 허겁지겁 죽 그릇을 잡았다. 한 그릇을 다 비우고 나서는 또다시 혼절하듯 쓰러졌다. 두툼한 손이 그녀의 몸에 닿는가 싶었는데 어느 사이 그녀는 방 안에 눕혀져 있었다. 눈을 뜨자 덩치 큰 그가 씩 미소 지었다.

몸을 운신하게 된 후로 그녀는 자연스럽게 가게 일을 도왔다. 국수를 파는 가게였다. 작지만 청결했고 손님도 적잖았다. 사람들은 카토가 마침내 색시를 얻은 모양이라고 떠들어댔다. 카토는 별 대꾸 없이 웃기만 하였다.

카토는 뚱뚱하고 못생겼지만 속은 깊었다. 그는 복순에 대해 아무것도 묻지 않았다. 복순 역시 그에 대해 묻지 않았다. 오히려 국수집을 찾는 사람들이 카토의 신상에 대해 이야기해주었다. 동생이 카미카제 특공대로 나가 전사했다는 것, 어머니는 그 일로 정신 이상이 되어 병원에 입원했다는 것, 그 병원비를 대기 위해 장사를 시작했다는 것…….

"사끼코 상, 카토는 좋은 사람이에요."

손님 중 한 명이 사귀어 볼 것을 은근히 종용했다. 가게에서 그녀는 사끼코 상이라고 불렸다.

"이름이 뭐요?"

몸을 추스르고 일어났을 때 카토가 물었다. 이름……. 복순은 망설이다 그냥 사끼코라고 대답했다. 단골 화방의 여급 이름이었다. 더 이상의 질문은 없었다. 그날부터 그는 친근한 여동생을 부르듯 그녀를 사끼코라고 불렀다.

새벽에 그는 혼자서 시장에 다녀왔다. 그가 사 온 싱싱한 해산물, 파, 양파, 멸치와 다시마, 그런 것들을 손질하는 건 복순의 몫이었다. 그녀는 열심히 일했다. 그러나 가끔씩 안에서부터 분노가 치밀어 올랐다. 그럴 때마다 그녀는 우동그릇을 내던졌다. 멍하니 정신을 놓을 때도 있었다. 하지만 카토는 아무 말도 하지 않았다.

그는 방을 복순에게 내어 주고 가게의 소파에서 잤다. 그 어떤 요구도 하지 않았다. 그렇게 이상한 동거는 몇 개월 동안 별 탈 없이 이어졌다.

그러나 얼마 후면 날씨가 쌀쌀해질 것이다. 그때가 되면 그는 방으로 들어와야 할 것이다. 그러면……. 복순은 겨울이 되기 전에 그곳을 떠나야겠다고 마음먹었다.

"나의 육해군 장병이 용감히 싸우고 나의 모든 신하가 열심히 일하고 나의 일 억 신민이 뜻을 받들어 최선을 다했음에도 전쟁 상황이 호전된 것만은 아니었으며 세계의 대세 역시 우리에게 유리하지 않다……."

가게에서 일한 지 두 달쯤 지났을 때였다. 무더위가 기승을 부리는 8월이었다. 앉아만 있어도 땀이 줄줄 흐르고 짜증이 치밀어 오르는 날씨. 복순은 양파를 까다 말고 라디오에서 울려 퍼지는 일본 천황의 목소리를 들었다. 처음엔 무슨 소린지 몰라 어리둥절했다. 그러나 곧 패망을 인정하는 말이라는 걸 깨달았다. 카토가 무를 썰던 손을 멈추고 부르르 떨었다. 눈빛에 괸 분노가 칼끝에 머물렀다. 그는 칼을 도마에 내리꽂았다.

'이렇게 패망하고 말 것을 내 동생을 인간폭탄으로 만들다니!'

그의 눈빛이 그렇게 절규하고 있었다. 복순은 떨고 있는 카토를 의자에 앉혔다. 그는 순한 아이처럼 그녀가 이끄는 대로 따랐다. 복순은 그를 가만히 안아주었다. 그는 여전히 벌벌 떨면서 자신의 몸을 가누지 못했다. 한동안 말없이 그를 껴안고 있던 복순은 다시 그를 일으켜 세워 방으로 데려갔다. 따뜻한 보리차를 따라 그에게 건넸다. 카토는 말없이 그것을 받았다. 거리에서 소란스런 소리가 뒤죽박죽 들려왔다. 천황폐하를 목 놓아 부르는 소리와 엉엉 우는 소리가 들렸다.

복순은 창문을 닫고 커튼을 쳤다. 순식간에 방 안이 고요해졌다. 복순은 카토의 두 손을 꼭 쥐었다. 갑자기 카토가 손을 빼며 중얼거렸다.

"언제 나를 떠나려오?"

복순은 말없이 그를 내려다봤다.

"가지 말아요. 나를 떠나지 말아요."

갑자기 카토가 복순을 거세게 껴안았다. 복순은 자꾸만 가슴팍으로 파고드는 카토의 머리를 밀어냈다.

"나는 조선으로 가야 해요."

복순은 그 말을 중얼거리며 몇 번씩이나 고개를 흔들었다.

흔들리는 시간들

덕혜는 밤이 되면 하모니카를 꺼내들었다. 숲 속에서 새소리가 들릴 때마다 덕혜는 하모니카를 불었다. 하모니카를 처음 배우겠다고 했을 때 다케유키는 기뻐했다. 그것이 덕혜의 우울증을 완화시켜줄 수 있을 거라고 생각했다. 하지만 이제는 밤에 울려 퍼지는 하모니카 소리가 스산해서 견딜 수 없다고 불평을 늘어놓았다.

"밤에는 불지 않았으면 좋겠소."

덕혜는 가만히 고개를 가로저었다.

마음의 문을 닫은 후로 그녀는 그와 눈도 마주치지 않았다. 멍하니 앉아 있는 날이 많아졌다. 그럴수록 다케유키 또한 그녀를 멀리했다.

정혜와의 사이도 돌이킬 수 없을 만큼 악화됐다. 정혜는 사사건

건 덕혜에게 신경질을 냈다. 그녀의 딸이라는 사실 자체를 못 견뎌
했다.

그즈음 덕혜는 아무리 정신을 다잡으려 해도 자신을 지키는 게
너무 힘들었다. 그때마다 복순이 간절히 그리웠다.

"복순이를 좀 찾아줘요."

그 말에 잠자코 젓가락질만 하던 정혜가 발끈하여 대꾸했다.

"그만 좀 할 수 없어요? 그까짓 하녀 하나 없어진 걸 가지고……."

"복순이는 하녀가 아니야. 내 동지야. 내 혈육이야."

덕혜의 시선이 창밖 저 먼 곳을 향했다. 정혜의 얼굴에 짜증스러
운 표정이 서렸다.

"어머니! 듣기 민망해요. 왜 그 여자에게 그렇게 집착하세요?"

"복순이는 네 아버지가 어딘가로 보내버렸어."

"당신, 이제 좀 그만하시오! 어린애처럼 생떼 좀 쓰지 말아요.
지금은 나라가 어지러운 상황이오. 복순 상이 어찌 됐는지 나도 알
아볼 방법이 없소!"

다케유키의 목소리에도 날이 잔뜩 서 있었다. 사나워지는 마음을
다스리지 못하고 기어이 젓가락을 놓고 일어서던 다케유키는 덕혜
의 애절한 시선에 또 한 번 절망했다. 그녀의 눈은 백치와 다를 바
없었다. 차라리 독기를 품고 대들던 때가 나았을지도 모른다. 그때
는 상황이 더 나아지리라는 희망이라도 품을 수 있었으니까. 요즘
그는 불쑥불쑥 모든 것을 되돌리고 싶다는 생각에 사로잡혔다.

'모든 걸 접고 싶다. 뭐가 이리 뒤엉키는지. 조선의 황녀를 아내로 취한 대가가 이리도 복잡하고 힘들 줄이야.'

그의 눈에 언뜻언뜻 비치는 절망을 그녀도 느끼고 있었다. 그녀역시 더욱 차가워지는 그의 눈빛을 보며 더 깊게 절망하고 있었다. 덕혜는 그의 눈이 무슨 말을 하고 있는지 잘 알았다.

'당신도 내가 미친 여자처럼 보이겠지. 하지만 당신도 알아야해. 이 나라도 이제 나처럼 될 거야. 조선을 삼킨 대가야. 욕심을 부리다 미쳐버린 거지. 이건 그 벌이야!'

다케유키는 덕혜의 눈빛이 공허해졌다가 표독스러워졌다가 절망에 빠졌다가 다시 공허해지는 걸 보았다. 체념과 공포와 절망 사이를 배회하는 그녀에게서 이제 벗어나고 싶었다. 그녀는 족쇄였다. 계속 그녀를 보고 있으면 자신마저 이상해질 것 같았다.

'내가 너무 쉽게 생각한 건지도 모른다. 그녀는 결코 일본인이될 수 없다. 노력으로 변화시킬 수 있을 거라 믿다니, 그건 자만이었다. 어리석고도 한심한.'

혼란스러운 나라 때문에 날이 서 있는 다케유키의 일상과는 다르게, 덕혜의 하루는 아주 느리게 흘러갔다. 그녀의 시선은 나무의이파리, 하늘의 구름, 바람소리, 그런 것들만 무심히 좇았다. 하지만 마지막에 머무는 곳은 언제나 정혜였다.

'저 애를 데리고 조선으로 돌아가야 해.'

정혜는 성미가 불같았다. 하지만 파르르 화를 내고서는 뒤늦게 후회했다. 특히 덕혜 앞에서 화를 다스리지 못한 걸 언제나 미안하게 생각했다. 덕혜에게 한바탕 쏘아붙인 후 차를 들고 2층으로 올라와 말없이 앉아 있다 가기도 했다. 그녀만의 화해 신호였다. 그러나 곰살궂게 굴지는 않았다. 그저 덕혜의 맥없는 눈동자를 들여다보다가 제풀에 지쳐 내려가곤 했다.

어느 날, 덕혜는 다케유키가 없는 틈을 타 정혜를 불러 앉혔다.

"열하에 가보지 않으려느냐?"

덕혜는 그동안 연암 박지원의 열하일기를 여러 번 읽었고 정혜에게도 그 이야기를 해주었다. 미지의 세계를 동경하는 것은 그녀나 덕혜나 똑같았다. 언젠가는 꼭 함께 가자고, 정혜는 꿈에 부푼 눈으로 덕혜에게 말하곤 했다.

"어딜 가요? 열하요? 어머니는 지금 그런 말이 나와요?"

그들의 골은 이미 너무나 깊었다.

다케유키는 학교 강사도 그만두었다. 태평양 전쟁의 발발로 세상은 어수선한데 다케유키는 오히려 한가롭게 정혜를 데리고 등산을 다니거나 산책을 즐겼다. 정혜를 덕혜 곁에 두고 싶지 않다는 무언의 시위였다. 그 자신도 덕혜를 점점 멀리했다. 살뜰하게 보살피던 시간은 사라졌다. 집에 오면 마지못해 그녀의 방에 잠시 들렀다가 피곤하다는 말과 함께 서둘러 나갔다.

덕혜는 진정 외로웠다. 그런 중에도 세월은 무심하게 흘렀다.

1942년 여름이 막 시작되고 있었다. 정혜와 이야기할 때 아니면 늘 서재에 틀어박혀 있던 다케유키가 모처럼 말을 걸어왔다.

"마사에가 너무 힘들어하는 것 같소, 그래서 하는 말인데, 바람이나 쐬어주려고 하오."

"어딜 가려고요?"

"고후 근처의 대명산이나 다녀올까 하오. 다행히 마사에도 등산을 좋아하니……."

"그렇군요…… 정혜의 기분이 풀린다면 그리 해야지요."

덕혜는 쓸쓸한 표정으로 고개를 끄덕였다.

"닛꼬를 지나 고다요카 언덕을 거쳐 하루 숙박하는 코스로 잡을까 하오."

"네……."

덕혜는 그저 고개를 끄덕일 뿐이었다. 세상에 홀로된 느낌. 덕혜의 눈에 비탄이 서리는 걸 보면서도 다케유키는 고개를 돌렸다. 이말고도 얼마나 골치 아픈 일이 많은가. 그러나 덕혜의 절망스런 한숨소리는 오랫동안 다케유키의 가슴에 끈끈하게 달라붙어 있었다.

1945년 4월 도쿄 첫 공습이 발발했다. 메구로 구의 소 백작 저택도 공습의 영향권 안에서 벗어날 수 없었다. 밤낮을 가리지 않고 여기저기서 '우르르 쾅쾅' 하는 소리가 들렸고 시도 때도 없이 조명탄이 터졌다. 사람들은 공습경보만 울리면 목을 움츠린 자라같이 지하방공호로 몸을 숨겼다. 다케유키도 마찬가지였다. 그러나 그는 다른 사람들보다 배는 더 힘들었다. 공습경보가 울려도 아무 반응 없이 멍하니 앉아 있는 덕혜 때문이었다. 그녀를 데리고 번번이 방공호로 몸을 숨기는 것은 생각보다 번거로웠다.

그러는 사이 여자학습원의 집단 피난이 결정됐다. 정혜가 먼저 시오하라로 떠났다. 떠날 때도 덕혜에게는 눈길조차 주지 않았다. 어쩜 떠날 수 있는 게 다행이라고 생각하는지도 몰랐다. 덕혜는 떠나는 정혜를 물끄러미 바라보았다. 이제 다시는 볼 수 없을 거라는 생각이 엄습했다. 전세는 기울었고 조만간 전쟁이 끝날 거라는 소문이 나돌았다. 그때가 되면 정혜는 돌아올까. 내게 다시 돌아올까. 덕혜는 확신할 수 없었다. 이 어둡고 외로운 시기를 홀로 견디게 한 것, 그것을 알면서도 어머니로서 지켜주지 못한 것, 그런 것들이 덕혜의 가슴을 아프게 헤집었다. 덕혜는 정혜의 뒷모습을 보면서 눈물을 흘렸다.

대공습 시기가 되자 다케유키에게도 소집명령이 떨어졌다. 나라의 부름을 받고 애국심으로 무장한 채 떠나는 그는 어쩔 수 없는 대일본 제국의 병사였다.

집 안은 텅 비었다. 아무도 없는 집에서 덕혜는 자유로웠다. 일본인 하녀들이 있기는 했지만 다케유키가 사라지자 그들은 덕혜를 방치했다. 어수선한 세상에서 망국의 옹주 따위 관심 밖의 일이었다. 저택을 빠져나가 돌아다녀도 아무도 덕혜를 기억하지 못했다. 미요의 집요한 눈길도 사라졌다. 늘 어딘가에서 그녀를 살피는 듯한 기분 나쁜 느낌도 사라졌다. 하지만 때를 같이해 덕혜의 탈출 의지도 사라졌다. 그녀는 혼자서 킬킬대고 웃거나 중얼거렸다. 하녀들이 수군거렸다.

"마님이 이제는 완전히 미친 것 같아."

때때로 성장을 하고 돌아다니기도 했다. 온갖 옷을 꺼내놓고 입어보고 벗고, 다시 입어보고 벗고를 반복했다. 모자를 썼다가 벗고, 긴 치마를 입었다가 벗어서 내팽개쳤다. 기모노를 입었다가 벗고, 양장을 했다가도 벗어던지기 일쑤였다. 방 안은 도둑이 휩쓸고 간 것처럼 난장판이 됐다. 축음기를 틀었다가, 하모니카를 불었다가, 그도 아니면 혼자서 노래를 부르거나 방 안을 빙빙 돌며 춤을 추기도 했다. 그 모양이 구슬프기 그지없었다.

아무도 덕혜를 따르지 않았고 보호하려 하지 않았다. 모두들 그녀를 정신이 약간 나간 부잣집 아낙 정도로만 여겼다. 덕혜는 도심의 거리를 자유롭게 거닐었다. 거리를 거닐면서 그토록 원하던 자유로운 사람이 됐다. 하지만 덕혜는 한순간도 그것을 온전히 누릴수 없었다.

그날도 덕혜는 공허한 눈빛으로 집을 나섰다. 모자를 깊이 눌러 쓴 남자가 그 뒤로 따라붙었다. 덕혜는 일찌감치 그 인기척을 눈치 챘다. 그녀는 무심코 박무영을 떠올렸다. 그들이 아직도 나를 기억 하고 있을까. 나를 조선으로 데려다줄 수 있을까. 누구라도 그렇게 만 해준다면 망설이지 않고 따라나설 것이다. 덕혜는 마른침을 삼 키며 긴장했다.

그녀는 골목길이 꺾어지는 지점에서 재빨리 몸을 숨겼다. 뒤따 르던 남자가 당황해하며 걸음을 재게 놀렸다. 덕혜는 그가 골목으 로 들어서자마자 그 앞으로 불쑥 몸을 들이밀었다.

"누구시오? 왜 내 뒤를 따라오는 것이오?"

그가 멈칫거렸다.

"…… 죄송합니다."

그가 돌아서려 했다. 덕혜가 얼른 붙잡았다.

"나를 미행하는 이유가 있나요?"

"……."

"나를 본 적이 있나요?"

"……."

남자는 덕혜의 시선을 피했다.

"나를 구출하려는 계획이 있나요?"

"황공하옵니다."

덕혜는 그를 잡고 속사포처럼 말을 내뱉었다.

"나를 포기하지 말아요. 나를 도와줘요. 나를 조선으로 데리고 가줘요."

덕혜는 그의 손을 잡고 애원하듯 말했다. 체면을 차릴 새도 없었다.

"마마! 이 불충을 용서하소서."

그가 갑자기 덕혜 앞에 엎드려 울음을 터트렸다. 누가 이 가엾은 여인을 당당하고 기품 있던 옹주마마라 할 것인가. 초조하고 두려운 눈빛으로 사방을 살피며 애걸하고 있는 이 여자, 누군지도 모르는 남자에게 말을 걸어 자신을 구해달라고 호소하는 이 여자……. 무영은 그녀를 똑바로 바라볼 수 없었다.

"나는 꼭 조선으로 돌아가야 합니다."

덕혜가 몸을 떨며 흔들리는 목소리로 말했다.

뿔뿔이 흩어졌던 사람들이 다시 제자리로 돌아오기 시작했다. 결국 일본은 패망을 선언했다. 다케유키는 그 사실을 덤덤하게 받아들였다. 이미 예견했던 일이기도 했다. 야마토 운운하는 다른 사내들처럼 영웅심을 지닌 것도 아니기에 그의 절망은 그리 깊지 않았다. 하지만 어쩔 수 없이 신경이 날카로웠다. 그는 종종 허둥대고 두려워했다. 그가 두려워하는 건 앞으로 견뎌내야 할 변화들이었다. 특히 사회개혁에 대해 극도로 불안감을 느꼈다. 군국주의를 일소하는 사회개혁이 착착 진행되고 있던 시점이었다. 화족제도가 없어졌고, 천황의 직계 형제들만 남겨두고 나머지 근친들은 평민 신분으로 격하됐다. 황족과 화족에게 엄청난 재산세를 부과한다는 소식도 들렸다. 그렇게 되면 다케유키도 막대한 세금을 감수해야 했다.

'세금을 감당할 수 없다면 작위를 버리라는 무언의 압박이군.'

백작입네, 하고 품위를 지키며 살던 시절은 이미 지나가버렸다. 경제적으로 보조해주던 이왕직 장관 한창수도 얼굴조차 내비치지 않았다. 빚은 눈덩이처럼 쌓여가는데 해결할 방도는 없었다. 다케유키는 골치가 아팠다.

'이제 저택을 파는 것 외엔 방법이 없어.'

너른 정원을 바라보며 그는 결심을 굳혔다. 지금까지 견뎌온 것도 용한 일이었다. 이제 어떻게 살아야 할지 막막하기만 했다. 집을 처분한 후의 형편은 불을 보듯 뻔했다. 귀족으로서 누리던 풍족한 생활도 포기해야 하고 하인도 부릴 수 없을 것이다. 덕혜가 큰 골칫거리였다. 그렇지 않아도 살갑지 않은 모녀. 정혜가 하녀도 없는 집 안에서 덕혜를 살뜰히 보살필 리 만무했다. 형식적으로나마 황족 대우를 해줬던 것도 이제 끝났다. 이 현실을 덕혜는 어떻게 받아들일지 그는 궁금했다.

그는 알고 있었다. 덕혜가 일본의 패배를 은근히 속으로 즐긴다는 걸. 천황이 항복을 선언한 이후 아무도 없는 곳에서 미소를 짓는다는 걸. 그는 분하기도 했고 쓸쓸하기도 했다. 부부가 아니던

가. 정혜라는 공통분모를 지닌 관계가 아니던가. 그러나 눈앞에 닥친 현실 앞에서 그들의 벽은 더욱 견고하게 드러났다. 우리는 영영 평행선일 수밖에 없는 것인가. 그는 쓸쓸한 탄식을 내뱉지 않을 수 없었다.

정혜 또한 나날이 예민해졌다. 그녀는 2차 대전에서 승리한 연합군 사령부가 전 열도를 재정비하는 것을 두려운 눈으로 지켜봤다. 덕혜는 일본의 패망이 자신의 딸에겐 절망이라는 사실을 깨닫고 가슴을 쥐어뜯었다. 천황이 항복을 선언하던 날 정혜는 하늘이 무너진 것처럼 통곡했다. 하얗게 질린 딸의 얼굴을 보며 덕혜는 자신이 이 집에서 섬이나 마찬가지라는 걸 깨달았다. 외로웠다. 누구와 함께 일제의 패망을 기뻐할까. 덩실덩실 춤이라도 추고 싶었지만, 기쁨을 함께 나눌 사람이 없었다. 복순이 생각이 간절했다.

"이제 난 조선으로 돌아갈 거란다. 그때 너와 꼭 함께 갈 거란다."

덕혜의 간절한 말에 정혜는 고개를 저으며 당돌하게 대꾸했다.

"일본이 망했는데 조선이 어디 있어요? 어머니는 정말 정신이 이상해진 거예요!"

그 누가 가슴에 칼을 꽂는다 해도 이보다 더 고통스러울까. 그곳에 정혜는 없었다. 마사에라는 이름의 아이만이 존재할 뿐.

일본이 패망한 후 조선인에 대한 핍박과 무시는 오히려 더 심해졌다. 학교에서 돌아올 때마다 정혜는 한껏 날이 서 있곤 했다. 조

센징의 딸이라는 놀림은 여전히 계속되고 있었다.

어느 날 덕혜는 정혜의 신발이 얌전히 문가에 놓�
견했다. 무슨 일이 생겨도 기어이 학교에는 가던 아이�
집 안 구석구석을 찾아다녔다. 정혜는 어디에도 없었다.

"정혜야, 정혜야!"

정혜라고 부르면 좋아하지 않는다는 걸 알았지만 어쩔 �
다. 집 안은 불길하게 조용했다. 덕혜는 다시 한 번 정혜를 불�
그때 어디선가 비명소리가 들렸다. 덕혜는 소리가 난 곳으로 �
러 달려갔다. 2층 다락이었다. 정혜는 어두운 다락방 귀퉁이에 �
릎을 그러모은 채 웅크리고 있었다.

"정혜야, 왜 그러니?"

정혜가 고개를 들어 그녀를 보았다. 다시 한 번 비명을 질렀다.

"가, 가란 말야! 그 목소리 듣기 싫어. 꼴도 보기 싫어. 제발 부
탁이야, 나를 정혜라고 부르지 마!"

정혜가 울음을 터뜨리지 않았다면 그냥 뒤돌아섰을지도 모른다.
하지만 정혜는 서럽게 울었다. 딸이 우는데 매정하게 돌아설 어미
가 어디 있을까. 덕혜는 감히 다가가지도 못한 채 다락방 문 앞에
한참을 서 있었다.

"친구들이 나를 스파이 취급해. 우리 일본이 진 건 다 나 같은
사람들 때문이래. 조센징의 피가 섞인 나 같은 사람들 말이야. 내
가 대체 무슨 잘못을 했어? 나도 우리 일본이 이기길 간절히 바랐

. 그런데 아무도 나를 알아주지 않아. 난 가끔 내가 사람이 아닌 것 같아. 돌멩이나 벌레가 된 것 같아. 대체 왜 내가 그런 취급을 받아야 하는 거야? 응? 이게 다 어머니 때문이야!"

덕혜는 아무 대꾸도 할 수 없었다. 그날 이후 정혜는 말수가 현저하게 줄었다. 귀가시간도 늦어졌다. 밤늦도록 집에 돌아오지 않을 때도 있었다.

그날도 덕혜는 돌아오지 않는 딸을 찾기 위해 밖으로 나갔다. 그러나 딱히 생각나는 곳이 없었다. 자신의 딸인데도 아는 게 거의 없었다. 참담했다. 그녀는 가끔 집으로 놀러오던 정혜의 친구 집을 찾아갔다. 그 아이는 머리만 내민 채 귀찮다는 듯 말했다.

"마사에는 요즘 바빠요. 늘 남자애들과 붙어 다녀요. 자기가 무슨 여왕인 줄 아나 봐요."

다리에 힘이 풀렸다. 집으로 돌아가는 길이 한없이 멀게만 느껴졌다.

결국 정혜는 통금이 지나고서도 한참 후에야 돌아왔다. 정혜는 덕혜를 힐끔 보더니 제 방으로 쑥 들어가버렸다. 덕혜는 정혜의 방문 앞에서 갈 길을 잃은 사람처럼 우두커니 서 있었다. 딸을 영원히 잃어버렸다는 느낌이 온몸을 아프게 휘감았다. 덕혜는 그 밤에 또 하모니카를 불었다. 그 가락에 화답이라도 하듯 숲 속의 새가 구슬프게 울었다.

다음 날, 덕혜는 아침부터 분주하게 움직였다. 하녀들을 물리고 직접 정혜의 아침상을 차렸다. 과자도 직접 구웠다. 덕혜는 밝은 얼굴로 정혜를 불러들였다.

"정혜야, 밥을 먹은 후에는 후원에서 차를 마시며 이야기나 좀 하자꾸나."

드물게 보는 덕혜의 밝은 얼굴에 마음이 풀어졌는지 정혜가 선선히 고개를 끄덕였다. 그날 다케유키는 아침부터 집을 비웠다. 그즈음 그는 집을 처분하는 일로 무척 바빴다.

덕분에 덕혜는 하녀들도 물리고 정혜와 둘이서 후원으로 나갔다. 우아한 찻잔에 차를 따르고, 직접 구운 과자를 접시에 담았다. 모처럼의 호사였다. 호젓한 숲에서 신선한 공기가 뿜어져 나왔다. 덕혜는 정혜의 손을 잡고 그윽한 눈길로 바라보았다.

"참 많이 컸구나. 이젠 제법 의젓해졌어."

덕혜는 정혜를 그 어느 때보다 깊은 눈으로 바라보았다. 덕혜는 따듯한 차 한 잔을 정혜 앞으로 밀어놓으며 말문을 열었다.

"열하일기를 읽고 나서 어미는 그곳에 꼭 가고 싶었다."

"그 얘기를 왜 또……."

정혜가 고개를 숙였다.

"세상이 조용해지면 그러자는 얘기다."

덕혜는 부드러운 목소리로 말했다. 그동안 사납게 군 게 미안했던지 정혜는 잠자코 듣기만 했다. 정혜가 과자 하나를 집어 오도독

씹었다. 덕혜는 그 모습을 물끄러미 바라보았다.

"열하엔 청나라 황제의 여름 궁전이 있다지요?"

정혜의 목소리가 모처럼 온순했다.

"그렇다는구나. 꼭 가보고 싶은 곳이지.."

정혜는 고개를 숙인 채 과자 먹는 일에 열중했다. 성격이 사납지도 못한 것이 순간의 화를 못 참고서. 덕혜는 정혜가 측은했다.

"하모니카 좀 불어줄까?"

"네, 좋아요."

덕혜는 하모니카를 들어 호따루를 연주하기 시작했다. 어린 시절, 처음으로 배운 일본 창가. 정혜도 그 노래를 좋아했다. 숲 속에서 새가 울기 시작했다.

"날씨가 쌀쌀하구나. 방에 들어가서 이야기할까?"

덕혜가 하모니카를 불다 말고 정혜를 바라보았다.

"그러는 게 좋겠어요. 오늘은 어머니 방에서 조선 이야기를 듣고 싶어요."

어쩐 일인지 정혜가 다소곳하게 덕혜의 말을 따랐다.

덕혜는 정혜의 손을 잡고 천천히 2층 계단을 오르기 시작했다. 그 사이에 하늘이 눈에 띄게 어둑해졌다. 비를 머금은 구름이 낮게 떠 있었다. 계단을 오르며 정혜가 하품을 하기 시작했다. 간밤에 잠을 설친 덕혜도 따라서 하품을 했다.

"빗님이 오시려나. 이런 날은 낮잠을 자기 딱 좋겠다. 미요, 이제부터 우리는 낮잠을 잘 터이니 방해하지 말아줘."

덕혜는 방으로 돌아와 다시 하모니카를 불었고 숲 속에서 화답
하듯 새가 또 울었다.

정혜는 조선의 궁중 후원에 대해 이야기해달라고 졸랐다. 덕혜
는 아련한 기억을 더듬으며 후원을 떠올렸다.

"내가 살던 창덕궁에는 아주 아름다운 후원이 있었지. 봄이면
화사하게 꽃이 피고……."

덕혜의 이야기를 듣던 정혜가 또 하품을 하기 시작했다. 창문 밖
에서 빗소리가 들렸다. 후드둑 후드둑, 빗소리가 자장가처럼 울렸
다. 덕혜는 정혜의 손을 살포시 잡았다. 뭉클한 감동이 밀려와 가
슴이 한껏 부풀어 올랐다.

'아, 내 딸.'

덕혜는 정혜의 얼굴을 바라봤다. 기쁨과 호기심이 모두 다 사라
져버린 저 어린 얼굴. 정혜는 외로운 것이다. 사내들을 만나러 다
니고 밤늦게 귀가하는 것도 어디서도 그 외로움을 달랠 수 없기 때
문이다. 그러나 때가 되면 내 품으로 돌아올 것이다.

덕혜는 정혜를 꼭 안고 눈을 감았다. 이제 여행을 떠날 때가 된
것이라 생각하니 호흡이 가빠졌다. 숲 속에서 새소리가 또다시 들
렸다.

곁에 아무도 없다

다케유키는 감정을 추스를 수가 없었다.

"도대체 당신이……."

기가 막혀 말을 하기도 힘들었다. 덕혜는 고개를 창밖으로 돌린 채 입을 꼭 다물고 있었다.

"무슨 맘으로 그런 거요!"

덕혜는 여전히 입을 다문 채 말이 없었다. 한바탕 소동이 일고 난 후 정혜는 병원으로 실려 갔다.

"도대체 이걸 어디서 구한 거요!"

다케유키는 수면제 병을 덕혜 앞에 내던지며 소리를 질렀다. 알 약이 와르르르 쏟아졌다. 덕혜는 여전히 말이 없었다. 맞잡은 두 손이 몹시 떨렸다.

"어떻게 자기 딸을 죽일 생각을 해!"

다케유키가 목에 핏대를 세우며 고함쳤다. 눈에 원망이 가득했다.

"죽이려 한 게 아니에요…… 어찌 내가 그런 생각을 하겠어요.
그 애는 내 딸이에요."

덕혜가 조용히 입을 열었다.

"미쳤군! 정말 미쳤어!"

덕혜는 정확한 양을 계량해 음식과 차와 과자에 수면제를 넣었
다. 결코 치사량이 아니었다. 정혜는 잠깐 동안 잠이 들었을 뿐이
다. 조선으로 가는 배를 타기만 하면 되었는데.

"도대체 어떻게 된 일이지?"

다케유키는 애써 화를 누르며 곁에서 머리를 조아리고 있던 미
요에게 물었다.

"오늘 마님이 평소와 좀 달랐습니다. 아침을 손수 차리시는 것
도 그렇고 과자를 직접 구우신 일도 그렇고…… 또 낮잠을 주무
신다고 깨우지 말라고 하신 것도 그렇고……. 1시간쯤 있다가 이
상한 생각이 들어 2층으로 올라갔는데……."

"갔는데?"

다케유키의 음성이 조금씩 떨렸다.

"마님이 마사에 아가씨를 엉거주춤 안고 서 있었어요. 창이 열
려져 있었고. 아마도 마님께서…… 마사에 아씨를 데리고……."

"왜 말을 더듬느냐?"

"죄송합니다."

미요는 허리를 깊이 숙이며 더 이상 말을 잇지 못했다.

"되었다. 더 이상 말하지 말게."

다케유키의 분노는 걷잡을 수 없이 커졌다. 차분하던 그가 성난 동물처럼 씩씩거리다가 방을 빠져나갔다. 덕혜는 눈을 감았다. 창덕궁의 후원이 신기루처럼 아른거렸다. 눈물이 볼을 타고 소리 없이 흘렀다. 덕혜는 혼자 절망했다. 세상에 떨군 단 하나의 혈육을 그렇게 포기할 수는 없었다. 어떻게 해서든 정혜를 데리고 이 소란스러운 나라를 떠나야 한다. 누구도 할 수 없다면 내가 하리라.

얼마 후, 정혜가 하녀의 부축을 받으며 방으로 들어오는 소리가 들렸다. 덕혜는 자리에서 벌떡 일어났다. 아래층으로 내려가는 발길이 부들부들 떨렸지만 덕혜는 힘을 주어 발을 내디뎠다.

정혜는 다케유키와 함께 있었다. 그녀는 덕혜를 보려고도 하지 않았다. 고개를 외로 꼰 채 덕혜의 시선을 무시했다.

"고생했구나. 미안하다……."

덕혜는 정혜 앞에 무릎을 꿇고 앉았다. 정혜의 조그만 손을 어루만졌다. 정혜가 황급히 손을 빼내고 이불을 끌어 덮었다.

"아이가 놀랐소. 당신은 올라가시오."

덕혜는 다케유키의 말을 무시한 채 이불을 걷어내고 다시 정혜의 손을 어루만졌다.

"나, 엄마 보고 싶지 않아요!"

정혜가 손을 뿌리치며 악을 쓰듯 소리쳤다.

"정혜야, 나를 좀 봐."

덕혜의 목소리는 너무나도 간절했지만 정혜는 귀를 막고 소리를
지르기 시작했다.

"나는 이제부터 어머니와 이야기하지 않을 거예요! 어머니는 정
신병자예요!"

집으로 돌아온 정혜는 무서우리만치 차가웠다.

"아니야, 아니야."

덕혜는 정혜 앞에 바짝 다가앉았다. 그러자 정혜가 다시 이불을
뒤집어썼다.

"듣고 싶지 않아요!"

"너를 데리고 조선으로 가고 싶었어. 그뿐이야."

덕혜는 정혜를 설득할 수 있다고 생각했다. 정혜가 자신의 마음
을 알아줄 거라 믿었다. 그런데 돌아온 것은 생각지도 않은 무서운
말이었다.

"왜 내가 조선으로 가고 싶다고 생각해요? 조선으로 가고 싶은
건 어머니뿐이에요. 왜 나를 데려가려고 하세요? 나는 마사에, 소
마사에란 말이에요!"

아이는 이불을 떨치고 발딱 일어나 앉아 조금의 망설임도 없이

그런 말을 내뱉었다.

"아아, 네가 나에게 어찌 이럴 수 있느냐? 정혜야, 나는 너를 낳은 엄마다."

덕혜의 음성이 가늘게 떨렸다.

"그럼 나를 낳아준 어머니가 나를 죽이려고 했단 말이군요. 어머니는 분명 미친 거라고요!"

정혜는 독기를 품은 눈길로 덕혜를 똑바로 바라보았다. 덕혜는 바닥에 힘없이 주저앉았다. 온몸이 부들부들 떨렸다. 세상이 빙빙 돌기 시작했다. 더 이상 아이와 시선을 마주할 자신이 없었다.

"마사에, 말이 지나치구나."

보다 못한 다케유키가 정혜를 타일렀다.

"어찌 내가 너를 죽이겠느냐? 그런 억지스런 말을 아무렇지도 않게……."

덕혜는 자신의 가슴을 쥐어뜯었다. 갈고리로 가슴을 후벼 판들 이렇게 고통스러울까. 덕혜는 정혜의 싸늘한 표정을 바라보며 몸을 떨었다.

"그만 돌아가시오. 아이가 격해 있지 않소. 나중에 이야기하고 그만 돌아가 쉬어요."

덕혜는 천천히 일어났다. 다케유키가 부축하려 했지만 덕혜는 조용히 그 손을 걷어냈다. 덕혜의 등 뒤에서 다케유키가 가장 잔인한 말을 내뱉었다.

"그리고 당신…… 이제 사리분별력조차 잃은 거요? 그런 말도 안 되는 계획이 성공할 거라고 믿다니. 돈도 없고 국적도 없는 사람이 어떻게 조선으로 돌아가겠다는 건지."

2층으로 오르는 계단이 그리 멀게 느껴질 수가 없었다. 한 발 딛고 숨을 고르고, 또 한 발 딛고 숨을 고르며 겨우 방 안으로 들어섰다. 무엇인가가 그녀의 가슴을 짓눌렀다. 수면제가 여전히 방 안에 흩어져 있었다. 덕혜는 수면제 알약을 주섬주섬 주워 입속으로 밀어 넣었다.

잠과 죽음이 무어 다를까.

덕혜는 방 안에 흩어져 있던 알약을 모두 삼켰다.

망국의 옹주로 태어나 서러운 생을 살았지만 이처럼 서러운 적은 또 없었다. 세상의 어느 어머니가 이토록 외로울 수 있으며, 세상의 어떤 여인이 이토록 서러울 수 있을까. 내 곁에는 바람소리도 머물지 않는다. 모든 것이 내 곁을 스쳐지나갈 뿐이다. 세월이여, 진정 따스한 손길을 보내주오. 내 속으로 낳은 아이마저 나를 모른다 하오. 나와 살을 섞은 남자도 나를 모른다 하오. 나를 낳은 나라도 나를 모른다 하오. 나는 부유하는 먼지처럼 이 세상 어디에도 마음을 내려놓을 수가 없소. 이토록 삶이 무겁다니. 이토록 고단하다니…….

살아야 할 이유가 없어졌다. 희망이라는 끈도 끊어졌다. 파도가 넘실거리는 바다가 그리웠다. 차라리 바다에 몸을 던지고 싶었다. 집채만 한 파도가 넘실거리는 바다. 아아, 큰 파도가 다가오고 있다. 보기에도 아찔한 파도가 덕혜를 삼키려 다가오고 있었다. 덕혜는 조용히 몸을 뉘였다. 파도에 저항하지 않고 온전히 몸을 놓았다. 움켜쥘 필요도 없었다. 그저 파도가 흔드는 대로 몸을 놓았다. 죽음의 길이 삶보다 편안하구나. 덕혜는 엷게 미소를 지었다. 저항하지 않았다. 세상의 어둠이 소리 없이 덕혜를 감쌌다. 세상의 소음이 점점 아스라해졌다.

"이건 또 무슨 짓이오!"

다케유키의 노한 목소리가 귓전을 울렸다. 눈앞에서 번쩍 불꽃이 일었다. 다케유키가 우악스럽게 덕혜의 입을 벌렸다. 미처 목구멍으로 넘어가지 못한 알약이 끈적끈적한 침과 함께 쏟아졌다.

"정말, 정말 이건 악몽이오! 이럴 수는 없는 것이오! 내가 무얼 잘못했소?"

다케유키가 땅을 치며 화를 내다가 울면서 방 안을 서성거렸다. 덕혜는 다시 눈을 감았다.

아, 다시 살아야 하는 생. 인생의 굴곡은 길고도 깊었다.

1946년 가을, 다케유키는 저택을 팔고 시모메구로의 조그만 집으로 이사했다. 하인들도 모두 내보냈다. 집을 줄여야 했고 많은 것을 버려야 했다. 패전의 현실은 사람들의 일상을 뿌리째 흔들었다.

'저 여자를 어찌하나?'

다케유키는 덕혜를 바라보며 혼자서 고민했다. 집안일을 도와줄 사람도 없고 정혜는 아직 중학생이었다. 집도 좁았다. 계속 덕혜를 간병한다는 것은 무리였다. 더구나 사사건건 부딪치는 딸과 어머니라니.

다케유키는 고심 끝에 덕혜를 병원에 입원시키기로 했다. 잔인한 일이었다. 그러나 방법이 없었다. 일도 하지 않고 그녀 곁에 붙어 있을 수는 없는 일이다. 그럴 여력이 있다 해도 마음에서 떠나보낸 여인을 온전히 간병하기는 어려웠다. 다케유키는 자신이 지쳤다는 것을 인정했다. 아무도 몰래 당분간만 덕혜를 입원시키자고 결심했다.

'잠시만이다. 상황이 좋아지면 다시 데려오는 거다.'

그는 도쿄에서 가장 오래된 마츠자와 병원으로 덕혜를 데려갔다. 걸음걸음이 무거웠다. 그러나 덕혜와의 인연이 그렇게 끝나게 될 줄은 그때의 다케유키도 알지 못했다.

아주 오랜 시간이 흐른 뒤에야

나는 낙선재에서 오래오래 살고 싶어요.

전하, 비전하 보고 싶습니다.

대한민국 우리나라.

요코와 사끼코

날이 쌀쌀해지고 있었다. 11월, 복순은 얇은 스웨터를 하나 더 걸쳤다. 스토브 위에 얹어둔 주전자의 물 끓는 소리가 바람소리처 럼 들렸다. 으슬으슬한 한기가 올라와 자꾸만 몸이 움츠러들었다. 몸이 좋지 않았다. 미열이 나면서 머리가 지끈거렸다. 가게를 꾸리 는 일도 벅찼다. 그만두고 싶다는 생각이 굴뚝같았다.

복순은 스토브의 숨구멍을 조금 더 열었다. 우중충한 하늘에선 금세 눈이라도 쏟아질 것 같았다.

요코는 오늘 늦는 모양이다. 그녀는 지난달부터 복순의 가게에 서 함께 일하고 있었다. 둘은 가족이나 다름없었다. 서로의 허물을 다 드러낸 사이. 그 사건을 겪은 후로 그들은 서로를 혈육처럼 보듣었다. 의지할 곳 없는 복순에게 그녀는 언니 같은 존재였다.

복순은 아랫배를 슬그머니 어루만졌다. 허전했다. 마치 텅 비어버린 항아리 같았다. 몸은 추슬렀으나 좀처럼 기운은 돌아오지 않았다.

"사끼코, 오늘 내가 많이 늦었지? 미안해요."

찬바람을 몰고 요코가 들어섰다. 거칠게 숨을 몰아쉬고 있었다.

"왜 그렇게 숨이 차요? 뛰어왔어요?"

요코가 생긋 웃으며 고개를 끄덕이더니 바로 주방으로 들어갔다. 늦게 온 게 미안했던 모양이다.

그러나 소바집은 휑했다. 손님이 눈에 띄게 줄었다. 패망을 맞은 일본 열도는 폭탄을 맞은 듯 어수선했고, 무엇 하나 제대로 되는 장사가 없었다.

"손님도 없는데 주방엔 뭐 하러 들어가요? 이리 나와서 얘기나 해요."

복순은 주방을 향해 외쳤다.

"나는 괜찮으니까 들어가서 좀 쉬어요, 피곤해 보여."

요코가 따스한 김이 오르는 찻잔을 들고 나오며 말했다. 그녀가 근심 어린 표정으로 복순을 살폈다. 복순은 순순히 고개를 끄덕였다. 집은 불과 5분도 걸리지 않는 거리에 있었다. 가게가 한산할 때는 두어 시간 눈을 붙이러 가기도 했다.

"손님도 없는데 그럴까요? 괜찮겠어요, 혼자?"

요코가 보리차를 훌훌 불어마시며 괜찮다는 듯 고개를 끄덕였다.

"왜 이렇게 힘이 빠지는지 모르겠어요."

복순이 창밖으로 시선을 던지며 말했다.

"왜긴, 살아 있는 것만 해도 다행이지, 그런 일을 벌여놓고―."

"나, 한 시간만 좀 자고 올게요."

복순은 요코가 다음 말을 하지 못하도록 서둘러 일어서며 말했다. 다시 상기하고 싶지 않은 일이었다.

집으로 들어서자마자 복순은 쓰러지듯 누웠다. 헛헛함이 아득하게 밀려왔다. 마치 안개 속에 휩싸인 듯 정신이 몽롱했다. 눈을 감았다. 어머니가 생각났다. 자리에 누우면 떠오르는 얼굴. 이제는 가야 하는데, 어머니를 보러 가야 하는데…….

복순은 몸을 동그맣게 구부린 채 이불을 끌어 덮었다. 그때의 일이 아직도 또렷하게 떠올랐다.

그녀는 매달리는 카토를 매정하게 뿌리쳤다. 그를 떠나 다른 지역에 정착했다. 뱃속에 그의 아이가 자라고 있다는 걸 깨달은 건 그즈음이었다. 일본이 패망을 선언하고 카토가 무너지듯 복순의 품을 파고들던 날, 오직 그 하룻밤이었을 뿐인데. 복순은 얄궂은 운명에 가슴을 쳤다.

아이를 낳을 생각은 없었다. 축복 받지 못한 생명은 태어나지 말아야 한다. 더 이상 미룰 수 없었다. 복순은 마음을 굳게 먹고 며칠 동안 가게를 닫기로 했다. 아무도 모르게 처리하고 싶었다.

혼자 사는 집은 적막하고 을씨년스러웠다. 가게에서 보내는 시간이 많은 터라 늘 창문을 닫아뒀기 때문에 집 안은 어둡고 눅눅했다. 그녀는 불도 켜지 않은 채 어둠 속에서 한참을 앉아 있었다. 그리고 마침내 조용히 일어나 주방으로 갔다. 불을 켜자 주방의 구석구석이 환하게 드러났다. 그 모습이 전에 없이 낯설었다. 식탁 위에 술병이 놓여 있었다. 며칠 전부터 준비해둔 것이었다. 복순은 물을 마시듯 연거푸 술을 들이켰다. 속이 뜨거워지면서 화끈거렸다.

술 한 병을 다 마시고 나서야 복순은 그 일을 시작했다. 먼저 목욕탕에 물을 받았다. 따스한 물김이 삽삽하게 피부에 닿았다. 옷을 벗었다. 자신을 감싸고 있는 허물을 벗어내듯 옷가지를 하나씩 하나씩 벗어 던졌다. 알몸이 되었을 때 복순은 거울로 자신의 몸을 비춰보았다. 아랫배가 도톰했다. 그녀는 그 배를 응시하며 욕실 한 귀퉁이에 미리 마련해두었던 굵은 철사 꼬챙이를 찾아들었다. 미루고 미루어 온 탓에 꼬챙이에 엷은 녹이 슬어 있었다. 눈물이 절로 흘렀다.

'미안하다.'

복순은 아랫배를 어루만지며 혼잣말처럼 중얼거렸다. 급하게 마신 술 때문에 정신이 혼미했다. 거울에 비친 나신이 뜨거운 김에 섞여 아스라해졌다. 그녀는 그 모습을 연민 어린 시선으로 바라보았다.

'미안하다.'

복순은 좁은 목욕탕 안으로 들어가 몸을 담갔다. 어금니를 깨물고 눈을 감았다. 철사 꼬챙이를 힘껏 쥐었다. 마침내 그 길고 차가운 것을 아랫도리 깊숙한 곳에 찔러 넣었다.

"으으으윽!"

견딜 수 없는 고통의 신음이 이 사이로 새어 나왔다. 뿌옇던 물이 붉게 물들기 시작했다. 물이 점점 붉어질 무렵 복순은 혼절하듯 쓰러졌다. 어디선가 아이의 울음소리가 환청처럼 들렸다.

"사끼코 상, 괜찮아요?"

걱정에 찬 목소리가 들려왔다. 눈을 떠보니 병실이었다. 맞은편집 여자가 복순을 내려다보고 있었다. 요코였다. 잘 정돈해 묶은 머리카락에 흰머리가 몇 가닥 섞여 있었다. 남편이 전사한 후 혼자 살고 있는 여자였다. 그래서인지 단정하고 부드러운 미소를 짓고 있어도 어딘지 처연함이 느껴졌다. 사연 많은 여자라는 걸 누가 보아도 알 수 있었다.

"어…… 어떻게……?"

복순이 몸을 일으켰다. 하지만 힘을 쓸 수가 없었다. 지독한 소독약 냄새에 머리가 지끈거렸다.

"사끼코 상, 어찌 그리 독한 마음을 먹었어요? 출혈이 심해서 죽을 뻔했어요. 욕실이 온통 피바다였어요. 얼마나 놀랐는지 병원에 어떻게 전화를 했는지도 모르겠네……."

요코는 아직도 놀란 가슴을 쓸어내리고 있었다.

"미안해요. 그럴 생각은 아니었는데……."

복순이 힘없이 말했다.

"차라리 병원에 가서 낙태를 할 것이지, 어찌……."

요코의 눈에 눈물이 어렸다. 그녀는 아무것도 묻지 않았다. 복순은 그런 요코를 물끄러미 바라봤다.

"미안해요."

"미안하긴요, 얼마나 힘들었으면 그랬을까 생각하면 나도 가슴이 아파요."

요코는 사막같이 휑한 복순의 마음을 다독여주었다. 복순은 한참 동안 바닥만 내려다보고 있었다.

"으으음."

그때 어디선가 신음 비슷한 소리가 들렸다. 복순은 고개를 들어 그곳을 바라봤다. 자세히 보니 요코 곁에 부실하게 생긴 조그만 아이가 앉아 있었다. 아이는 균형이 맞지 않은 인형처럼 자꾸만 한쪽으로 쓰러졌다. 눈동자는 작정한 곳 없이 먼 데를 바라보고 있었고 눈 꼬리에 눈물이 말라붙어 있었다. 입 주변으로 끈적끈적한 침이 흘렀다. 아이는 끊임없이 고개를 가로저었다. 초점 없는 눈동자가 불안하게 흔들렸다.

"저 아인 누구예요?"

복순은 아이에게서 눈을 뗄 수 없었다.

"내가 기르고 있는 아이예요. 누가 문 앞에다 버려두고 갔어요."

"누가요?"

복순은 자신의 아랫배를 꼭 움켜쥐었다. 뱃속에서 죽어간 아이가 그렇게 자신의 곁에 앉아 있는 듯해 소름이 쫙 끼쳤다.

"누군지는 모르죠. 하지만 그럴 사정이 있는 사람이겠죠."

"누구의 아이인지도 모르고 키운다고요?"

"위안부였던 여자가 내버린 것 같았어요. 이렇게 버려지는 아이들이 한둘이 아니잖아요. 오죽하면 그랬겠어요."

저런 아이를 왜 낳았을까. 하긴 뱃속에 있을 때야 저런 줄 알았겠는가. 그 여자도 나만큼이나 박복한 인생이구나. 복순은 아이와 눈이 마주칠 때마다 자신이 매몰차게 떼어버린 생명이 떠올라 가슴이 찢어졌다.

그 후로 복순과 요코는 일상을 함께했다. 요코는 복순의 일을 도왔고, 복순은 그녀를 위해 낮 동안 아이 돌볼 사람을 구했다. 요코와 아이는 점점 더 많은 날들을 복순의 집에서 보내기 시작했다. 텅 빈 집 안에 약간의 온기가 돌았다.

"어제는 내가 한나절 쉬었으니 오늘은 요코가 들어가서 좀 쉬어요. 어차피 손님도 많이 없는데 둘이 나와 있을 필요는 없지요."

다음날, 복순은 한사코 만류하는 요코를 집으로 들여보냈다. 걱정하는 눈빛으로 돌아보는 요코에게 복순은 괜찮다는 손짓을 했다.

예상대로 장사는 시원치 않았다. 복순은 일찌감치 가게를 닫았다. 아직 기운을 차리지 못한 몸을 이끌고 찬바람을 헤치며 집으로 향했다. 요코와 아이가 있는 집은 그나마 훈훈할 것이다. 복순은 발걸음을 재게 놀렸다.

문을 열자 아이가 휘청거리며 달려왔다. 그녀는 터져 오르는 감정을 억누르며 아이를 꼭 껴안았다. 이제 막 생기가 돌기 시작한 볼에 자신의 거칠한 볼을 비볐다. 아이는 좋다고 버둥거렸다. 꼭 쥔 아이의 두 주먹이 위아래로 힘차게 흔들렸다. 복순은 아이의 주먹을 자신의 손바닥으로 감싸고 문질렀다. 아이가 좋다고 배시시 웃었다. 그동안에도 한사코 주먹은 펴지 않았다.

"왜 이렇게 주먹을 꼭 쥐고 있을까? 응? 뭘 쥐고 있어?"

복순은 대수롭지 않게 말하며 천천히 아이의 주먹을 펴보았다.

"아……!"

그것은 떨잠이었다. 금방이라도 하늘로 날아갈 것만 같은 나비 떨잠.

복순은 말을 더듬었다.

"이…… 이걸 어디서……?"

아이가 다다미방 한 곳에 놓인 궤짝을 가리켰다. 요코가 욕실에서 아이의 옷을 빨다가 고개를 내밀었다.

"요즘 계속 방 안을 뒤지고 다니네. 애가 또 뭘 찾았어요?"

요코의 말에 아이가 다시 궤짝의 틈새를 가리켰다. 복순은 얼른 아이를 내려놓고 떨잠을 소중히 감싸 쥐었다. 아이가 서운한지 훌쩍훌쩍 울기 시작했다. 요코가 욕실에서 나왔다.

"왜 울고 있어? 뭘 잘못했어?"

요코는 아이를 달랬다. 그러다 멍한 표정으로 떨잠을 쥐고 있는 복순을 보았다.

"참 예쁘네, 그거. 궁중에서 지체 높은 부인들이 썼다는 떨잠 아니에요?"

복순은 조용히 고개를 끄덕였다.

"실제로 본 건 처음이에요. 이렇게 아름다운 장식이었네. 그런데 누구 거예요?"

누구 것이었냐는 말에 복순은 바닥에 털썩 주저앉았다. 옹주마마를 잊고 살았던 시간이 크나큰 파도처럼 그녀를 덮쳤다.

"나는…… 나는……."

복순은 말을 더듬었다.

"사끼코 상, 왜 그래요? 어디 아파?"

요코가 걱정스런 표정으로 복순의 얼굴을 살폈다.

"아니에요…… 나는 그저…… 마마가…… 마마가."

"뭐라고요? 왜 그래요, 사끼꼬?"

"나는 마마의…… 덕혜옹주 마마의……."

굵은 눈물이 뚝뚝 흘러내렸다. 그동안 참고 참았던 눈물이다. 언제 터뜨려야 할지 몰라 가슴으로 삼켰던 울음이다. 나는 옹주마마의 나인입니다. 그 곁에서 수족처럼 마마를 모셨던 마지막 나인입니다. 끔찍한 사건을 겪은 후 한 번도 입 밖에 내보지 못했던 말이 그녀의 가슴 속에서, 입안에서 빙빙 돌았다.

"…… 나인입니다. 제가 그 나인입니다."

복순은 누군가에게 고백하듯 가슴 속에 있는 말을 토해냈다.

"응? 뭐라고요? 사끼꼬가 누구라고요?"

"……."

복순은 쏟아지는 눈물 때문에 말을 잇지 못했다. 옹주를 모시지 못한 세월이 바늘처럼 그녀의 가슴을 쿡쿡 쑤셨다. 요코가 가까이 다가와 복순의 두 손을 꼭 맞잡았다.

"무슨 일이에요……?"

"나, 덕혜옹주를 모셨던…… 바로 그 나인……."

한순간 요코의 두 눈이 커다래졌다. 무거운 침묵이 두 사람을 감쌌다. 흐느끼는 소리만이 방 안을 어지럽게 울렸다. 한참 후에 더듬거리며 입을 연 사람은 요코였다.

"그런데 어쩌다가…… 어쩌다가 이렇게 됐어요."

복순은 고개를 흔들었다. 나도 모릅니다. 내가 어쩌다 이렇게 됐는지. 마마가 어쩌다 그렇게 되셨는지 나도 모릅니다.

"사끼코 상, 울고 싶은 만큼 울어요. 울 수 있을 만큼 울어요."

요코가 복순의 등을 가만가만 쓸어주었다. 복순은 그동안 참았던 울음을 마음껏 토해내기 시작했다. 그 울음은 끝이 없을 것 같 았다. 복순은 마음속으로 되뇌었다.

'마마, 이제 다시 제가 마마 곁으로 가겠습니다. 이 떨잠을 다시 돌려드리겠습니다.'

꼭 한 번은 마주쳐야 했던

　이미 햇살은 뉘엿뉘엿 지고 있었다. 복순은 벌떡 일어나 가게로 갔다. 저녁에 국수를 먹으러 오는 사람들이 종종 있어서, 어떤 때는 낮 수입보다 저녁 수입이 쏠쏠했다.

　다행히도 오늘은 손님이 좀 있었다. 중년남자 한 명과 젊은 남자 둘. 그 중 한 명은 가끔 소바를 먹으러 오는 청년이었다. 말이 별로 많지 않아서 조선 유학생이라는 것밖에는 아는 게 없었다. 또래의 청년 한 명과 함께 있었으나 국수를 먹기 위해 앉아 있는 것은 아닌 듯했다. 표정은 침통했고 분위기는 무거웠다. 단골 청년이 천천히 입을 열었다.

　"자네는 조선으로 돌아갈 건가?"

조선이라는 말에 복순의 귀가 번쩍 뜨였다. 맞은편에 앉은 청년이 한참 만에 고개를 끄덕였다. 그들은 조선으로 돌아가야 하느냐, 더 머물러야 하느냐를 고민하는 것 같았다.

"조선으로 간다고 해도 현해탄을 건너는 게 쉽지 않다던데. 관부연락선을 타는 일이 쉬운 일이 아니라네."

우동 가락을 건져 올리며 낮은 목소리로 이야기를 나누는 그들의 표정이 몹시 피곤해 보였다.

"자네는?"

"나는 더 머물 생각이네."

얼굴에 흉터가 있는 청년이 대답했다.

"나는 돌아가겠어. 졸업도 했으니 조국에 가서 내 할 일을 찾아야겠어. 여기서는…… 할 수 있는 게 없네."

와세다 대학교에 다닌다던 청년. 그는 복순을 일본여자로 알고 있었다.

"영친왕 전하도 아직 환국하지 못하시고 옹주마마는 병원에 갇혀 있는 상황일세. 그런데 우리만 돌아간다는 게……."

복순은 하마터면 그릇을 떨어트릴 뻔했다. 몸이 기우뚱하면서 국물이 주르륵 흘러내렸다. 복순은 얼른 주방으로 들어갔다. 다른 그릇에 우동을 옮겨 담아 자리로 내가면서 다시 청년들의 말에 귀를 기울였다. 마음 같아서는 옹주의 근황을 묻고 싶었다. 하지만 구석에 앉아 있는 중년남자가 자꾸만 신경 쓰였다. 복순은 그를 경계하며 카운터에 앉았다. 청년들도 중년남자를 의식해서인지 목소리를 한껏 낮추었다. 온몸이 후들후들 떨렸다. 어쩌다 마마가 병원에? 종종 의사가 왕진을 오곤 했지만 갇혀 있을 정도는 아니었다.

국수 가락을 말아 올리던 청년이 젓가락을 놓았다.

"지금 돌아가서는 안 돼."

"그렇다고 우리가 무얼 할 수 있나?"

모자를 눌러쓴 남자가 풀죽은 목소리로 말하며 한숨을 내쉬었다. 얼굴에 자조어린 표정이 서렸다.

"그럴수록 뭔가를 해야지. 불가능하다고 아무것도 하지 않고 있으면 패배를 거듭할 뿐이야."

"……"

복순은 자기도 모르게 중년남자 쪽을 힐끔거렸다. 그들의 대화를 막고 싶은 충동이 솟았다. 그녀는 주위를 살피며 따뜻한 보리차를 들고 그들에게 다가갔다. 다행히 중년남자는 먹는 일에만 열중하고 있었다.

"보리차라도 드시면서 이야기하시지요."

복순은 상냥한 미소를 지으며 그들 사이에 끼어들었다. 하지만 그들은 그녀를 쳐다보지도 않았다.

"날이 추워지네요."

그때 요코가 가게로 들어섰다. 그녀가 아이의 옷을 단단히 여미며 몸을 떨었다. 청년들의 눈빛에 경계심이 서렸다.

"바람이 많이 부는 모양입니다."

청년들이 요코를 훑으며 물었다.

"네, 곧 아주 추워지겠어요."

요코의 몸에서도 차가운 바람 냄새가 났다.

"그만 가봐야겠습니다."

청년들은 말문을 닫고 자리에서 일어섰다. 그들을 놓칠 수는 없었다. 마마의 행적을 알아야 한다. 복순은 애써 미소를 지으며 그들의 옷자락을 붙잡았다.

"날이 추운데 조금 더 앉았다 가십시오. 자주 오시는 단골이니 제가 소바 한 그릇 더 대접하겠습니다."

복순의 말에 청년들이 뜨악한 표정을 지었다. 그때 중년남자가 자리에서 일어섰다.

"잠깐만요. 저 손님 계산 먼저 도와드리고 맛있게 말아드릴게요. 잠깐만 앉아 계세요."

복순은 계산대로 가면서 청년들의 어깨를 지그시 눌렀다. 의아한 눈길로 마주 보던 청년들이 엉거주춤 다시 자리에 앉았다. 중년남자가 나가자 복순은 얼른 과자 몇 개를 담아 들고 그들에게 다가갔다.

"드시면서 이야기하시지요."

하지만 청년들은 다시 서둘러 일어섰다.

"사끼코 상. 그동안 국수 맛있게 먹었습니다."

"왜요? 어디 가나요? 어디 가는 사람처럼 인사를 하네?"

복순은 아무것도 모르는 양 물었다.

"아마도 그럴 것 같습니다. 조선 가서도 그리울 것입니다."

조선이라는 말을 듣자 눈물이 찔끔 나왔다. 그리운 땅……

청년은 인사를 마치고 나서도 한참 동안이나 복순을 바라보았다. 복순은 시선을 피하면서 중얼거리듯 말했다.

"나도 조선 땅에 가보고 싶어요."

가슴 절절한 그 말을 청년은 의례적인 인사로 알아듣는 듯했다. 그들은 고개를 꾸벅하고는 가게 문을 열고 나갔다. 찬바람이 몰아닥쳤다. 복순은 그들이 나가는 모습을 물끄러미 바라보고 있다가 세차게 고개를 흔들었다. 그들을 붙잡아야 한다. 복순은 겉옷도 제대로 걸치지 않은 채 밖으로 달려 나갔다. 둘은 저만치서 터벅터벅 걷고 있었다. 복순의 다리가 허방을 짚은 듯 후들거렸다. 그녀는 다급한 목소리로 앞서가는 청년을 불러 세웠다.

"덕혜옹주 마마가 어느 병원에 계신가요? 언제부터 병원에 계셨나요?"

가두어 두었던 조선말이 봇물 터지듯 흘러나왔다. 청년들이 놀란 표정으로 복순을 바라보았다.

"나, 조선에서 옹주마마를 모시던 여자예요. 옹주마마 계신 병원 좀 알려주세요."

청년이 잠시 망설이는 듯하더니 갑자기 주위를 두리번거렸다.

"분명 옹주마마를 모시던 나인이오? 틀림없소?"

"네네, 맞아요, 제가 그 나인이에요."

그 말을 들은 청년들이 복순을 골목으로 밀어 넣었다.

"우리는 구국청년들이오. 옹주마마를 구하려는 사람들이오."

복순은 다급한 마음에 청년의 옷을 부여잡고 애원하듯 말했다.

"옹주마마를 구하려 한다고요? 정말이에요? 마마는 어디 계신 건가요?"

하고 싶었던 말들이 두서없이 쏟아졌다. 청년 하나가 조용히 하라는 눈짓을 하며 낮은 목소리로 말했다.

"이럴 게 아니라 어디 조용한 데로 갑시다."

지옥으로 가자고 해도 갈 것이었다. 복순은 무작정 그들을 따라나섰다.

"마마는 지금 어디 계신 거예요?"

"옹주마마는 마츠자와 정신병원에 감금돼 계십니다."

불편한 진실을 말하고 있는 듯 그들의 목소리가 딱딱해졌다.

"정신병원이라고요? 왜 거기에?"

"그건 나중에 아시게 될 테고, 우선 동지들을 만나보는 게 순서겠소."

다른 청년이 허둥대는 복순의 팔을 잡으며 말했다.

"암암, 그래야지요, 마마를 구할 수만 있다면, 내가 마마 대신 갇혀 있어도 좋아요."

복순은 흐르는 눈물을 훔치며 어딘지도 모를 길을 무작정 따라나섰다. 마마를 구하기 위해 노력하는 사람들이 있다는 게 기뻤다. 그들은 복순을 어느 한적한 동네의 허술한 판잣집으로 데려갔다. 거기엔 그와 비슷한 처지의 청년들이 서너 명 더 모여 있었다. 그들은 복순을 보자 입을 다물었다. 경계의 눈빛이 매서웠다.

"옹주마마를 모시던 나인이라 하오."

청년은 누구에게랄 것 없이 복순을 소개했다. 의자 하나를 끌어 복순을 앉게 했다. 그들의 눈빛이 조금은 부드러워졌다. 그들은 하고 있던 이야기를 계속 이어나갔다. 한 청년이 단호한 목소리로 꾸짖듯 외쳤다. 모자를 푹 눌러쓴 모습이 낯익었다.

"'난 대한국의 신하로서 만약 조국이 독립이 된다면 내가 가진 모든 지위와 재산을 잃더라도 만족할 것이다.' 의친왕이 하신 말씀입니다. '나는 종사에 죄인이 되고 이천만 생민의 죄인이 되었으니 이 일을 어찌할꼬. 노력하여 광복하고 또 광복하라!' 이것은 순종황제가 하신 말씀입니다. 우리가 여기서 주저앉아야 하겠습니까? 이대로 조직이 와해되는 걸 보고만 있을 겁니까?"

그러자 복순을 데려왔던 남자가 그 말을 이어받았다.

"그렇습니다. 게다가 오늘은 특별한 분도 오셨으니 이것은 필사 일이 좋은 쪽으로 진행되리란 뜻입니다."

그제야 불같은 목소리로 동료들을 독려하고 있던 사내가 모자를 벗으며 복순을 똑바로 바라봤다.

"아, 당신은!"

복순은 자신을 알아보는 사내를 올려다보았다. 짧은 탄성이 터졌다. 박무영이었다. 마마와 만날 때마다 늘 저만치 서 있던 사람. 희미한 달빛 아래서 혹은 캄캄한 어둠 속에서. 반갑기도 하고 야속하기도 하였다.

그러나 지나간 일은 중요하지 않았다. 다시 마마를 뵙는 것만 생각해야 했다. 그동안의 불충을 씻어야 했다. 마마를 구출하는 일에 도움이 된다면 복순은 목숨을 바쳐도 아깝지 않을 것 같았다. 복순은 자신을 쳐다보는 청년들의 눈빛을 의식하면서 의자를 바짝 끌어당겼다.

그때 문이 열리며 기수가 들어섰다.

"어? 이게 누구요?"

기수가 복순을 보고 적잖이 놀라는 기색을 보였다. 복순이 기수를 향해 고개를 깊이 숙였다. 그는 복순을 곁눈질하며 입을 열었다.

"알아본 바에 의하면 마츠자와 병원에서 여자 청소부를 구한다고 합니다."

그 말을 듣고 복순이 불쑥 끼어들었다. 망설일 이유가 없었다.

"저, 저를 들여보내주세요. 제가 청소부로 가겠어요."

"그럴 수 있겠소?"

박무영이 그늘진 얼굴로 복순을 바라보았다.

"네, 네. 절 들여보내주세요."

"그럼 일단 마마 곁으로 가십시오. 거기서 후일을 도모해봅시다."

박무영은 애써 밝은 표정으로 중얼거렸다. 계속되는 작전 실패로 침통해 있던 대원들에게 복순의 출현은 힘을 불어넣어주는 계기가 됐다. 복순은 그제야 자신이 할 일을 찾은 듯했다.

탈출할 수 있을까

"청소부를 구한다고 해서 왔어요, 여기 소개장도 있고요."

복순의 목소리가 조금씩 떨렸다. 직원은 복순을 위아래로 훑어보았다. 심장이 세차게 뛰었다. 볼이 붉게 달아올랐다.

"이름이 뭐요?"

직원이 덤덤한 목소리로 물었다.

"사끼코입니다."

"얼굴의 흉터는 뭐요?"

무뚝뚝한 직원은 말투도 퉁명스러웠다.

"옛날에 다쳐서 그렇습니다. 하지만 일은 잘할 수 있습니다. 예전에 가정부 노릇도 했어요."

까탈스럽게 생긴 직원이 유창한 복순의 일본말을 들으며 다시 한 번 그녀를 위아래로 훑어봤다.

"정신병동으로 가보시오. 거긴 골치 아픈 사람들이 많아서 청소부가 자주 바뀌거든."

"감사합니다, 열심히 하겠습니다."

복순은 머리가 땅에 닿도록 인사를 했다.

초겨울 치고는 매서운 날씨였다. 두툼한 코트를 입었는데도 바람이 뼛속까지 파고들었다. 두렵고 불안한 마음 때문에 더 그러하리라. 정신병동이라는 팻말을 보는 순간 심장이 벌떡거렸지만 애써 어깨를 펴고 당당한 표정을 지으며 들어갔다. 청소라면 궁에서부터 이골이 났다. 어려울 것은 없었다.

일을 시작한 날부터 복순은 덕혜를 부지런히 찾기 시작했다. 하지 않아도 될 일까지 하면서, 다른 이들이 해야 할 병실 청소를 대신해주면서 병동을 뒤지고 다녔다. 병동의 간호사들은 부지런한 청소부가 들어왔다고 좋아했다.

그리고 사흘째 되는 날, 복도 맨 끝 방에서 그리운 얼굴을 확인할 수 있었다. 철창이 처진 유리창 저 너머, 고요한 정물처럼 앉아 있는 이는 분명 덕혜였다. 보기 민망할 정도로 수척해지고 야윈 얼굴. 복순은 떨리는 가슴을 누르고 병실 안으로 들어갔다.

'아, 마마!'

하마터면 소리를 지를 뻔했다. 자신도 모르게 눈물이 주르륵 흘렀다. 온몸에서 힘이 썰물처럼 빠져나갔다. 들고 있던 물 양동이가 힘없이 떨어졌다. 바닥에 물이 흥건해졌다.

"사끼꼬, 왜 그래요?"

간호사들이 의아한 눈으로 복순을 바라봤다.

"발을 헛디뎠어요. 미안합니다. 얼른 치울게요."

복순은 서둘러 물을 닦았다. 내친 김에 창턱의 먼지를 닦고 바닥을 닦으면서 덕혜를 바라보았다. 그런 소란이 일었음에도 그녀는 미동도 없었다. 여전히 창밖에 시선을 둔 채 주변의 일에 관심도 보이지 않았다. 그 모습이 더욱 안타까웠다. 당장이라도 다가가 얼싸안고 통곡을 하고 싶었지만 복순은 꾹 참았다.

그 곱던 눈매와 도톰한 볼은 온데간데없었다. 탐스럽던 머리카락은 어느새 힘없이 풀풀 날리고 세월의 먼지가 쌓인 듯 푸석했다. 덕혜의 시선은 언제나 밖을 향해 있었고 두 귀는 열리는 법이 없었다. 청소부가 들어와도 관심이 없고, 의사가 회진을 와도 무표정했다. 저 멀리 던져놓은 시선은 그녀의 처지처럼 공허했다.

덕혜는 그녀를 알아보지 못했다. 당연한 일이었다. 세월은 흘렀고 복순은 얼굴에 큰 흉터까지 입었다. 아니, 못 알아보는 게 어쩌면 다행스러운 일인지도 몰랐다. 정체가 발각되면 당장 이곳에서 쫓겨나리라. 이렇게 곁에서 지켜볼 수 있는 것만도 행운이리라. 따뜻한 물수건으로 얼굴도 닦아드리고 머리도 감겨드리고 싶었지만 복순은 다시 한 번 꾹 참았다.

덕혜를 찾고 난 후 복순은 더욱 열심히 일했다. 직원들의 신임을 얻어내는 일이 가장 급했다. 그녀는 자투리 시간에도 쉬지 않았다. 간호사들의 일을 자청해서 도왔다. 버둥거리는 환자를 잡고 있기도 했다. 난동을 부리는 환자를 이송할 때도 적극적으로 도왔다.

"사끼꼬 상, 정말 고마워."

간호사들이 조금씩 경계를 풀기 시작했다.

"무슨 말씀을요. 힘든 일이 있으면 언제라도 불러주세요. 저, 아주 힘이 세거든요."

복순은 일부러 팔을 걷어붙이고 알통을 만들어 보였다. 하지만 악을 쓰고 하는 일이라 늘 다리가 후들거렸다.

"정말 그래요? 그렇게 안 보이는데 정말 힘이 세요?"

"보셨잖아요. 환자 잡는 거."

간호사들이 고개를 끄덕였다. 환자 시중을 들 수 있다면 언젠가 덕혜를 밖으로 데리고 나올 수 있을지도 모른다. 복순은 그것을 노리고 있었다.

복순은 가끔씩 오꼬시를 숨기고 들어갔다가 덕혜의 손에 몰래 쥐어주고 나오기도 했다. 좋아하는 사람이나 물건에 대해 유난히 애착을 보이던 덕혜였다. 그녀는 복순이 오꼬시를 내밀면 주위를 살피다가 얼른 품속에 감추었다.

복순은 과자나 음료 같은 것을 만들어 간호사들에게 나누어주기도 했다. 그들은 복순의 솜씨에 감탄했다.

하지만 병원 일은 언제나 힘에 부쳤다. 퇴근할 때쯤엔 몸이 녹초
가 됐다. 복순은 아예 병원 근처에 조그만 셋방을 얻었다. 창문 밖
으로 언제나 병원이 내다보였다. 집이 가까우니 병원 일도 더 오래
할 수 있었다. 이제 간호사들은 그녀를 전적으로 믿었다. 하지만
아직도 환자와 함께 산책 나가는 것은 금지였다. 복순은 자꾸만 초
조해졌다.

박무영은 몹시 취해 있었다. 그 무엇으로도 달랠 수 없는 울분을
그는 술로 풀었다. 자신만의 아픔과 고통을, 누구에게 이야기할 수
없는 마음을 그렇게 풀어냈다. 하지만 술을 마셔도 나아지는 것은
없었다.

무영은 복순을 다시 만난 순간부터 갈피를 잡지 못했다. 복순은
그에게 덕혜의 분신과도 같았다. 옹주를 모시던 사람이기 때문일
까. 그는 복순에게서 옹주의 흔적을 찾으려고 노력하는 자신을 발
견했다. 부질없는 일인 걸 알면서도 마치 복순이 옹주의 증표인 것
처럼 여겨졌다.

구출작전 실패 후 그가 속한 구국청년단은 잠시 활동을 중단해
야 했다. 정체가 드러나 경찰의 검거작전이 진행되었던 때문이었
다. 그는 동지들을 분산시켰다. 그 뒤 자신도 한동안 기수와 함께
잠적했다. 그 와중에 뒤를 봐주던 최상만과의 끈도 끊어졌다. 기수

가 알아낸 건 최상만네 집안이 풍비박산이 되었다는 것뿐이었다. 독립군에게 군자금을 대주던 게 발각되었으리라.

무영과 기수는 납작하게 엎드린 채 무엇을 해야 할지, 앞으로 어떻게 될지 알지 못한 채 속절없이 시간만 보냈다. 그러나 잠적해 있는 동안 일본은 패망했고, 조국은 해방되었다. 동시에 무기력이 그를 덮쳤다.

기수는 젊었다. 여전히 혈기가 왕성했고 난국을 스스로 헤쳐 나갈 방도를 찾기 위해 애썼다. 하지만 무영은 아니었다. 지쳤다. 그런 무영에게 기수가 따끔한 충고를 했다.

'형님이 그러시는 거 보기에 좋지 않습니다. 아직 옹주마마는 조국으로 돌아가지 못하고 계십니다.'

기수의 말이 옳았다. 모두에게서 잊혀진 사람. 무영은 그게 못내 가슴이 아팠다. 세상사람 모두 그녀를 잊는다 해도 그에게는 그녀를 기억해야 할 의무가 있었다.

무영은 형을 떠올렸다. 이제 기댈 수 있는 사람은 형뿐이었다.

그동안 형에게 속내를 드러낸 적은 없었다. 무영은 늘 그늘에서 움직이는 사람이었고 김을한은 양지의 사람이었다. 그는 기자로 활동하면서 외국을 드나들었지만 박무영은 조선을 떠난 후로 오로지 한 가지 목표에만 몰두했다. 그러나 무영이 이루고자 했던 일은 실패를 거듭했고 그것이 자괴감으로 자리매김할 때부터 그는 간간이 형을 떠올렸다. 펜을 쥔 손이 얼마나 강력한 영향력을 발휘할지는 알 수 없었다. 헤이그 밀사 사건을 보도했을 때도 국제사회는 외면하지 않았던가. 그러나 박무영은 다른 방법을 알지 못했다.

그는 형이 머무는 호텔을 알아낸 후 날이 저물 때까지 맞은편 술집에서 잔을 기울였다. 다른 동지가 호텔 앞에 매복해 있다가 형이 나타나면 데려오기로 되어 있었다. 하지만 김을한은 날이 어두워지도록 돌아오지 않았다. 서서히 머리가 어찔해질 무렵, 마침내 찬바람을 몰고 김을한이 나타났다.

"장한아!"

김을한은 박무영을 덥석 안았다.

"이게 얼마만이냐? 어찌 그리 소식이 없었어?"

"오랜만이오, 형님. 내가 좀 취했어요."

박무영은 김을한의 손을 잡고 과장되게 흔들었다.

"어디 가서 그동안 살아온 이야기나 좀 들어보자꾸나."

어둠이 세상을 조금씩 잠식해 들어가기 시작하자 도시의 불빛들이 일제히 몸을 밝혔다. 김을한은 비칠대는 무영을 부축해 술집을 나왔다. 희끗한 눈발이 날리고 있었다.

"올해는 눈이 일찍 오는 모양이오."

그 말에 김을한이 웃으며 대꾸했다.

"이제 일본 사람이 다 된 듯하구나."

그 말에 무영이 발끈했다.

"그런 말이 어디 있소?"

그러자 김을한이 무영의 어깨를 두드리며 다정하게 말했다.

"그만큼 자연스러워 보인다는 거다. 속뜻을 읽어라."

"형, 나 부탁이 있소."

무영은 비칠거리는 걸음을 애써 가누며 김을한을 바라봤다. 그의 눈빛이 조심스러워졌다.

"그러리라 생각하고 왔다. 우선 어디 가서 눈 좀 붙여야겠다. 어젯밤 한숨도 못 잤거든."

김을한의 눈이 벌겋게 충혈돼 있었다.

"기자는 앉아서 펜대만 굴리면 되는 것 아니오? 그런데 왜 잠을 못 자오?"

"이런 무식한 놈을 봤나. 누가 그런 소리를 하더냐?"

"내가 그렇게 생각하오. 나 같은 놈은 아무리 애를 써도 하는 일마다 실패인데, 형은 펜대만 굴리면 다 되는 것 같아서……."

"무슨 말인지 안다. 우선 잠 좀 자자. 네 꼴을 보니 너도 편하게 잔 것은 아닌 듯하다."

무영은 비틀거리는 걸음을 애써 가누었다. 정신이 자꾸만 아득해졌다.

"이런 싱거운 놈을 봤나. 그동안 많이 힘들었구나."

무영은 형을 따라간 어느 가정집 문 앞에서 자신도 모르게 풀썩 주저앉았다.

"이런……."

측은해하는 김을한의 목소리에 한숨이 섞여 들었다. 형의 목소리를 들으며 박무영은 눈을 부릅떴다. 하지만 찍어 누르듯 감기는 것을 어찌해볼 수 없었다. 혼몽한 어둠 저 너머에서 들려오는 소리는 부드러웠다. 드르륵 나무 문을 여는 소리, 어디선가 나직하게 들려오는 음악소리, 사륵사륵 실내화를 끄는 여자의 조용한 발소리…… 마침내 박무영은 김을한의 손에 몸을 맡겼다. 편안했다.

"따끈한 차를 준비해주오. 깨끗한 이부자리도 부탁하오."

박무영은 김을한의 목소리를 들으며 그동안 힘들게 견디었던 시간을 풀어놓았다.

박무영은 마음이 한결 편해졌다. 형과 이야기를 나눌수록 가슴을 짓누르던 커다란 바윗덩어리가 조금씩 가벼워지는 느낌이었다.

"네가 그토록 원하는 일은 머지않아 이루어질 것이다. 조국도 황족의 귀환을 언제까지 모른 척할 수 없을 것이다. 너무 조급해하지 말아라."

"무작정 기다리고 있을 수만은 없소. 벌써 몇 번이나 실패를 했는지……. 옹주마마를 뵐 면목이 없어요. 그래서 형을 찾아온 거요. 지금의 나는 아무것도 아니오. 조선의 사내도, 구국의 청년도, 그 어느 것도 아니오. 그 일을 이루어내지 못하는 한, 나는 그 분의 그림자도 될 수 없소."

"무영아, 자책이 심하구나."

"하지만 형은 할 수 있잖소. 그렇다고 해주오. 나를 도와주오, 아니 옹주마마를 구해주오. 형님, 제발 부탁하오. 옹주마마가 창덕궁으로 돌아가실 수 있도록 애써주오."

박무영의 목소리가 비장하게 떨렸다.

"무영아, 네 마음은 익히 다 알고 있다. 봐라, 구름이 걷히고 있다. 아직은 앞이 안 보이지만 안개는 곧 걷힌다. 어떠한 방식으로든 일본에 있는 황족의 귀환은 이루어질 것이다. 기다려라."

"그 시기를 앞당겨주시오. 옹주마마의 신세가 입에 올리기도 황송할 지경이오. 정신병원에 계시는 게 말이나 되오?"

박무영의 목소리는 간절했다.

"…… 방법을 찾을 수 있을 게다. 백방으로 줄을 대보마."

"꼭 부탁하오."

"알았다. 우리 함께 애써보자."

김을한의 격려는 진심이었다.

겨울바람이 몹시 불던 날, 한 신사가 덕혜를 찾았다. 훤칠한 키에 눈빛이 형형했다. 그는 잔뜩 흥분한 얼굴로 면회를 신청했다.

"이곳에 있는 조선의 옹주를 만나러 왔소."

그는 당당했다. 기자라고 했다. 옹주의 근황을 알기 위해 왔다고 했다.

"그런 사람은 없소."

당황한 기색을 감추지 못하면서도 직원은 잘라 말했다. 그가 김을한의 아래위를 재빨리 훑어보았다.

"이곳에 계시다는 것 다 알고 왔소."

그의 목소리는 조금도 거침이 없었다. 그는 미동 없는 직원을 노려보더니 성큼성큼 정신병동으로 들어섰다. 직원이 허둥대며 그 뒤를 쫓았다. 복순은 그가 누구인지 궁금했다. 조선에서 마마를 보러 온 사람이 있다니. 조선이 여전히 마마를 기억하고 있다니.

"이러면 안 됩니다. 나가시오. 경찰을 부르겠소."

뒤를 쫓아온 직원이 엄포를 놓는데도 그는 당당한 걸음을 멈추지 않았다. 복순은 마침 복도를 닦고 있었다.

"앞서서 그분의 병실로 안내하시오."

물러설 것 같지 않은 기세에 눌렸는지 직원은 잠깐 머뭇거리더니 마침내 앞장서서 걸었다. 그 신사는 병실로 들어서자마자 굵은 눈물을 뚝뚝 흘렸다.

"마마, 이 불충을 용서하지 마시옵소서."

그는 덕혜를 붙잡고 펑펑 울었다. 울음소리가 너무도 구슬펐다. 복순은 눈물을 참느라 이를 악물었다. 기자라 했다. 펜으로써 사람의 심금을 울리는 사람. 꼭 구국청년들이 아니라도, 그 누구라도, 옹주마마를 구해낼 수 있는 사람이면 되었다. 복순은 희망이 절망으로 바뀔 때마다 지치지 않고 기적을 꿈꾸었다. 이제 그 기적이 눈앞에서 이루어질지도 모른다.

김을한은 한참을 울고 나서 옹주에 대한 예를 갖추어 큰절을 올렸다. 그러나 덕혜는 그가 누구인지 왜 왔는지에 대해 관심도 없었다. 조금은 두려운 표정으로 발을 만지작거리며 창밖만 내다보고 있었다. 바람이 차가운 날이었다. 그녀는 두 손을 마주 잡고 있다가 가만가만 비볐다. 그 손을 볼에 갖다 대었다. 그는 그 모습을 눈물이 그렁그렁한 채 바라보고 있었다.

"마마, 조금만 기다리옵소서. 제가 이 상황을 만국에 알리겠습니다."

김을한의 충직한 목소리가 창밖으로 울려 나올 만큼 우렁찬 데도 덕혜는 미동도 없었다. 복순은 그를 믿고 싶었다. 그의 진정어린 눈빛과 충심 어린 어조를 믿고 싶었다.

해항에 얽힌 마음

조선의 마지막 옹주가 정신병원에 있다는 이야기는 극비에 가까웠다. 간호사들조차 아는 이가 많지 않았다. 그저 늙고 초라한 여인이 정신질환으로 격리되어 있는 정도로만 알고 있었다.

"저 병실에 있는 여자 남편이 백작이라는 거 알고 있지?"

어느 날 담당 간호사가 불쑥 말을 꺼냈다. 복순은 잠시 망설이다가 대답했다.

"소문은 들었어요."

"그런데 이혼했대."

"네?"

"자세한 사정은 모르지만 전쟁 이후에 그렇게 됐다나봐. 이미 다른 여자와 재혼하기로 했대."

"가끔 오기는 하나요?"

"요즘은 그마저도 발길이 끊겼어. 이혼한 마당에 뭐 하러 찾아
오겠어?"

복순은 가슴이 찢어질 듯 아팠다. 다케유키에 대한 반감이 무섭
게 고개를 쳐들었다. 하지만 그녀가 할 수 있는 일은 아무것도 없
었다.

덕혜는 다케유키가 재혼을 결심한 것조차 모르고 있었다. 덕혜
는 그 누구도 다가설 수 없는 섬이었다. 깃발을 흔들어도 아무도
돌아보지 않는 무인도.

복순은 그 곁에 내내 있고 싶었다. 그러나 퇴근 시간이 되면 어
김없이 떠나야 했다. 간호사들은 주야로 교대했지만 청소부들은
그렇지 않았다. 복순은 어떻게 하면 그 곁에 계속 있을 수 있을까,
그 궁리만 했다. 그러나 뾰족한 방법이 떠오르지 않았다.

병원 청소는 힘들고 고됐다. 저녁마다 끙끙 앓는 소리가 절로 나
왔다. 그러나 그보다 더 힘들었던 건 덕혜를 밖으로 데리고 갈 기
회조차 찾지 못했다는 점이었다. 간호사들은 그녀의 호의에 고마
워하기는 했지만 산책만은 허락하지 않았다. 다른 방법을 찾아야
했다. 쉬운 일은 아니었다. 복순은 병실 바깥을 살폈다. 곧바로 숲
이 이어져 있었다. 그 숲을 지나면 큰 도로가 나왔다. 도로 건너편
에는 파출소가 있었다. 답답한 날들이 이어졌다.

그런 때에 그가 나타났다. 뚜벅뚜벅, 구둣발 소리가 복도에 길게 울려 퍼졌다. 빗자루와 밀걸레를 들고 걸어가던 복순은 어쩐지 낯익은 소리라고 생각하며 뒤를 돌아보다 흠칫 놀라고 말았다. 다케유키, 바로 그자였다. 그는 복순의 앞을 지나쳐 덕혜의 방 앞에서 멈추어 섰다. 그의 얼굴은 여전히 단정했다. 그러나 재혼을 앞둔 기쁨이나 덕혜를 떨쳐낸 후련함 같은 것은 느껴지지 않았다. 오히려 애틋한 표정으로 문 앞에서 잠시 침묵했다. 복순은 고개를 숙이고 머리에 쓴 스카프를 조금 더 내려 썼다. 이윽고 다케유키가 방으로 들어갔다. 철문 닫히는 소리가 이상하게 가슴을 울렸다. 복순은 바짝 다가가 안의 동정을 살폈다. 환기를 위해 열어둔 유리창으로 그의 침통한 모습이 보였다.

"저 사람이 다케유키 백작이야. 조선 마지막 황녀의 남편."

그동안 친해진 간호사가 알은체를 하며 일러주었다.

'알고 말고, 저 분을 본 세월이 얼만데.'

복순은 고개를 끄덕이며 슬그머니 방문을 밀고 들어갔다.

"몸은 좀 어떠오?"

다케유키가 잔뜩 잠긴 목소리로 묻고 있었다. 그러나 덕혜는 그가 와 있는 사실조차 모르는 듯 여전히 창밖만 바라보고 있었다.

"정혜는 오지 못했소."

메마른 목소리였다. 그가 말할 때마다 어디선가 마른 바람이 불어오는 듯했다. 복순은 고개를 숙인 채 병실 이곳저곳을 청소했다.

"정혜……."

덕혜가 유독 정혜라는 말에 반응을 보였다. 표정에 아주 잠깐 실바람 같은 희망이 일렁였다.

"많이 말랐구려……. 나를 용서하오."

다케유키가 덕혜의 손을 잡고 한숨을 내쉬었다. 그가 재혼을 결심했고 대학교수가 됐다고 귀띔해준 건 담당 간호사였다. 그러나 어찌된 일인지 실제로 본 그의 얼굴은 그리 좋아 보이지 않았다.

그는 다정다감한 사람이었다. 가끔씩 옹주와 후원을 거닐며 속삭이듯 시를 읊기도 하던 남자였다.

"당신에게 바치는 시요."

그는 사랑하는 아내를 위해 시를 썼다. 그의 시 속에 덕혜가 깃들어 있었다. 그러나 그는 결코 살아 있는 그녀에겐 깃들 수 없었다. 한때 그는 깊고 다정한 눈으로 덕혜를 응시했었다. 덕혜도 그에게 엷은 미소를 보여주곤 했었다. 하지만 결코 그들은 서로에게 머무를 수 없었다.

"여길 나가고 싶어요."

덕혜가 조그맣게 웅얼거렸다. 그녀가 말을 하고 있었다. 복순은 자신의 귀를 의심했다. 상대가 다케유키라는 것을 알고 있는 것일까?

"……보고 싶어요."

덕혜의 혼잣말은 웅얼웅얼 계속 이어졌다. 정혜와 다케유키가 여전히 저 가슴속에 살아 있는 것일까.

"이것 좀 치워주시겠소?"

불현듯 다케유키가 입을 열었다. 그는 덕혜가 쥐고 있던 휴지를 내밀었다. 복순은 얼른 고개를 숙이고 두 손으로 그걸 받았다.

'그때 왜 저를 보내셨나요?'

그런 말이 마음속에서 아우성치듯 꾸역꾸역 올라왔다. 하지만 복순은 깊이 고개를 숙이고 도망치듯 병실을 빠져나왔다.

'아아, 마마.'

복순은 청소를 하는 척하며 복도에서 서성거렸다.

한 시간쯤 머물던 다케유키는 올 때처럼 침통한 표정으로 돌아갔다. 무슨 말을 더했으며 어떤 약조를 했는지는 알 수 없었다. 하지만 뒤돌아서서 걷는 그의 걸음걸이는 몹시 무거웠다.

다케유키는 덕혜를 보고 온 후 무엇에도 집중할 수 없었다. 어수선하게 널려 있는 원고가 그의 마음을 대변해주고 있었다. 시집을 내기로 작정하고 원고를 손질하는 중이었지만 도통 일이 손에 잡히지 않았다. 생각을 떨치듯, 다케유키는 밀쳐둔 원고를 거칠게 잡아당겼다.

해향의 초고였다.

한회 호호데미는 생각한다.

그 사자가 보낸 신은 어쩌면 해신이었을까…….

이미 감정적으로나 육체적으로나 남남이 된 지 오래였다. 하지만 다케유키는 이제야 진정으로 이별하는 기분이었다.

그날, 그는 많이 울었다. 덕혜의 초라한 몰골에 가슴이 서늘했다. 마사에를 찾는 그 처연한 얼굴이 자꾸 떠올랐다. 정신이 온전치 못한 가운데서도 딸을 그리워하는 어머니의 마음, 그것엔 아무런 계산도 목적도 저의도 없었다. 그런 그녀를 마사에와 갈라놓은 건 자신이 아닐까 하는 생각에 다케유키는 괴로웠다. 겉으로는 양심적인 척, 인간적인 척하면서 정작 가장 가까운 사람의 마음을 다독이지 못한 자신이 혐오스러웠다. 처지를 앞세워 냉정한 태도를 취한 자신이 가증스러울 따름이었다.

시를 쓴 것은 그런 미안한 마음 때문이었다.

그리운 아내여. 해궁의 회랑에도 바닷물 치는 소리가 들리는가.
당신은 외딴집 붉은 서까래 아래
내가 준 하얀 진주를 걸어 놓고 홀로 한숨짓고 있는가.

토막토막의 추억들이 시어로 올라왔다. 하지만 그 시어들은 두서없이 떠올랐다 사라지곤 했다. 마치 그녀와의 추억처럼.

이혼을 결심하고 면회를 갔던 때가 떠올랐다. 덕혜는 그때도 창밖을 내다보고 있었다. 내가 왔소, 하는 말에도 그녀는 움직임이 없었다. 단지 사탕을 움켜쥐고 있던 그녀의 조그만 손이 미세하게 떨렸을 뿐이다. 다케유키는 얼른 그 손을 잡았다. 작은 새의 깃털처럼 부드러운 손은 저항하지 않았다.

"미안하오."

다케유키가 하는 말은 늘 같았다. 그러나 그날 그 말은 전에 없이 간절했다. 그녀는 그런 다케유키의 마음을 아는지 모르는지, 손이 조금 따뜻해지자 엷은 미소를 지었다. 다케유키는 그녀의 얼굴을 마주할 수 없었다. 처연한 눈길을 피하며 작고 여린 어깨를 꼭 끌어안았다. 작은 새 한 마리가 파르르 떨었다.

"이제 우리의 인연은 다한 것 같소. 미안하다는 말이 위로가 되지 않을 걸 알고 있소. 그러고 보니 우리가 함께하는 동안 나는 당신에게 미안하다는 말만 참으로 많이 했구려……."

덕혜는 그 말을 듣고도 아무런 반응이 없었다.

"언젠가 우리가 늙으면 당신에게 토요타마히메의 이야기를 들려준다고 했었지. 와타츠미 신사에 갔을 때 그 이야기를 해달라는 당신의 말을 거절한 것은 불안한 예감 때문이었소……."

다케유키는 덕혜를 꼭 껴안았다. 덕혜는 그 품에서 말 잘 듣는 아이처럼 조용했다.

"코지키에 나오는 토요타마히메는 해신의 딸이라오. 아주 먼 옛날, 호호데미라는 청년이 살고 있었지. 형의 낚시 바늘을 빌려 바다로 나간 호호데미는 오히려 낚시 바늘만 잃어버린 채 돌아왔지. 형은 불같이 화를 냈고. 호호데미는 바닷가에서 하염없이 울고 있었소. 그때 신이 나타나, 악어를 타고 바닷속 궁전으로 들어가서 문 옆의 나무에 올라가 기다리면 낚시 바늘을 찾을 수 있다 일러주었소. 그런데 호호데미는 그만 그곳에서 물 길러 오는 시녀의 아름다운 모습에 반하고 말았지. 그녀가 해신의 딸 토요타마히메라는 것도 모른 채. 그녀에게 눈멀어 3년 동안 사랑을 나누던 호호데미는 어느 날 문득 잃어버린 낚시 바늘을 떠올리게 되었소. 그는 해신의 도움을 받아 지상으로 잠깐 오게 되었지. 그때 그의 아이를 가진 토요타마히메도 출산을 위해 해변으로 갔소. 그녀가 남편에게 말했지. 절대로 자신이 아이 낳는 모습을 보아서는 안 된다고. 그렇지만 너무도 궁금했던 호호데미는 그 약속을 어기고 말았소. 그를 닮은 남자아이를 낳은 토요타마히메는 분노하여 갓난아이만 두고 해궁으로 돌아가 버린다오. 그들의 사랑이 끝난 것이지. 그날 당신이 내게 토요타마히메 이야기를 들려달라고 했을 때, 나는 까닭모를 두려움을 느꼈소. 그것이 현실이 될지도 모른다는 두려움. 당신은 내게 해신의 딸과 같았소. 내가 감히 근접할 수 없는 고귀하고 신성한 여인. 당신이 나의 토요타마히메였소. 운명의 바퀴에 짓눌려 당신을 끝까지 지켜내지 못했지만 그때 나의 마음은 진심이었소."

다케유키는 덕혜를 힘껏 껴안으며 애써 울음을 삼켰다. 그녀 앞에서 감히 울 수는 없었다. 그때 덕혜가 몸을 빼내면서 다케유키를 바라보았다. 그 눈빛에는 아무런 감정도 실려 있지 않았다. 갑갑하고 답답한 현실을 벗어나고픈 욕망조차 없었다.

"당신은 내 이야기를 듣지도 않는구려. 나를 용서하지 않는구려……."

다케유키는 절망했다. 그는 고통을 참듯 다시 덕혜를 힘주어 껴안았다. 이젠 다시 만나지 못할 사람, 만나서는 안 될 사람…….

"이제 마지막 맹서를 할까 하오. 우리의 이야기는 내가 죽는 순간까지 함구하겠소. 어떤 경우라도 이 약속은 지킬 것이오."

아픈 상처를 스스로 건드리는 짐승이 어디 있으랴. 다케유키는 그의 허리께에서 꼼지락거리는 덕혜의 손을 꼭 잡았다.

"면회시간이 끝났습니다."

재촉하는 소리가 아니었어도 다케유키는 더 이상 그 자리에 있을 수 없었다. 그녀를 풀어주며 다케유키는 마지막으로 덕혜의 얼굴을 감쌌다. 그 깊은 눈을 한동안 응시했다. 그 속에 여전히 그는 없었다.

그녀의 손을 놓고 나올 때 등 뒤에서 들리는 한마디가 그대로 그의 가슴에 박혔다.

"정혜야……."

그는 그 목소리를 영원히 잊지 못했다.

마지막 시도

"더 이상 미룰 수 없습니다."

박무영의 강직한 목소리가 바르르 떨렸다. 기수는 입을 꾹 다문 채 주변의 동정을 살피고 있었다. 박무영은 좀 더 기다리며 기회를 보자는 구국단원들과 정면으로 부딪쳤다.

"동지들이 서둘지 않겠다면 나는 혼자서라도 옹주마마를 구출할 것이오."

늘 차분하고 냉정하던 박무영이 요즘 부쩍 날카로워졌다. 그는 하루라도 빨리 행동을 개시하자며 동료들을 독려하고 있었다. 하지만 그동안 몇 번의 실패를 경험한 대원들은 좀 더 기다려보자는 미온적인 태도를 보였다. 모두들 의욕을 상실하고 지쳐 있었다. 박무영은 그런 분위기에 이성을 잃은 사람처럼 화를 냈다. 결국 제 기분을 못 이기고 밖으로 뛰쳐나갔다. 누군가가 빈정거렸다.

"박 대원이 왜 저러나? 혹시 옹주마마를 연모하고 있는 건 아닌가, 허허."

기수는 곧바로 박무영을 따라나섰다. 저만치 앞서서 뛰는 박무영을 보며 기수도 뛰었다.

'오늘은 반드시 내막을 알아보리라.'

기수는 천천히 술집 안으로 들어갔다. 박무영이 구석진 자리에 앉아서 술잔을 기울이고 있었다. 맞은편 의자에 앉는 기수를 보고서도 그는 술 마시는 일에만 몰두했다. 벌컥벌컥, 물을 들이켜듯 술을 부어댔다. 기수는 말없이 박무영의 행동을 지켜보았다. 갈증을 해소하듯 술을 마시던 박무영이 불쑥 술잔을 기수에게 내밀었다.

"자네가 나와 함께하지 않겠는가?"

박무영이 기수를 향해 말을 던졌다.

"그리하지요. 그동안 죽 제 친형님처럼 의지하고 있었어요."

그 말에 박무영의 얼굴에 잠깐 화색이 돌았다.

"그런데…… 형님은 나를 믿지 못하는 것 같아요."

"무슨 소린가?"

"형님이 하자면 무슨 일이든 목숨을 바쳐 할 각오가 돼 있습니다. 하지만 우선 형님의 사연을 알아야겠어요."

그 소리에 박무영의 표정이 어두워졌다.

"끝내 말씀을 안 하시면 저도 형님의 뜻을 따를 수 없습니다. 죽어도 무엇을 위해 죽는지 알고나 죽어야지요."

"……."

박무영의 표정이 곤혹스러워졌다. 한참을 고민하던 박무영이 기수의 얼굴을 똑바로 쳐다보았다.

"모든 걸 이야기하지."

"듣고 있겠습니다."

기수도 박무영의 얼굴을 똑바로 바라보았다.

"내 이름은 박무영이 아닐세. 김장한일세."

"예에?"

"내가 그 김장한일세. 고종의 시종이었던 김황진의 조카이자 그의 양아들. 옹주마마의 내정된 약혼자였네."

"……!"

기수의 표정이 더없이 복잡해졌다.

"죄송합니다. 어리석은 호기심 때문에 형님의 아픈 곳을 건드리고 말았군요."

"아픈 곳이지. 오래전 우리가 옹주마마를 구출하려다 실패했을 때 기억하나? 그때 자네가 했던 말을 나는 아직도 기억하네. 나라를 구하는 것이 곧 옹주를 구하는 것이 아니겠냐고. 자네는 나와 옹주의 관계를 몰랐지만 내가 어떤 마음가짐이어야 하는지를 정확하게 일러주었네. 사실 나는 줄곧 혼란스러웠네. 옹주를 구하지 못했는데 독립이 무슨 소용이냐, 나라가 무슨 소용이냐, 이런 심정이었네. 자네는 내가 잊고 있었던 것들을 일깨워주었네. 말은 못했지만 지금도 그 점에 대해 고맙게 생각한다네. …… 그러나 현실은 여전히 답답하지. 결국 독립을 일궈냈음에도 불구하고 옹주마마를 구하지 못하고 있으니. 나는 혼자서라도 그 일을 성사시키겠네. 형이 백방으로 마마의 처지를 알리고 있으니, 일단 마마를 병원에서만 모시고 나오면 그 후의 일은 수월해질 걸세. 조선으로 가는 방편과 그곳에서의 거처 등은 형이 준비 중이네."

무영의 말을 잠자코 듣고 있던 기수가 힘차게 고개를 끄덕였다. 무영의 일에 목숨을 걸고 동참할 준비가 된 것이다.

"그럼 우선 복순 씨하고 연락을 해보겠습니다. 우리는 마마 근처에 접근할 수 있는 방법이 없으니까요."

"고맙네. 내 뜻을 따르겠다는 동지도 몇 명 있다네. 어쩜 소수 인원으로 하는 것이 더 효과적일지도 모르지."

"네."

"옹주마마가 이혼까지 당하셨네. 이 어지러운 상황에 그런 일까지 당하셨으니 그 마음이 오죽하실까. 영친왕 전하께서도 말할 수 없는 형편이라 들었네. 조선의 황족들이 유령처럼 떠돌고 있네. 마땅히 설 자리가 없어. 조국이 독립되었다고 그것으로 끝난 게 아니야. 우리가 잊고 있었던 사람들을 조국으로 데리고 돌아가야 하네. 낯선 땅에서 핍박 받으며 견뎠던 그 모든 사람들을 데리고 가야 해. 그들이 이 땅에서 흘렸던 피눈물까지 모두 거두어가야 하네. 그걸 이루어내지 못하면 독립도 아무런 의미가 없네. 우리 동지들이 목숨을 걸고 지켰던 신념이 무언가? 자랑스럽고 떳떳한 내 나라를 세워 우리 민족을 모두 데리고 돌아가는 것 아니었나? 옹주마마는 그 시작에 불과하네."

박무영의 목소리가 심하게 떨렸다.

덕혜는 이혼을 했기 때문에 호적상으로 양덕혜가 될 수밖에 없었다. 일본 남자와 결혼해서 일본 국적을 얻은 탓에, 이혼한 후에도 재일한국인의 신분으로 복원될 수 없었다. 소우 덕혜도, 이덕혜도 아닌, 양덕혜. 얼마나 쓸쓸한 존재인가. 영친왕 부부도 왕족으로서의 권한이 없어지고 재일한국인으로 등록을 해야 하는 상황이었다. 그런 마당에 옹주의 성씨가 바뀌는 것에 대해 특별히 관심을 갖는 사람은 없었다. 이혼한 후 덕혜가 쓰던 대부분의 물품도 영친왕에게 전해졌으나 그도 덕혜의 물품을 보관하기 어려워서 이곳저곳에 기증하거나 나누어 보관했다고 했다. 그 중에 몇 가지는 버려지기도 했을 것이다. 그녀가 세상으로부터 버려졌듯이.

박무영은 가슴을 치며 한숨을 쏟았다. 그때 기수가 불쑥 말했다.

"다케유키가 재혼한다는 소문을 들었습니다."

"…… 알고 있네. 그나마 마마에 대한 이야기는 한마디도 입 밖으로 내뱉는 일이 없다 하니 다행이네."

오랜만에 복순을 찾아온 요코는 가방에서 시집 한 권을 꺼내 내밀었다. '해향'이라는 제목의 시집이었다. 겉표지에 소 다케유키라는 이름이 또렷하게 적혀 있었다.

"이 사람 맞지요? 조선 황녀의 남편이었다는 사람. 나는 다 보았으니 복순 상이 봐요."

"고마워요. 요코."

"출판회도 열었다는데 그 딸이 와서 축하를 했다나 봐요. 그런데 왜 그녀는 한 번도 엄마를 찾지 않는 거죠?"

"글쎄요……."

복순은 그쯤에서 얼버무리며 입을 닫았다. 예전에 모르는 척 담당 간호사에게 넌지시 건넸던 질문이 생각났다.

"저 분한테 찾아오는 자식은 없나요?"

간호사는 고개를 저었다.

"그게 참 이상해요. 다케유키 외에 가족이라는 이름으로 찾아온 사람은 없어요. 자식이나 친척은 없나봐요."

"아, 그렇군요……."

"혹시 주변에서 뭐 들은 거라도 있나요?"

그녀가 오히려 복순에게 되물었다.

복순은 저녁 시간에 시집을 읽었다. 덕혜에게는 보여주지 않을 작정이었다. 보여주는 것이 오히려 상처가 될 것 같았다. 시집 '해

향'에는 '한회 閑懷'라는 시가 실려 있었다. 한가한 날의 그리움이라
는 뜻이었다.

바람 불지 않는 계수나무 가지에
파도 치지 않는 선창의 바깥
구름은 바닷속을 파고들고
물살도 급히 흘러가는데

사랑스런 아내여, 울려요.
수많은 새들이 날갯짓을 하는구려
(중략)
사랑스런 아내여
떠나지 말아줘요.
사랑하는 자식들을 우리가 품어야 되리.

그 사랑스런 아내는 다름 아닌 덕혜일 터였다. 시집 속에는 아내
를 향한 사랑이 절절한데 정작 현실의 그는 아내를 떠났다. 건너들
은 얘기로는 다케유키와 덕혜가 이혼하던 해, 정혜도 스즈끼라는
사람과 결혼했다고 한다. 다케유키의 재혼을 앞두고 서둘러 한 티
가 났다. 물론 덕혜는 그 결혼식에 참석하지 못했다. 1년 후 정혜
가 일본의 험준한 산 고마카다케 산에서 자살하겠다는 유서를 쓴

후 종적을 감췄다는 것 또한 알지 못했다.

정혜에 대한 이야기는 몇 날 며칠 사람들 입에 오르내렸다. 정혜는 덕혜가 병원에 입원한 후로도 안정을 찾지 못했다고 했다. 다케유키는 서둘러 딸의 배우자를 수소문했고, 결국 어렵사리 사윗감을 하나 찾아낼 수 있었는데, 지극히 평범한 사내였다. 그래서 가능했는지도 모른다고 사람들은 수군거렸다. 다케유키 가문의 후광을 업고 행세해보려는 사내가 아니었다면 누가 쉽게 조선인의 피를 물려받은 정혜와 결혼할 생각을 하겠는가. 다케유키는 안도의 숨을 내쉬었으나 정혜는 정혼한 이후 하루도 거르지 않고 울었다고 했다. 결혼한 뒤로도 마찬가지였다. 오히려 결혼한 뒤 부쩍 어머니를 찾았다고 했다. 유서를 남기고 자취를 감춘 것은 어쩌면 정해진 수순이었을지도 모른다. 국적 없는 영혼이 돌아갈 곳은 어디에도 없었던 것이다.

복순은 덕혜마저 그리될까봐 두려웠다. 정혜의 행방불명을 알게 되면 상태가 더욱 나빠질까봐 그녀는 그 사실을 숨겼다.

그즈음 덕혜를 기억하는 사람은 별로 없었다. 조선의 황녀로서도, 다케유키의 아내로서도, 정혜의 어머니로서도, 그녀는 그 무엇으로도 남지 못했다. 하지만 복순은 그 끈을 놓지 않았다. 덕혜의 기억을 되살리기 위해 애썼다. 과거를 일깨우기 위해 여러 가지 이야기를 늘어놓았다.

"다 알고 있다. 그러니 조용히 하여라."

아주 가끔씩 덕혜는 이렇게 대꾸했다. 그때마다 복순은 기뻤고 슬펐고 고통스러웠다.

불쑥 종이비행기를 접어 보여주기도 했다. 과자봉지로 만든 아주 작은 종이비행기였다. 덕혜는 그것을 창문을 향해 날렸다. 종이비행기가 창틀에 부딪쳐 힘없이 떨어졌다.

'아, 마마……'

복순은 덕혜의 얼굴을 가만히 들여다봤다. 혹 나를 알아보시지나 않을까. 그러나 종이비행기를 날릴 때 잠깐 화색이 돌던 얼굴은 곧바로 무표정하게 변했다. 하지만 그 후로도 곧잘 종이비행기를 접어 날리곤 했다. 그때마다 보일 듯 말 듯한 미소가 피어올랐다.

"사끼꼬 상이 온 후로 도쿠에히메가 많이 좋아진 것 같아요."

어느 날, 간호사가 창문 너머로 아는 척했다. 복순은 얼른 그 간호사 뒤를 따르며 심중에 있는 말을 꺼냈다.

"저 분, 잠시 바깥 구경을 시켜드리면 안 될까요?"

그날따라 상태가 좋은 덕혜를 보면서 간호사는 잠시 고민했다. 그러더니 곧 한쪽 눈을 찡긋하면서 묵인해주겠다는 신호를 보냈다. 복순은 떨리는 마음을 안고 서둘러 병실로 돌아왔다.

"아아…… 마…… 아니, 오늘은 바깥 구경을 시켜드릴 수 있게 됐어요."

복순은 목젖까지 차오르는 '마마'라는 말을 삼킨 채 덕혜를 휠체

어에 태워 밖으로 나갔다. 그동안 간호사들에게 쏟은 정성이 이즈음에야 효과를 발휘하고 있었다. 감시의 눈길도 많이 느슨해졌다.

비가 스치고 지나간 뒤라 모든 거리가 깨끗했다. 덕혜는 오랜만에 보는 바깥풍경에 만족한 표정을 지어 보였다. 복순은 휠체어를 끌고 연못이 있는 곳까지 갔다. 큰 나무 그늘 아래서 커다란 물고기들이 천천히 유영하고 있었다. 복순은 산책을 핑계 삼아 길 건너의 풍경까지 덕혜에게 보여주었다.

"이번엔 틀림없이 마마를 구출할 것입니다."

복순은 덕혜의 귀에 대고 나지막하게 속삭였다. 그러자 덕혜가 천천히 대답했다.

"다 알고 있어."

복순은 덕혜의 손을 꼭 쥐었다.

"마마, 다 알고 계십니까? 진정 다 알고 계십니까?"

흥분한 복순이 덕혜 쪽으로 얼굴을 들이밀자 그녀가 인상을 찌푸리며 두 손으로 밀어냈다. 그러곤 언제 그런 말을 했냐는 듯 고개를 들어 또다시 허공을 좇았다. 하지만 복순은 행복했다. 암요, 암요. 마마께서는 다 알고 계신 겁니다. 제가 복순이라는 것도 다 알고 계신 겁니다. 알지만 모르는 척하고 계신 겁니다.

"비가 올 것 같아……."

덕혜가 다시 입을 열었다.

"네, 비가 올 것 같아요. 마마를 쫓아 빗속을 뛰다가 하천으로 굴러 떨어진 일이 생각나네요. 그땐 정말 마마를 잃어버리는 줄 알고 겁이 났습니다."

덕혜는 말없이 고개를 끄덕였다. 암요, 마마. 마마께서는 다 알고 계신 겁니다. 진정 다 알고 계신 겁니다. 알면서도 모르는 척하시는 겁니다. 그렇지요, 마마? 그렇지요, 마마…….

"내일부턴 큰비가 내린답니다. 장마가 온대요."

"비가 온다……."

복순의 말에 덕혜가 조그맣게 중얼거렸다.

이튿날부터 정말 비가 오기 시작했다. 하늘에 구멍이라도 난 듯 며칠간 정신없이 퍼부었다. 잠시 햇살이 보이는가 싶다가도 금방 다시 어둑해졌다. 장마가 시작되고 있었다. 그 기간 동안 정신병원 맞은편에 위치한 파출소는 빈집처럼 고요했다. 빗속에서 모든 사물의 경계가 허물어졌다. 기다리던 시간이 다가오고 있었다.

며칠 전 기수는 비장한 얼굴로 복순을 찾았다. 결의에 찬 눈빛이었다.

"복순 씨도 꼭 같이 가야 하오."

기수의 말에 복순이 고개를 끄덕였다.

"그래야지요, 마마를 제가 모셔야지요. 가다가 죽더라도 마마를 지켜야지요."

"방해공작이 있을지도 모르니 옹주마마와 똑같은 옷을 입고—."

"무슨 말인지 압니다. 염려 마세요."

장마는 한동안 계속될 것이라 했다. 거리에 빗물이 넘쳤다. 사람들은 자취를 감췄다. 도시 전체가 텅 비어버린 것만 같았다.

"사흘 후 자정이오."

기수가 복순의 집을 빠져나가면서 마지막으로 의미심장하게 되뇌었다.

모두의 기억에서 사라졌다 해도
　　　나는 조선의 마지막 황녀였다.

탕!

복순이 쓰러졌다. 그녀는 빗물이 내가 되어 흐르는 길바닥에 쓰러진 채 팔을 뻗어 손사래를 쳤다. 무영과 기수가 고개를 끄덕였다. 복순은 중얼거렸다.

"마마, 부디 몸 성히……."

그녀의 머릿속으로 지난날이 영화처럼 펼쳐졌다. 독립운동을 하기 위해 집을 떠난 아버지가 보였다. 아버지 대신 가장 역할을 맡아야 했던 어머니의 까칠하고 핼쑥한 얼굴도 떠올랐다. 아버지를 찾아 경성 시내를 헤매는 어린 자신도 보였다. 일본인 순사 앞에 당당하게 서 있던 옹주의 어릴 적 모습은 방금 본 것처럼 생생했다. 옹주 덕분에 목숨을 보전했던 일, 궁에서 지냈던 시간들, 어머니와 해후했던 순간, 옹주를 따라 일본으로 건너올 때 보았던 현해탄의 검푸른 파도……. 그녀는 돌아가지 못해도 한스럽지 않았다. 다만, 옹주를 끝까지 모시지 못한 게 한스러울 따름이었다.

"몸 성히 돌아가셔서 꿈에도 그리던 낙선재에서 편안히 여생을 보내소서……."

복순은 눈을 감았다. 그 목소리가 덕혜에게 들렸던 걸까. 덕혜는 한사코 사내들의 손에서 벗어나려 했다. 흐느끼며 복순 쪽으로 돌아가려 했다. 기수와 무영은 그런 덕혜를 억지로 차에 태우고 그곳을 빠져나갔다. 차는 빗속을 헤집고 달렸다. 뒤따르는 차는 없었다.

"마마, 이제는 창덕궁에 가실 수 있게 됐습니다."

박무영이 감격한 목소리로 말했다.

"고마워요, 정말 고마워요. 하지만 우리 복순이가, 복순이가……."

덕혜는 제정신을 차린 것처럼 말을 이었다. 복순도 알아보고 지금 자신이 어디로 가고 있는지도 알고 있는 것 같았다. 덕혜의 말에 박무영이 깊이 고개를 숙였다. 기수가 손으로 눈가를 훔쳤다.

"복순 씨는 다시 가서 무사히 데리고 오겠습니다. 아무 걱정 마십시오. 꼭 마마 곁으로 돌려보내겠나이다."

"고마워요, 정말 고마워요."

박무영이 깊이 눌러쓴 모자를 처음으로 벗었다. 덕혜의 눈을 마주보며 마지막 인사처럼 읊조렸다.

"마마, 부디 강건하소서."

무영은 덕혜가 무슨 말이든 하리라 기대했다. 그러나 덕혜는 그를 알아보지 못하는 듯했다. 기억에서 잊힌 건 옹주만이 아니었다. 그도 그녀의 기억 속에서 사라졌다. 하지만 무영은 서글프지 않았다. 그처럼 옛 인연들을 의식에서 몰아내지 않았다면 옹주는 여태 살아 있지도 못했으리라. 옹주가 갈구하는 것들은 침묵 속에서만 지킬 수 있는 것들이었다. 소리 내지 않고, 말하지 않고, 밝히지 않아야 하는 것들이었다. 그러다 종내는 자신이 무엇을 갈구했는지조차 잊어야 하는 것들이었다. 그래야만 하는 것들이었다. 무영 자신도 그렇지 않았던가. 옹주를 잊을 수 있을 때에만 옹주를 위한 완벽한 탈출 계획을 세울 수 있었다. 사랑한다면 잊어야 한다. 그러나 잊는다 해도 온전히 잊히지는 않는 법이다. 가슴 속에 살아 있으면 언젠가 다시 불러들일 수 있다.

무영은 비행기에 오르기 전 덕혜가 뒤돌아보는 걸 발견했다. 비로소 그를 기억해낸 것일까. 힘없이 손을 흔드는 모습이 아프게 다가왔다. 무영은 고개를 숙이는 것으로 인사를 대신했다.

"김장한, 꽃 같은 소년이었던 그대여. 어쩌다 이제야 다시 만나게 된 것인가."

덕혜의 눈빛이 그렇게 묻는 듯했다. 그 눈빛을 읽고도 무영은 아무 말도 할 수 없었다. 자신을 기억해낸 것만으로도 기뻤다.

'마마, 가슴 속에 갈무리 했던 것들을 이제 하나씩 하나씩 끄집어 내십시오. 이제 그러셔도 됩니다. 한 맺힌 세월의 엉킨 실타래를 풀어 그 실로 아름답고 고운 의복을 지으소서. 마마를 따뜻하고 포근하게 감싸줄 의복을 지으시고도 남는 게 있다면 그때 저를 위해 수수한 저고리 한 벌만 지어주소서. 저는…… 그것으로 족합니다.'

무영의 말을 알아듣기라도 한 것처럼 덕혜가 고개를 끄덕였다. 무영의 눈에서 수십 년 동안 참았던 눈물이 쏟아졌다.

'고맙습니다, 고맙습니다. 진심으로 고맙습니다.'

덕혜의 눈빛이 그렇게 얘기하는 듯했다. 두 사람은 오래도록 서로를 바라보았다.

'마마! ……사랑했습니다. 그 사랑 변치 않고 여태 지켜왔습니다. 이 김장한을 잊지 말아주소서, 마마!'

결코 입 밖으로는 내뱉을 수 없는 말이었다. 가슴속에서만 비밀로 간직할 말이었다.

'잊지 않았습니다. 한순간도 잊지 않았어요. 내 나라 조선을. 그리고 그대. 햇살이 눈부시게 쏟아지던 날, 아바마마의 시종무관을 따라가던 소년, 어쩌면 내 지아비가 되었을지도 모르는 그대, 잊지 않고 기억하는 것도 사랑이라고 할 수 있다면 나도 그대를 사랑했던 건지

도 모르겠습니다.'

무영은 그렇게 말하는 덕혜의 목소리를 들은 듯싶었다. 혼자만의 상상이라 여겨도 그것은 참으로 행복했다.

'황공하옵니다, 마마. 세월이 한탄스러울 뿐입니다.'

덕혜가 비행기 안으로 들어갔다. 무영의 귓가에 덕혜의 소리 없는 작별인사가 언제까지고 맴돌았다. 무영은 웃는 건지 우는 건지 모를 얼굴로 비행기를 바라보았다. 그의 시선이 비행기 뒤를 하염없이 좇았다.

덕혜를 실은 비행기가 도착한 곳은 꿈에도 그리던 조선이었다. 조선의 바람, 조선의 꽃들, 조선의 초목.

"마마, 소인을 죽여주시옵소서."

덕혜가 비행기 트랩을 내려오자 머리가 하얗게 센 늙은 여인이 땅바닥에 엎드려 통곡했다. 유모 변복동이었다. 덕혜는 숨을 들이켰다. 조선의 공기가 그녀의 폐부를 가득 채웠다. 그것만으로도 다시 태어난 기분이었다.

"마마, 이제 조선에 오셨나이다. 이제는 아무 걱정 마시오소서."

유모가 다가와 떨리는 손으로 덕혜를 부축했다. 그러자 젊은 상궁들이 고개를 숙인 채 그 뒤를 따랐다. 여기저기서 울음소리가 터져나왔다.

"아아, 마마. 어찌 이리 쇠약해지셨나이까."

유모가 한탄을 쏟으며 젊은 상궁을 불렀다.

"어서 마마를 편히 뫼시어라."

상궁이 얼른 덕혜를 업었다.

'여기는 조선 땅이다. 나는 조선의 마지막 옹주다. 나는 드디어 창
덕궁으로 돌아왔다. 이것이 꿈은 아닌가.'

그녀는 기적처럼 조선을 알아봤다. 그녀는 알고 있었다. 자신이 지
금 어디에 있는지, 어디로 돌아왔는지.

참으로 무심하게 꽃이 피고 잎이 짙어졌다가 낙엽이 지고 눈이 내
렸다. 세월은 그렇게 되풀이됐다. 덕혜는 자라지 않는 아이처럼 여전
히 자신의 세계에 갇혀 지냈지만 불행해 보이지는 않았다. 의식이 또
렷한 날에는 글씨도 썼다.

'나는 낙선재에서 오래오래 살고 싶어요. 전하, 비전하 보고 싶습
니다. 대한민국 우리나라.'

유모는 그것을 보며 옹주의 마음을 읽었다. 가슴 깊은 곳에 자리
한, 그리운 것들에 대한 열망을……

그날, 옹주는 문득 잊고 있었던 일이 생각난 듯 이렇게 말했다.

"학교를 세워야겠어."

"예, 그래야지요. 마마."

덕혜의 빛나는 눈을 들여다보고 있던 유모가 한참 만에 대답했다.

"어디다 학교를 세우지?"

"······."

유모는 열망에 들뜬 덕혜를 보며 입을 다물었다.

"그래그래, 바쁠 것 없어. 하지만 학교는 꼭 세워야 해."

유모가 안쓰러운 눈길로 덕혜를 바라봤다.

"마마, 너무 신경을 많이 쓰시면 피곤하십니다. 이제 그만 쉬셔야지요. 한숨 주무시고 나서 다시 생각하시지요."

유모는 덕혜를 이끌어 침실로 안내했다.

'준비하셔야 될 것 같습니다.'

낮에 다녀갔던 전의의 말이 자꾸만 생각났다. 유모의 눈시울이 붉어졌다.

깨끗하게 정돈된 방 안에 단정하게 놓인 비단 이부자리. 덕혜는 순한 아이처럼 방으로 들어섰다. 따뜻하고 평안한 잠자리. 덕혜는 코를 킁킁거리며 옛날을 떠올렸다. 어머니, 아바마마, 순종황제, 영친왕과 영비의 얼굴이 차례로 스쳤다. 영원히 어울릴 수 없었던 남자 다케유키, 정혜, 그리고 자신에게 온 삶을 바쳤던 박무영······.

불쑥 덕혜가 물었다.

"유모, 내 아버지는 어찌 되셨느냐?"

"돌아가셨나이다."

유모가 울음을 참으며 대답했다. 덕혜가 슬픈 얼굴로 또다시 물었다.

"어머니는 어찌 되셨느냐?"

"돌아가셨나이다, 마마. 그리운 이들은 모두 사라졌나이다."

대답하는 목소리에 물기가 묻어났다.

"모든 일이 봄날의 꿈처럼 흔적도 없이 사라지는구나. 모든 것은 사라짐으로써 덧없나니."

덕혜가 마른 입술을 축이며 소동파의 문장을 소리 내어 중얼거렸다. 목소리에서 서서히 힘이 빠지고 있었다.

"마마, 편히 주무시옵소서……"

유모가 자장가를 부르듯 읊조렸다. 덕혜의 두 눈이 힘없이 감겼다. 마지막 안간힘을 다해서 그녀가 중얼거렸다.

"공주의 덕을 아느냐. 온순하고 공경하고 너그러워 편협함이 없으며 미움을 스스로 품어 더럽거나 좁아지지 않을 것이며…… 본 것은 본 대로 두어두고, 들은 것은 들은 것에 놓아두며, 마음을 어지럽히지 않을 것이며…… 늘 주위를 조화시켜 착함을 이룰지니라……"

유모는 옹주의 마지막 음성을 귀에 담았다. 눈물이 소리 없이 흘러내렸다.

"내가 조선의 옹주로서 부족함이 있었더냐."

"아니옵니다."

"옹주의 위엄을 잃은 적이 있었더냐."

"그렇지 않았나이다, 마마……"

유모의 목소리가 젖어들었다.

"나의 마지막 소망은 오로지 자유롭고 싶었을 뿐이었느니라……"

덕혜는 조용히 숨을 골랐다. 그 숨이 천천히 잦아들었다가 공기 중으로 흩어졌다.

꿈길이 꽃길이다.

눈이 부시도록 푸른 날이었다. 덕혜의 입가에 생애 처음으로 평안한 미소가 고였다. 조선의 마지막 황녀로 태어났지만 한 번도 황녀로 살지 못했던 여인, 누구보다 귀한 존재였지만 모두가 외면했던 그 여인은 그날 영원한 자유를 향해 먼 길을 떠났다.

소설 밖 이야기

실제 기록 속에 드러난 덕혜옹주의 삶

‥ 나는 깜짝 놀랐다. 몇 년 전 처음 그녀를 봤을 때 나를 매료시켰던 생기발랄한 모습은 찾아볼 수가 없었다. 일본말로 인사했으나 그녀는 말이 없었다. 내가 다시 한국말로 "먼 여행 오시느라 피곤하신가봐요?" 했으나 옹주는 미소조차 띠지 않았다. – 이방자(마사코) 여사의 말

‥ 덕혜옹주는 학교 식수를 사용하지 않고 매일 팔팔 끓인 물을 보온병에 담아갔다. 왜 보온병을 들고 다니냐고 물었더니, "식수에 독이 있을까봐 마시지 않고 있습니다. 전 오빠(순종)처럼 독을 먹다 죽기는 싫습니다" 하고 대답했다. – 일본 학습원 동료의 말

‥ 가을 학기가 시작됐으나 학교에 가고 싶지 않다고 했다. 종일 누워 있고 먹지도 않고 때로 밤에 갑자기 밖으로 뛰어나가 뒷문으로 해서 아카사카미츠케 방면으로 걸어가고 하는 일도 있었다. 보통 일이 아니구나 싶어 정신과 진료를 받게 했다. 의사는 '조발성치매증(정신분열증)'이라고 했다. – 이방자(마사코) 여사의 말

‥ 덕혜옹주를 조국으로 모셔가기 위해 이승만 정부에 귀환을 요청했다. 그러나 왕정복고를 두려워한 이승만은 왕실 재산을 국유화하고 왕족들을 천대했다. 이씨 왕가의 자손들은 해방이 되고도 아무도 돌아오지 못하고 있었다. 다시 박정희를 만나 덕혜옹주 이야기를 청했다.

박정희가 물었다. "덕혜옹주가 대체 누구요?"

나는 대답했다. "조선의 마지막 왕녀입니다." – 김을한의 말

‥ 감옥과도 같이 음산한 공기가 떠도는 중환자가 있는 병실은 감방 모양 쇠창살이 들창을 막고 있었다. 안내해주는 간호부의 뒤를 따라갔는데 한 병실 앞에서 간호부의 발이 딱 멈추었다. 그 안을 들여다보니 40여 세의 한 중년부인이 앉아 있는데 창백한 얼굴에 커다란 눈을 뜨고 이쪽을 바라보는데 무서울 지경이었다. 그 부인이 바로 덕혜의 후신인 것이다.

아무도 없는 독방에서 여러 해 동안 혼자 우두커니 앉아 있었던 옹

주를 생각하니 어찌나 가엾고 불쌍한지 나도 모르게 눈물이 흘렀다.
만일 고종황제가 이 광경을 보신다면 얼마나 슬퍼했을까. - 김을한의 말

.. 빨리 깨어나세요. 이대로는 너무나 일생이 슬퍼요.

                                          - 이방자(마사코) 여사의 말

.. 나는 낙선재에서 오래오래 살고 싶어요. 전하, 비전하 보고 싶
습니다. 대한민국 우리나라. - 덕혜옹주의 말

가슴으로 품은 여인

덕혜옹주의 한 많은 삶을 소설로 써야겠다는 생각을 한 것은 우연히 대마도 여행을 다녀온 직후였다. 어쩜 그것은 어떤 이끌림이었는지도 모르겠다.

덕혜옹주와 다케유키의 결혼봉축기념비, 만송원 등을 다니며 나는 처음으로 덕혜옹주의 삶에 관심을 가졌다. 그래서 여행에서 돌아오자마자 미친 듯이 자료를 찾기 시작했다. 하지만 덕혜옹주에 대한 온전한 자료는 찾을 수 없었다. 인터넷 카페의 여기저기, 파편처럼 돌아다니는 사진과 소문처럼 떠도는 단편적인 이야기들만 있을 뿐이었다.

소문은 책임이 없다. 그저 떠돌아다니다 사라질 뿐이다. 그런데도 덕혜옹주에 대한 소문은 무시할 수 없는 힘을 가지고 진실처럼 굳어져 있었다. 나는 그렇게 돌아다니는 소문에 반감을 느꼈다.

'그래, 덕혜옹주를 오롯이 살려내자.'

그렇게 결심하고 컴퓨터 앞에 앉았지만 보이는 것은 벽뿐이었다.

나는 벽을 더듬어, 그 벽 안에 숨어 있는, 촉각으로만 찾을 수 있는 어떤 실마리와 역사적 과정 등을 엮어서 마음속에 거미줄을 만들기 시작했다.

그러던 어느 날, 꿈에서 덕혜옹주를 보았다. 그녀는 내가 그녀의 묘소에 바친 향기 그윽한 보랏빛 소국을 들고 서 있었다. 그녀는 아무 말이 없었지만 그 눈빛에 담긴 뜻은 읽을 수 있었다. 현몽이라 생각했다. 나는 더욱 촘촘한 거미줄을 짜야겠다고 다짐했다. 고종이 세운 대한제국이 참으로 왜곡된 부분이 많다는 것을 확인하면서 그 역사의 소용돌이 속에서 희생된 사람들에 대한 무지함에 가슴 아팠다.

덕혜옹주의 이야기를 온전하게 쓴 이는 일본인 '혼마 야스코'이다. 그녀가 쓴 〈덕혜희-이씨 조선최후의 왕녀〉는 가장 완벽한 참고자료였다. 한글로도 번역되지 않은 그 책을 도서관에서 발견한 순간, 나는 참 많이 부끄러웠다. 혼마 야스코 선생이 쓴 헌사 때문이었다.

— 이 책을 헌증하오니 많이 봐주시면 감사하겠습니다. 이 책은 덕

혜옹주의 생애에 대해서 쓴 책입니다…….

일본인인 그가 책을 써서 우리나라의 여러 도서관에 기증했던 것이다. 나는 그 책을 지방대학의 도서관에서 구해 볼 수 있었는데, 어렵게 책을 구한 기쁨보다는 일본인이 덕혜옹주의 생애를 조명했다는 사실에 마음이 참 불편했다.

나는 일본인이 쓴 그 덕혜옹주의 일생을 한글로 번역해가며 읽었다. 그리고 불편함을 마음에 담고서 열병을 앓듯이 소설을 쓰기 시작했다. 마침내 원고의 '끝'을 썼을 때 비로소 마음이 가득 차올랐다. 이제 출판사만 찾으면 되리라 생각하고 있었는데, 이런!

혼마 야스코의 '덕혜희'를 번역한 책이 출판되었다는 걸 알았다. 나는 절망했다. 나보다 먼저 덕혜옹주에 관심을 가진 이가 있었다니. 뒷북을 친 꼴이 되고 말았다. 나는 그 책을 사서 다시 읽었고 다시 원점으로 돌아갔다. 소설 구성의 많은 부분을 고쳤고 많은 부분을 다시 쓰기 시작했다. 처음부터 다시 쓰는 게 오히려 쉽겠다는 생각을 하면서 나는 다시 열병을 앓았다. 다시 대마도에 갔다. 또 갔다. 처음에 못 본 것들이 또다시 눈에 들어왔다. 덕혜옹주의 초라한 묘소에도 찾아가 절하고 창덕궁에서 그녀의 흔적을 찾아보며 자꾸만 허물어지는 마음을 다졌다. 아, 그녀의 흔적을 찾아서 얼마나 많은 곳을 헤매고 다녔는지. 그즈음에는 어떤 사명감까지 느꼈다.

그렇게 일 년…….

덕혜옹주의 슬픈 삶이 이제야 소설의 형식으로 빛을 본다. 비록 소설이라는 형식을 빌었지만 역사적으로 정확한 기록보다 불운했던 황녀의 진심이 더 깊이 읽혀지기를, 좀 더 깊이 그녀의 삶을 이해하는 데 도움이 되기를 바라본다.

이 책은 많은 분들의 도움이 없었다면 이 세상에 나올 수 없었을 것이다. 자료를 찾아 헤매는 동안 도움을 주신 분들이 많다.

바쁜 해외 출장 중에도 일본어 번역을 맡아준 K선생, 덕혜옹주에 대한 소설을 쓰는 것에 힘을 실어주고 격려해주며 좋은 출판사를 연결해 준 L선생, 덕혜의 시를 찾아 보내준 서울대학교 박물관 인류민속학부의 K연구원, 귀한 자료를 보여주신 부산외국어대학교의 K교수, 나만큼 이 소설에 관심을 가지고 동병상련했던 다산책방의 J…….

감사한 마음을 담아 큰소리로 외친다.

"고맙습니다."

마지막으로, 이 소설을 최종적으로 출판 결정해주신 김선식 사장님께 고마운 마음을 전한다.

조선의 마지막 황녀

덕혜옹주

초판 1쇄 발행 2009년 12월 21일
초판 51쇄 발행 2010년 4월 16일

지은이 권비영
펴낸이 김선식
펴낸곳 다산북스
출판등록 2005년 12월 23일 제313-2005-00277호

PD 정지영
DD 조혜상
다산책방 김현경, 정지영
마케팅본부 민혜영, 이도은, 김하늘, 신현숙, 박고운, 권두리
저작권팀 이정순, 김미영
홍보팀 서선행, 정미진
광고팀 한보라, 박혜원
온라인마케팅팀 하미연, 이소중
디자인본부 최부돈, 손지영, 김태수, 황정민, 조혜상, 김희준
경영지원팀 김성자, 김미현, 유진희, 김유미, 정연주
미주사업팀 우재오

주소 서울시 마포구 서교동 395-27
전화 02-702-1724(기획편집) 02-703-1725(마케팅) 02-704-1724(경영지원)
팩스 02-703-2219
이메일 dasanbooks@hanmail.net
홈페이지 www.dasanbooks.com

필름 출력 스크린그래픽센타
종이 월드페이퍼(주)
인쇄·제본 (주)현문

ISBN 978-89-6370-034-2 03810